Christie · Eine reizende alte Dame

*Agatha Christie*

# Eine reizende alte Dame

*Loewe*

Die Deutsche Bibliothek - CIP-Einheitsaufnahme

*Christie, Agatha:*
Eine reizende alte Dame/Agatha Christie.
[Übers. aus dem Engl. von Edda Janus].
1. Aufl. - Bindlach: Loewe 1992
ISBN 3-7855-2491-9

Lizenzausgabe mit Genehmigung
des Scherz Verlags, Bern und München
Titel der Ausgabe im Scherz Verlag:
„Lauter reizende alte Damen“
Titel des Originals: „By the Pricking of my Thumbs“

Übersetzung aus dem Englischen von Edda Janus

ISBN 3-7855-2491-9 - 1. Auflage 1992
Umschlagzeichnung: Charlotte Panowsky
Umschlagkonzeption: Creativ GmbH Kolb, Leutenbach
Satz: Teamsatz, Neudrossenfeld
Gesamtherstellung: Slovart AG, Bratislava
Printed in ČSFR

# 1

Mr. und Mrs. Beresford frühstückten. Zur gleichen Zeit saßen Hunderte ganz ähnlicher älterer Ehepaare in England beim Frühstück. Auch der Tag war so normal wie jeder andere: Es sah aus, als regnete es gleich, aber man konnte nicht ganz sicher sein.

Mr. Beresford war früher rothaarig gewesen. Seine Haare hatten jedoch, wie bei vielen Rothaarigen, im Laufe der Jahre ein rötliches Graublond angenommen. Mrs. Beresford, die einstmals eine krausgelockte schwarze Mähne gehabt hatte, trug nun willkürlich angeordnete graue Strähnen zwischen dem Schwarz, was apart und hübsch aussah. Früher hatte sie einmal daran gedacht, sich die Haare zu färben, aber dann fand sie doch, daß sie sich so gefiel, wie die Natur es gewollt hatte.

Ein älteres Ehepaar saß beim Frühstück. Ein nettes, aber keineswegs ausgefallenes Ehepaar. Jeder Beobachter hätte das festgestellt. Wäre er jung gewesen, hätte er vielleicht noch hinzugefügt: „Ja, sehr nett, aber natürlich schrecklich langweilig. Wie alle alten Leute."

Mr. und Mrs. Beresford allerdings hielten sich ganz und gar nicht für alt. Und sie ahnten auch nicht, daß sie und viele ihrer Altersgenossen als „schrecklich langweilig" abgetan wurden, nur weil sie nicht mehr jung waren. Natürlich sagten so etwas nur die Jungen. Die Beresfords hätten dazu nachsichtig festgestellt, daß junge Leute das Leben eben nicht kannten. Arme junge Leute! Ewig hatten sie mit den Examen oder ihrem Liebesleben Sorgen. Mr. und Mrs. Beresford hatten ihrer Meinung nach soeben erst den Höhepunkt des Lebens überschritten. Sie waren mit sich zufrieden, hatten einander sehr gern und verbrachten ihre Tage friedlich und angenehm.

Es gab natürlich Augenblicke ... aber bei wem gibt es die nicht? Mr. Beresford öffnete einen Brief, überflog ihn und legte ihn auf den kleinen Stapel links neben sich. Er griff nach dem nächsten Brief, um ihn zu öffnen, aber dann behielt er ihn einfach in der Hand. Er sah nicht auf den Brief, sondern auf den Ständer mit Toast. Seine Frau betrachtete ihn eine Weile und fragte dann: „Was ist los, Tommy?"

„Was los ist?" fragte Tommy vage. „Was ist los?"

„Das habe ich dich eben gefragt."

„Gar nichts. Was sollte denn sein?"

„Du hast an etwas gedacht", sagte Tuppence Beresford vorwurfsvoll.

„Ich glaube, ich habe gar nichts gedacht."

„Doch. Du hast. Ist etwas passiert?"

„Aber nein. Was soll denn passiert sein?" Dann fügte er hinzu: „Ich habe die Rechnung vom Klempner."

„Aha", sagte Tuppence verständnisvoll, „sie ist höher, als du gedacht hast, nicht wahr?"

„Natürlich", bestätigte Tommy. „Das ist sie immer."

„Warum sind wir eigentlich nicht Klempner geworden? Wenn du der Chef wärst, könnte ich als dein Gehilfe gehen, und wir würden das Geld nur so scheffeln."

„Ja, wenn wir das früher gewußt hätten!"

„War das eben die Klempnerrechnung, die du in der Hand hattest?"

„Nein. Das war nur mal wieder eine Aufforderung, Geld zu spenden."

„Wofür? Schwererziehbare Jugendliche oder Rassenintegration?"

„Nein. Für ein Altersheim."

„Na, das finde ich schon vernünftiger", sagte Tuppence, „aber ich verstehe nicht, warum du deshalb so ein besorgtes Gesicht machen mußt."

„Oh, an die Spende hab' ich doch gar nicht gedacht."

„An was hast du denn gedacht?"

„Dadurch bin ich wahrscheinlich darauf gekommen", sagte Mr. Beresford.

„Auf was? Stell dich nicht so an. Du erzählst es mir ja doch."

„Ach, es war gar nicht wichtig. Ich hab' nur an Tante Ada gedacht."

„Ach so", sagte Tuppence, der plötzlich alles klar wurde. „Ja", fügte sie nachdenklich hinzu, „Tante Ada."

Ihre Blicke begegneten sich. Leider gibt es heutzutage in fast jeder Familie ein Problem, das man „Tante Ada" nennen könnte. Die Namen unterscheiden sich, und statt Tanten können es Großmütter, ältere Kusinen oder Großtanten sein. Aber es gibt sie, und man muß sich mit ihnen befassen. Man muß nach einem geeigneten Heim suchen und es besichtigen. Man muß Empfehlungen von Ärzten einholen oder von Freunden, die eigene „Tante Adas" haben, die „zufrieden und glücklich bis zu ihrem Tode" in „Haus Frieden" oder im „Wiesenheim" gelebt haben.

Vorbei sind die Zeiten, in denen Tante Elizabeth und Tante Ada und alle anderen im eigenen Haus lebten und von treuen, manchmal tyrannischen alten Dienstboten betreut wurden. Die Tanten Adas von heute müssen versorgt werden, weil sie wegen Arthritis oder Rheuma möglicherweise die Treppe hinunterfallen könnten, wenn sie allein im Haus sind, weil sie an chronischer Bronchitis leiden, weil sie mit den Nachbarn Streit anfangen oder die Geschäftsleute beleidigen.

Tuppence Beresfords eigene Tante – Großtante Primrose – war eine solche Kämpfernatur gewesen. Nichts paßte ihr. Kaum war sie in ein Heim eingezogen, das älteren Damen einen angenehmen und komfortablen Aufenthalt versprach, und hatte der Nichte einige lobende Briefe über diese Institution geschrieben, kam schon die Nachricht, daß sie Knall und Fall abgereist sei. „Nicht eine Minute länger hätte ich es ausgehalten!"

Innerhalb eines Jahres hatte Tante Primrose elf Heime bezogen und wieder verlassen; dann schrieb sie, daß sie einen reizenden jungen Mann kennengelernt hätte. „Er ist wirklich ein sehr anhänglicher Junge. Er hat schon als Kind die Mutter verloren und braucht jemand, der sich um ihn kümmert. Ich habe eine Wohnung gemietet. Er wird zu mir ziehen. Das ist für uns beide die ideale Lösung. Es ist eine echte Wahlverwandtschaft. Liebe Prudence, Du brauchst Dir um mich keine Sorgen mehr zu machen. Morgen gehe ich zu meinem Anwalt, da ich ja für Mervyn Vorsorge treffen muß, falls ich, womit natürlich normalerweise zu rechnen ist, vor ihm das Zeitliche segne. Allerdings muß ich Dir sagen, daß ich mich noch nie so wohl gefühlt habe."

Tuppence war damals sofort nach Aberdeen gereist. Aber die Polizei war ihr bereits zuvorgekommen und hatte den prachtvollen Mervyn entfernt, der schon lange gesucht wurde, weil er sich unter falschen Vorwänden Geld erschwindelt hatte. Tante Primrose war wütend und redete von Polizeistaat. Als sie aber zur Gerichtsverhandlung mußte – wo fünfundzwanzig ältere Freundinnen von Mervyn auftraten –, änderte sie notgedrungen ihre Meinung über ihren Schützling.

„Ich glaube, Tuppence, ich sollte Tante Ada besuchen", sagte Tommy. „Ich war lange nicht bei ihr."

„Ja", sagte Tuppence nicht sehr begeistert. „Wie lange ist es her?"

Tommy überlegte. „Fast ein Jahr."

„Länger. Ich glaube, es war vor über einem Jahr."

„Mein Gott!" Tommy seufzte. „Die Zeit vergeht zu schnell. Schrecklich, wie man alles vergißt. Ich habe ein ganz schlechtes Gewissen."

„Das brauchst du nicht", sagte Tuppence. „Wir schikken ihr Päckchen und schreiben Briefe."

„Ja, schon. Du bist immer so zuverlässig, Tuppence, aber trotzdem: Manchmal liest man Schreckliches über solche Heime."

„Ach, du denkst an das scheußliche Buch aus der Bibliothek, in dem die armen alten Frauen so gelitten haben."

„Es soll sich um einen tatsächlichen Vorfall handeln."

„Ja. Vielleicht gibt es wirklich solche Häuser. Und es gibt immer mehr Menschen, die unglücklich sind, weil sie gar nicht anders können. Aber was sollten wir denn sonst tun, Tommy?"

„Nichts. Man kann nur so vorsichtig wie möglich sein. Man muß sich das Haus genau ansehen, sich genau erkundigen und dafür sorgen, daß ein guter Arzt da ist."

„Aber einen besseren Arzt als Dr. Murray kann sie gar nicht haben."

„Ja." Tommys besorgtes Gesicht hellte sich wieder auf. „Murray ist wirklich ausgezeichnet. Er ist freundlich und geduldig. Und wenn etwas wäre, hätte er uns sofort benachrichtigt."

„Du brauchst dir wirklich keine Sorgen zu machen", sagte Tuppence. „Wie alt ist sie jetzt eigentlich?"

„Zweiundachtzig, nein, dreiundachtzig. Es muß doch schrecklich sein, wenn man alle anderen überlebt."

„Deine Tante Ada findet das nicht schrecklich. Weißt du nicht mehr, mit welchem Genuß sie alle Freunde aufgezählt hat, die schon gestorben sind? Am Ende sagte sie: ‚Und Amy Morgan soll höchstens noch ein halbes Jahr haben. Dabei hat sie immer gesagt, ich sei so zart. Und jetzt ist es beinahe sicher, daß ich sie überleben werde.' Triumphiert hat sie!"

„Na ja . . ."

„Ich weiß", sagte Tuppence. „Du hast das Gefühl, daß es deine Pflicht ist. Deshalb solltest du auch zu ihr fahren. Und ich komme mit." Ihre Stimme bekam einen heroischen Tonfall.

„Nein", wehrte Tommy ab. „Warum solltest du? Sie ist nicht deine Tante. Nein, ich fahre allein."

„Und ich komme doch mit. Ich leide mit dir. Laß uns zusammen leiden. Dir macht es keinen Spaß; mir macht es keinen Spaß; und ich glaube nicht einen Augenblick, daß es Tante Ada Spaß machen wird. Aber was sein muß, muß sein."

„Erinnere dich doch nur, wie ekelhaft sie beim letztenmal zu dir war."

„Ach, das hat mir nichts ausgemacht", erklärte Tuppence. „Das war wahrscheinlich das einzige an dem ganzen Besuch, was dem guten Tantchen Freude gemacht hat. Ich nehme ihr das kein bißchen übel."

„Du bist immer nett zu ihr gewesen", sagte Tommy, „obwohl du sie nicht besonders magst."

„Tante Ada kann man nicht mögen", stellte Tuppence fest. „Ich glaube nicht, daß irgend jemand sie je gemocht hat."

„Ach, ich komme einfach nicht gegen das Mitleid an, das ich mit alten Leuten habe."

„Ich schon", sagte Tuppence. „Ich meine, wenn jemand nett ist, tut es mir leid, wenn er alt und krank wird. Aber wenn du schon mit zwanzig biestig bist und mit vierzig auch noch, und mit sechzig bist du noch viel biestiger, und mit achtzig bist du ein ausgekochter alter Teufel – dann weiß ich wirklich nicht, warum ich mit dir Mitleid haben soll."

„Ja, schon gut", sagte Tommy. „Sei ruhig realistisch. Aber wenn du auch noch edel sein und mitkommen willst . . ."

„Ich will. Schließlich habe ich dich geheiratet, um Freud und Leid mit dir zu teilen. Tante Ada fällt unter Leid. Ich werde ihr Hand in Hand mit dir entgegentreten. Wir bringen ihr einen Blumenstrauß und weiche Pralinen und ein paar Zeitschriften mit. Und du schreibst am besten dieser Miss Sowieso eine Karte und kündigst uns an."

„Nächste Woche? Wie wäre es mit Dienstag?"

„Also Dienstag. Wie heißt die Frau nur? Ich komme nicht auf den Namen - die Domina oder Leiterin oder wie sie sich nennt. Der Name fängt mit P an."

„Miss Packard."

„Ja."

„Vielleicht wird es diesmal anders", sagte Tommy.

„Anders? Wie anders?"

„Keine Ahnung. Vielleicht passiert was Interessantes."

„Unser Zug könnte verunglücken", schlug Tuppence schon etwas fröhlicher vor.

„Warum, um alles in der Welt, willst du bei einem Zugunglück dabeisein?"

„Natürlich will ich das nicht im Ernst. Es war nur . . ."

„Was?"

„Na, das wäre ein Abenteuer, nicht? Vielleicht könnten wir Leute retten und etwas Nützliches tun. Auf jeden Fall wäre es aufregend."

„Was für herrliche Aussichten!" rief Tommy.

„Ja, ich weiß", gab Tuppence zu. „Aber so etwas denke ich mir eben manchmal aus."

# 2

Wie Haus Sonnenhügel zu seinem Namen gekommen war, ließ sich nicht erklären. Es gab keinen Hügel; das Haus lag flach im Gelände, was für seine ältlichen Bewohner auch sehr viel günstiger war. Es hatte einen weitläufigen, aber nicht besonders schönen Garten. Das

Gebäude, das aus der Viktorianischen Zeit stammte, war groß und gut instand gehalten. Im Garten standen an sonnigen Plätzen ein paar Gartenstühle und Bänke. Es gab auch eine überdachte Veranda, auf der die alten Damen vor dem Ostwind geschützt waren.

Tommy klingelte an der Haustür. Eine junge Frau in einem Nylonkittel öffnete. Sie sah erhitzt aus, brachte Tommy und Tuppence in ein kleines Aufenthaltszimmer und sagte atemlos: „Ich sag's Miss Packard. Sie erwartet Sie und wird gleich herunterkommen. Hoffentlich macht es Ihnen nichts aus, wenn Sie einen Moment warten müssen? Aber die alte Mrs. Carraway hat schon wieder ihren Fingerhut verschluckt."

„Du lieber Himmel, wie bringt man denn das fertig?" fragte Tuppence verblüfft.

„Das macht sie mit Absicht", erklärte das Hausmädchen. „Ziemlich oft sogar."

Sie ließ die Besucher allein. Tuppence setzte sich und sagte nachdenklich: „Also ich möchte keinen Fingerhut schlucken. Der muß einem doch im Hals steckenbleiben."

Sie brauchten nicht lange zu warten, denn bald kam Miss Packard herein und entschuldigte sich. Sie war eine große Frau mit hellbraunem Haar, etwa um die Fünfzig, und sie strahlte die ruhige Sicherheit aus, die Tommy so bewundernswert fand.

„Es tut mir leid, daß Sie warten mußten, Mr. Beresford. Guten Tag, Mrs. Beresford. Ich freue mich sehr, daß Sie mitgekommen sind."

„Eine der Damen hat etwas verschluckt. Wir wissen es schon", sagte Tommy.

„Ach, hat Ihnen Marlene das erzählt? Ja, die alte Mrs. Carraway. Sie verschluckt ständig etwas. Das ist ein bißchen lästig, wissen Sie. Man kann sie ja nicht immer bewachen. Kinder tun das natürlich auch, aber bei einer alten Frau kommt es einem doch komisch vor. Sie hat es sich angewöhnt, und es wird von Jahr zu Jahr schlimmer. Wenigstens hat es ihr bisher noch nie geschadet, das ist schon ein Lichtblick."

„Vielleicht war ihr Vater ein Schwertschlucker", sagte Tuppence.

„Ein sehr interessanter Gedanke, Mrs. Beresford. Das könnte manches erklären. - Ich habe Miss Fanshawe gesagt, daß Sie kommen, Mr. Beresford, aber ich bin nicht ganz sicher, ob sie es begriffen hat."

„Wie geht es ihr denn in letzter Zeit?"

„Ach, geistig läßt sie leider sehr nach." Miss Packards Stimme wurde mitfühlend. „Man weiß nie, was sie erfaßt und was nicht. Ich habe ihr gestern abend erzählt, daß Sie kommen, und da hat sie gesagt, das könnte nicht sein, denn jetzt seien keine Schulferien. Sie scheint zu glauben, daß Sie noch im Internat sind. Die armen alten Damen kommen oft mit der Zeit nicht mehr zurecht. Und als ich sie heute morgen wieder an Ihren Besuch erinnerte, sagte sie, Sie könnten unmöglich kommen, denn Sie seien tot. Na ja", fuhr Miss Packard heiter fort, „wenn sie Sie sieht, wird sie sich schon erinnern."

„Und wie steht es mit ihrer Gesundheit?"

„Ach, eigentlich nicht schlecht. Aber, um es offen zu sagen, ich fürchte, es wird nicht mehr allzulange dauern. Sie hat nichts Bestimmtes, aber ihr Herz wird nicht gerade besser. Es ist sogar schlechter geworden. Ich möchte Ihnen das nur sagen, damit Sie vorbereitet sind, wenn es mal plötzlich zu Ende geht."

„Wir haben ihr Blumen mitgebracht", sagte Tuppence.

„Und Pralinen", fügte Tommy hinzu.

„Das ist sehr nett. Darüber wird sie sich bestimmt freuen. Wollen wir jetzt zu ihr gehen?"

Tommy und Tuppence folgten Miss Packard die breite Treppe hinauf. Als sie im oberen Flur waren, öffnete sich plötzlich eine Tür, und eine alte, sehr kleine Dame kam heraus und rief laut und schrill: „Ich will Kakao! Ich will Kakao! Wo ist Schwester Jane? Ich will meinen Kakao!“

Eine Frau in Schwesterntracht machte die Nebentür auf und sagte: „Es ist doch alles in Ordnung. Sie haben den Kakao schon vor einer Viertelstunde bekommen.“

„Nein, Schwester, das hab’ ich nicht. Das ist nicht wahr. Ich hab’ keinen Kakao bekommen, und ich bin jetzt durstig.“

„Gut, dann bringe ich Ihnen noch eine Tasse.“

„Wie kann ich *noch* eine Tasse bekommen, wenn ich noch gar keine gehabt habe?“

Sie gingen weiter. Miss Packard klopfte am Ende des Flurs an eine Tür, öffnete sie und trat ein. „So, Miss Fanshawe“, rief sie fröhlich, „da ist Ihr Neffe.“

Eine alte Dame setzte sich in dem Bett am Fenster mit einem Ruck auf und lehnte sich gegen die aufgestapelten Kissen. Sie hatte stahlgraues Haar und ein mageres, faltiges Gesicht mit einer großen, scharfen Nase. Sie sah sehr mißvergnügt aus. Tommy näherte sich ihr.

„Guten Tag, Tante Ada. Wie geht es dir?“

Tante Ada strafte ihn mit Mißachtung und wandte sich zornig an Miss Packard. „Wie kommen Sie dazu, einen Herrn in das Schlafzimmer einer Dame zu führen? Zu meiner Zeit war so etwas nicht üblich. Und dann behaupten Sie auch noch, es wäre mein Neffe! Wer ist das? Ein Klempner oder ein Elektriker?“

„Aber, aber, das ist ja nicht gerade sehr freundlich“, stellte Miss Packard milde fest.

„Ich bin dein Neffe Thomas Beresford“, sagte Tommy. Er streckte die Pralinéschachtel hin. „Ich hab’ dir Schokolade mitgebracht.“

„Als ob ich darauf hereinfiele!“ höhnte Tante Ada.

„Mir machen Sie nichts vor. Sagen Sie, was Sie wollen. - Wer ist die Frau da?“ Sie beäugte Tuppence abfällig.

„Ich bin Prudence. Deine Nichte Prudence.“

„Was für ein alberner Name! So heißen Hausmädchen. Mein Großonkel Matthew hatte ein Hausmädchen, das Trostreich hieß. Und die Küchenhilfe hieß Gottes-Lob-und-Preis. Sie war Methodistin. Aber meine Großtante Fanny hat damit Schluß gemacht. Sie hat gesagt, solange sie in *ihrem* Haus wäre, hieße sie Rebecca, und damit hätte es sich.“

„Ich habe dir Rosen mitgebracht“, sagte Tuppence.

„Ich halte nichts von Blumen in einem Krankenzimmer. Sie verbrauchen den ganzen Sauerstoff.“

„Ich stelle sie in eine Vase“, erbot sich Miss Packard.

„Das werden Sie nicht tun! Sie könnten mittlerweile wissen, daß ich selber weiß, was ich will.“

„Du scheinst ja in Hochform zu sein, Tante Ada“, sagte Tommy.

„Mit dir nehme ich es noch lange auf. Wieso behauptest du, mein Neffe zu sein? Was hast du noch gesagt, wie du heißt? Thomas?“

„Ja. Thomas oder Tommy.“

„Von dir hab' ich noch nie gehört“, behauptete Tante Ada. „Ich hatte nur *einen* Neffen, und der hieß William. Der ist im letzten Krieg gefallen. Das war gut so. Aus dem wäre sowieso nichts geworden. Und jetzt bin ich müde.“ Tante Ada sank auf die Kissen zurück und sah Miss Packard an. „Bringen Sie sie raus. Sie sollen keine fremden Leute in mein Zimmer lassen.“

„Ich dachte, daß Sie sich über Besuch freuen würden.“ Miss Packard blieb unverändert freundlich.

Tante Ada lachte, tief, kurz und böse.

„Na schön“, sagte Tuppence freundlich. „Wir gehen. Ich lasse dir die Rosen da. Vielleicht gefallen sie dir doch. - Komm, Tommy.“ Sie schritt zur Tür.

„Ja, dann auf Wiedersehen, Tante Ada. Es tut mir leid, daß du dich nicht mehr an mich erinnerst."

Tante Ada blieb stumm, bis Tuppence mit Miss Packard ihren Blicken entschwunden war und Tommy ihr folgen wollte.

„Du da, komm zurück!" Sie hob die Stimme. „Ich kenne dich genau. Du bist Thomas. Früher warst du rothaarig. Karottenrot. Komm zurück. Mit *dir* will ich sprechen. Nicht mit der Frau. Blödsinn, zu behaupten, sie sei deine Frau. Setz dich hier in den Stuhl und erzähle mir, wie es deiner lieben Mutter geht. – Und Sie verschwinden!" rief sie Tuppence zu, die zögernd auf der Schwelle stehengeblieben war. Tuppence zog sich schleunigst zurück.

„Na, heute ist es aber schlimm mit ihr." Miss Packard ging gleichmütig neben Tuppence die Treppe hinunter. „Dabei kann sie manchmal ganz reizend sein. Aber das werden Sie mir kaum glauben."

Tommy setzte sich auf den angewiesenen Stuhl und sagte freundlich, daß er ihr nicht viel Neues von seiner Mutter berichten könne, da sie seit fast vierzig Jahren tot sei. Tante Ada ließ sich durch diese Tatsache nicht stören.

„Ist das schon so lange her?" fragte sie. „Wie die Zeit vergeht." Sie betrachtete ihn nachdenklich. „Warum heiratest du nicht? Du brauchst eine Frau, die sich um dich kümmert. Du bist auch nicht mehr der Jüngste. Dann müßtest du auch nicht solche Frauenzimmer aushalten und so tun, als wärst du mit ihnen verheiratet."

„Beim nächsten Besuch muß Tuppence dir unsere Heiratsurkunde mitbringen", sagte Tommy.

„So, du hast ihr also deinen guten Namen gegeben?"

„Wir sind seit mehr als dreißig Jahren verheiratet, Tante Ada. Wir haben einen Sohn und eine Tochter, die beide auch schon verheiratet sind."

Tante Ada wich geschickt aus. „Mir sagt eben keiner was. Wenn du mich auf dem laufenden gehalten hättest, wie es sich gehört . . .“

Tommy gab klein bei. „Entschuldige bitte, Tante Ada“, sagte er. „Weißt du, mit der Zeit läßt leider das Erinnerungsvermögen nach. Und nicht jeder“ – er wurde nicht einmal rot dabei – „hat so ein fabelhaftes Gedächtnis wie du.“

Tante Ada strahlte. Sie strahlte schadenfroh. „Da hast du recht. Es tut mir leid, daß ich dich nicht so ganz freundlich empfangen habe, aber ich mag es eben nicht, wenn man sich mir aufdrängt. Und in diesem Haus hier lassen sie einfach jeden herein. Jeden, der kommt. Wenn ich alles glaubte, was diese Leute von sich behaupten, dann würde ich ausgeraubt und in meinem Bett ermordet.“

„Das halte ich aber doch für sehr unwahrscheinlich.“

„Sag das nicht!“ rief Tante Ada. „Wenn man nur die Zeitung liest! Und was einem so erzählt wird! Nicht daß ich das alles glaube. Ich bin auf der Hut. Kannst du dir vorstellen, daß sie neulich einen fremden Mann hereingeführt haben – ich habe ihn nie im Leben gesehen. Er nannte sich Dr. Williams. Er behauptete, Dr. Murray sei auf Urlaub, und er sei sein Vertreter. Und woher sollte ich wissen, ob er es wirklich war? Er hat es einfach behauptet!“

„Und war er es?“ fragte Tommy.

„Na ja“, räumte Tante Ada ärgerlich ein, „er war’s. Aber woher soll man das wissen? Ich will darauf hinaus, daß hier einfach jeder hereinkommen und behaupten kann, ein Arzt zu sein. Sämtliche Schwestern fangen dann sofort zu strahlen an und sagen: ‚Ja, Herr Doktor‘ und ‚Natürlich, Herr Doktor!‘ Und wenn die Patientin erklärt, daß sie den Mann nicht kennt, dann sagen diese dummen Gänse, sie sei alt und vergeßlich. Ich vergesse nie ein Gesicht!“ Tante Ada wurde streng. „Ich habe noch nie ein Gesicht vergessen. Wie geht es deiner Tante Caroline? Ich habe lange nichts von ihr gehört.“

Tommy mußte schuldbewußt gestehen, daß auch Tante Caroline seit fünfzehn Jahren tot war. Tante Ada nahm den Todesfall ohne Bedauern zur Kenntnis.

„Sie scheinen alle zu sterben“, sagte sie voller Genugtuung. „Sie halten nichts aus. Schwache Herzen, Koronarthrombosen, hoher Blutdruck, chronische Bronchitis und so weiter. Sie sind alle schwächlich. Davon leben die Ärzte. Sie geben ihnen literweise Medizin und pfundweise Tabletten, gelbe, rosa, grüne und sogar schwarze! Brr! Zur Zeit meiner Großmutter nahm man Schwefel und Melasse. Ich wette, das hat genausogut geholfen. Wenn man die Wahl hatte, gesund zu werden oder Schwefel und Melasse trinken zu müssen, dann wurde man lieber gesund.“ Sie nickte zufrieden. „Ärzten kann man eben nicht über den Weg trauen. Jedenfalls nicht, wenn es um neue Mittel geht ... Hier soll es sehr viele Vergiftungen geben, habe ich gehört. Sie brauchen Herzen für die Chirurgen, heißt es. Ich glaube ja nicht, daß das wahr ist. Miss Packard würde das bestimmt nicht zulassen ...“

Im Parterre deutete Miss Packard auf ein Zimmer und sagte entschuldigend: „Das alles tut mir sehr leid, Mrs. Beresford, aber Sie wissen ja sicher, wie es mit alten Menschen ist. Sie haben Vorlieben und Abneigungen, von denen man sie nicht abbringen kann ...“

„Ich kann mir vorstellen, wie schwer es ist, so ein Heim zu leiten“, sagte Tuppence.

„Ach, es geht schon. Mir macht es sogar Freude. Wissen Sie, ich habe meine alten Damen alle sehr gern. Wenn man sich immer um sie kümmert, wachsen sie einem ans Herz. Ich meine, sie haben ihre kleinen

Eigenheiten, aber wenn man sie genau kennt, ist es gar nicht so schwer, mit ihnen auszukommen."

Tuppence dachte, daß Miss Packard für ihren Beruf geboren sein mußte.

„Eigentlich sind sie wie Kinder", fuhr Miss Packard fort. „Nur, Kinder sind viel logischer und darum schwieriger. Die alten Leute sind unlogisch. Sie wollen, daß man ihnen das sagt, was sie selbst gern glauben möchten. Und wenn man das tut, sind sie ganz zufrieden. Und ich habe Glück mit meinen Schwestern. Sie sind geduldig, gutmütig und nicht zu klug. Wenn die Schwestern zu klug sind, werden sie leicht ungeduldig. – Ja, Miss Donovan, was gibt es?" Sie wandte sich einer jungen Frau zu, die die Treppe heruntergerannt kam.

„Schon wieder Mrs. Lockett, Miss Packard. Sie behauptet, im Sterben zu liegen, und verlangt einen Arzt."

„Ach", sagte Miss Packard unbeeindruckt, „und woran stirbt sie diesmal?"

„Sie meint, gestern seien Giftpilze im Ragout gewesen."

„Das ist neu", sagte Miss Packard. „Da muß ich wohl doch mit ihr reden. Entschuldigen Sie, Mrs. Beresford. Im Zimmer liegen Zeitungen und Zeitschriften."

„Oh, machen Sie sich um mich keine Sorgen."

Tuppence betrat das Zimmer, das ihr gezeigt worden war. Es war ein heller Raum, dessen Terrassentüren in den Garten führten.

Im Augenblick saß hier nur eine weißhaarige alte Dame. Sie trug die Haare zurückgekämmt und hielt ein Glas Milch in der Hand. Sie hatte ein zartes Gesicht und lächelte Tuppence freundlich an. „Guten Morgen", sagte sie. „Werden Sie hier wohnen, oder kommen Sie nur zu Besuch?"

„Ich bin zu Besuch hier", erklärte Tuppence. „Bei einer

Tante. Mein Mann ist gerade bei ihr. Wir wollten uns abwechseln, damit es sie nicht so anstrengt."

„Wie rücksichtsvoll von Ihnen." Die alte Dame trank prüfend einen Schluck Milch. „Ob sie ... nein, ich glaube, sie ist gut. Möchten Sie etwas trinken? Tee oder Kaffee? Ich will für Sie klingeln. Die Leute hier sind sehr entgegenkommend."

„Oh, danke", sagte Tuppence. „Ich möchte wirklich nichts."

„Oder ein Glas Milch? Sie ist heute nicht vergiftet."

„Nein, wirklich nicht. Wir bleiben nicht mehr lange."

„Nun, wenn Sie nicht mögen - aber es macht gar keine Mühe. Hier kann man alles bekommen, es sei denn, man verlangt etwas ganz Unmögliches."

„Ich fürchte, daß unsere Tante gelegentlich doch ein bißchen viel verlangt", gestand Tuppence. „Es ist Miss Fanshawe."

„Ach, Miss Fanshawe", sagte die alte Dame. „Ach so."

Sie schien nichts weiter bemerken zu wollen, aber Tuppence fuhr freimütig fort: „Ich glaube, sie ist ein ziemlicher Drachen. Sie war schon immer ein Drachen."

„Ja, das mag stimmen. Ich hatte auch eine Tante, die ihr sehr ähnlich war, vor allem, als sie älter wurde. Aber wir hier haben Miss Fanshawe sehr gern. Wenn sie will, kann sie ungewöhnlich amüsant sein. Wie sie zum Beispiel über Menschen spricht!"

„Ja, da haben Sie recht", gab Tuppence zu. Sie betrachtete Tante Ada einen Augenblick in diesem neuen Licht.

„Bissig", sagte die alte Dame. „Übrigens heiße ich Lancaster, Mrs. Lancaster."

„Ich bin Mrs. Beresford."

„Nehmen Sie es mir nicht übel, aber ein bißchen Boshaftigkeit kann manchmal sehr reizvoll sein. Und wie sie die anderen Gäste beschreibt! Und was sie über sie sagt! Ich weiß, man sollte nicht darüber lachen, aber man tut es eben doch."

„Leben Sie schon lange hier?"

„Oh, schon eine ganze Weile. Ja, warten Sie, sieben Jahre, acht? Ja, schon mehr als acht Jahre." Sie seufzte. „Man verliert allen Kontakt. Die einzigen Verwandten, die ich noch habe, leben im Ausland."

„Wie traurig für Sie."

„Ach, es ist nicht so schlimm. Ich hatte keine enge Bindung an sie, ich hab' sie nicht einmal gut gekannt. Ich war krank – sehr krank sogar –, und ich war ganz allein. Sie hielten es für das beste, mich in einem Heim unterzubringen. Und ich hatte Glück. Hier sind alle so freundlich und rücksichtsvoll. Und der Garten ist so besonders schön. Ich weiß selbst, daß es nicht gut für mich ist, allein zu leben. Ich bin manchmal recht verwirrt, wissen Sie." Sie tippte sich an die Stirn. „Ich bringe alles durcheinander und erinnere mich nicht mehr richtig an das, was gewesen ist."

„Das tut mir leid", sagte Tuppence. „Aber irgend etwas muß wohl jeder Mensch haben, nicht wahr?"

„Ja, und manche Krankheiten sind so schmerzhaft. Deshalb meine ich, daß es nicht so schlimm ist, wenn man ab und zu ein wenig wirr ist. Auf jeden Fall tut das nicht weh."

„Nein, da haben Sie recht."

Ein Mädchen in einem weißen Kittel kam mit Kaffee und Plätzchen herein. Sie stellte das Tablett neben Tuppence ab. „Miss Packard dachte, daß Sie sicher gern eine Tasse Kaffee trinken möchten."

„Oh, vielen Dank", sagte Tuppence.

Das Mädchen ging wieder hinaus, und Mrs. Lancaster sagte: „Na, sehen Sie nun, wie aufmerksam man hier ist?"

„Ja, wirklich."

Tuppence schenkte sich Kaffee ein. Die beiden Frauen schwiegen eine Weile. Tuppence bot die Plätzchen an, aber Mrs. Lancaster schüttelte den Kopf. „Nein danke, meine Liebe. Ich trinke nur die Milch." Sie stellte das leere Glas auf den Tisch und lehnte sich mit geschlossenen Augen zurück. Tuppence dachte, daß dies vielleicht die Zeit für ihr kleines Morgenschläfchen sei, und schwieg. Mrs. Lancaster schüttelte aber plötzlich die Müdigkeit ab. Sie öffnete die Augen, blickte Tuppence an und sagte: „Ich sehe, daß Sie den Kamin betrachten."

„Ach, hab' ich das?" fragte Tuppence etwas verwundert.

„Ja. Ich hab' schon überlegt ..." Sie beugte sich vor und fragte leise: „Entschuldigen Sie, aber war es Ihr armes Kind?"

Tuppence zögerte konsterniert. „Ich – nein, ich glaube nicht."

„Ich dachte nur, daß Sie vielleicht aus diesem Grund gekommen sind. Jemand müßte nämlich kommen. Vielleicht kommen sie auch noch. Nur, weil Sie den Kamin so angesehen haben ... Da ist es nämlich. Hinter der Kaminplatte."

„Ach", stotterte Tuppence. „Ach so. Da?"

„Immer zur selben Zeit", flüsterte Mrs. Lancaster. Sie richtete den Blick auf die Kaminuhr. Tuppence tat es ebenfalls. „Zehn nach elf", sagte die alte Dame. „Zehn nach elf. Ja, an jedem Vormittag zur selben Zeit." Sie seufzte. „Die Leute haben es nicht verstanden. Ich habe ihnen gesagt, was ich wußte ... Aber sie wollten mir nicht glauben!"

Tuppence war sehr erleichtert, als in diesem Augenblick die Tür aufging und Tommy hereinkam. Sie sprang auf.

„Ich bin fertig. Wir können gehen." Sie trat zur Tür,

drehte sich halb um und sagte: „Auf Wiedersehen, Mrs. Lancaster."

Als sie in die Diele kamen, fragte sie Tommy: „Wie ist es denn gegangen?"

„Sobald du draußen warst, ganz glänzend."

„Ich scheine ihr nicht sonderlich zu liegen, was? Eigentlich ist das ein Kompliment für mich."

„Wieso?"

„In meinem Alter", sagte Tuppence, „und wo ich so ehrbar und ordentlich und langweilig aussehe, gefällt es mir, wenn mich jemand für einen verführerischen Vamp hält."

Tommy lachte und nahm zärtlich ihren Arm. „Und mit wem hast du herumgeschäkert? Die alte Dame sah reizend aus."

„Sie *ist* reizend", sagte Tuppence, „sehr sogar, aber leider nicht ganz richtig im Oberstübchen."

„Verrückt?"

„Ja. Sie scheint zu glauben, daß ein totes Kind hinter der Kaminplatte steckt. Sie hat mich gefragt, ob es mein armes Kind sei."

„Was für ein hübsches Thema", sagte Tommy. „Aber von der Sorte wird es hier einige geben. Trotzdem sah sie nett aus."

„Das war sie ja auch. Lieb und nett. Aber ich möchte doch wissen, was sie sich einbildet und warum."

Plötzlich tauchte Miss Packard vor ihnen auf. „Auf Wiedersehen, Mrs. Beresford. Hoffentlich haben Sie Kaffee bekommen?"

„Ja. Vielen Dank."

Sie wandte sich an Tommy. „Miss Fanshawe hat sich bestimmt über Ihren Besuch gefreut. Es tut mir nur leid, daß sie Ihre Frau so schlecht behandelt hat."

„Ich glaube, das hat ihr besonders viel Spaß gemacht", sagte Tuppence lächelnd.

„Da können Sie recht haben. Sie ist zu allen Leuten sehr unfreundlich, und leider beherrscht sie ihre Kunst meisterhaft. Aber Sie beide sind so verständnisvoll."

„Heißt die alte Dame, mit der ich gesprochen habe, Mrs. Lancaster?" fragte Tuppence. „Habe ich es richtig verstanden?"

„Ja. Mrs. Lancaster. Wir haben sie alle sehr gern."

„Ist sie ... ein bißchen seltsam?"

„Nun, sie bildet sich vieles ein", sagte Miss Packard entschuldigend. „Das kommt bei einigen unserer Gäste vor. Sie erzählen alles mögliche. Ich glaube, es ist eine Art Übung für ihre Phantasie; sie leben gern in ihrer Traumwelt. Manchmal ist sie aufregend, manchmal traurig; ihnen ist das ganz egal."

„Na, das hätten wir hinter uns", sagte Tommy und stieg aufseufzend in das Auto. „Das reicht für die nächsten sechs Monate."

Aber auch dann brauchten sie den Besuch nicht zu wiederholen, denn Tante Ada starb drei Wochen später im Schlaf.

# 3

„Beerdigungen sind etwas Trauriges, findest du nicht auch?" sagte Tuppence.

Sie waren gerade von Tante Adas Begräbnis zurückgekommen und hatten eine lange, umständliche Zugfahrt hinter sich; denn Tante Ada war in dem kleinen Dorf in Lincolnshire beigesetzt worden, in dem ihre Vorfahren gelebt hatten.

„Und was erwartest du von einer Beerdigung?" fragte Tommy nüchtern. „Ein turbulentes Freudenfest?"

„Ach, manchmal gibt es so was. Die Iren zum Beispiel haben Spaß an ihren Totenwachen. Erst wird laut geklagt und geweint, und dann gibt's viel zu trinken und ein wildes Fest. Apropos Trinken!“ Sie richtete den Blick auf das Büfett.

Tommy mixte ihr eine White Lady.

„So, jetzt geht es mir wieder besser“, sagte Tuppence erleichtert.

Sie nahm den schwarzen Hut ab, warf ihn quer durch das Zimmer und schlüpfte aus dem langen, schwarzen Mantel.

„Ich mag keine Trauerkleidung. Sie riecht immer nach Mottenkugeln.“

„Du brauchst doch keine Trauer zu tragen. Das war ja nur für die Beerdigung.“

„Das weiß ich. Ich gehe auch gleich rauf und ziehe mir ein knallrotes Kleid an, um die Stimmung zu heben. Machst du mir noch eine White Lady?“

„Nanu, Tuppence? Ich wußte gar nicht, daß dich Beerdigungen so vergnügungssüchtig machen.“

„Ich sagte, daß Beerdigungen traurig sind“, erklärte Tuppence, als sie kurz darauf in einem leuchtend kirschroten Kleid wiederkam, auf dessen Schulter sie eine Eidechse aus Rubinen und Brillanten gesteckt hatte. „Weil Beerdigungen wie die von Tante Ada traurig sind. Weißt du, alte Menschen, zuwenig Blumen, zuwenig Leute, die schluchzen und weinen. Ein alter, einsamer Mensch, der keinem fehlt.“

„Ich hätte doch gedacht, daß du das viel besser durchstehen würdest als zum Beispiel meine Beerdigung.“

„Da irrst du dich aber sehr. Ich denke nicht gern daran, aber nehmen wir mal an, ich müßte zu deiner Beerdigung gehen, dann wäre das eine Orgie der Trauer. Wie viele Taschentücher ich allein brauchte!“

„Mit schwarzem Rand?“

„Daran hatte ich zwar nicht gedacht, aber es ist keine schlechte Idee. Außerdem ist die kirchliche Trauerfeier immer sehr schön. So erhebend, weißt du. Und richtige Trauer ist echt. Man fühlt sich hundeelend, aber es nützt einem. So wie Schweiß, weißt du?“

„Tuppence! Ich finde deine Betrachtungen über mein Hinscheiden und die Wirkung, die es auf dich haben wird, ganz ungeheuer taktlos. Es gefällt mir gar nicht. Reden wir nicht mehr von Beerdigungen, nein?“

„Gern. Vergessen wir es.“

„Die arme alte Schachtel ist tot“, sagte Tommy. „Sie ist friedlich und ohne Schmerzen gestorben. Was wollen wir mehr? – Und jetzt sollte ich das da mal aufräumen.“

Er ging zum Schreibtisch und wühlte in Papieren herum. „Wo hab' ich nur Mr. Rockburys Brief?“

„Wer ist Mr. Rockbury? Ach, richtig, der Anwalt.“

„Ja, der von ihrem Nachlaß geschrieben hat. Anscheinend bin ich ihr letzter Verwandter.“

„Schade, daß sie dir kein Vermögen hinterlassen hat.“

„Wenn sie eins gehabt hätte, hätte sie es dem Katzenheim vermacht“, erklärte Tommy. „Das schluckt so schon ihr ganzes Barvermögen. Ich glaube nicht, daß für mich etwas übrigbleibt. Ich brauch's ja auch nicht, und ich will's auch nicht.“

„War sie denn so vernarrt in Katzen?“

„Keine Ahnung. Vermutlich. Aber ich habe sie nie von Katzen reden hören“, sagte Tommy nachdenklich. „Sie hat zu ihren alten Freunden oft und gern gesagt: ‚Ich habe dich auch in meinem Testament bedacht.‘ Oder: ‚Diese Brosche, die dir so gut gefällt, habe ich dir vermacht.‘ Und jetzt hat niemand etwas bekommen, nur das Katzenheim.“

„Das hat ihr bestimmt einen Mordsspaß gemacht“, sagte Tuppence. „Tommy, sie war ein altes Biest, findest du nicht auch? Und trotzdem hab' ich sie gern, gerade weil sie so war. Wer hat schon noch Spaß am Leben, wenn er so alt ist und in ein Heim gesteckt wird? Müssen wir zum Sonnenhügel?"

„Wo ist der andere Brief, der von Miss Packard? Ah, ja. Sie schreibt, daß ein Teil der Möbel Tante Ada gehört hat. Die werde ich jetzt wohl bekommen. Und dann ihre persönlichen Dinge. Das muß man sich einmal ansehen. Ihre Kleider und Briefe ... Glaubst du, daß wir etwas davon brauchen können? Höchstens den kleinen Sekretär, den habe ich immer gern gehabt. Er hat früher dem alten Onkel William gehört."

„Dann nimm ihn dir zur Erinnerung. Die übrigen Sachen können wir sicher versteigern lassen."

„Dann brauchst du doch eigentlich nicht mitzukommen, Tuppence."

„Ich würde aber sehr gern mitkommen."

„Wieso denn das? Ich dachte, es wäre langweilig für dich?"

„Was? Ihre Sachen durchzusehen? Das ist nicht langweilig. Ich bin neugierig. Alte Briefe und antiker Schmuck sind immer interessant. Nein, wir fahren hin, räumen auf und nehmen uns, was wir haben wollen."

„Und warum willst du nun wirklich mitfahren? Du hast doch einen anderen Grund!"

Tuppence seufzte. „Es ist schrecklich, mit jemandem verheiratet zu sein, der einen so genau kennt. Nun, der einzige Grund ist ..."

„Heraus mit der Sprache."

„Ich würde ganz gern die andere – diese andere alte Tante wiedersehen."

„Was? Die, die geglaubt hat, hinter der Kaminplatte sei ein totes Kind?"

„Ja", sagte Tuppence. „Ich möchte wissen, was sie damit gemeint hat. Ob sie sich an etwas erinnert oder ob es nur Einbildungen sind? Je mehr ich darüber nachdenke, um so seltsamer kommt es mir vor. Ist es ein selbstausgedachtes Märchen, oder ist irgendwann einmal etwas geschehen, das mit einem Kamin und einem toten Kind zu tun hatte? Warum hat sie geglaubt, das tote Kind könnte *mein* Kind gewesen sein? Sehe ich so aus, als hätte ich ein totes Kind?"

„Ich weiß nicht, wie du dir das Aussehen eines Menschen vorstellst, der ein totes Kind hat", sagte Tommy. „Auf jeden Fall müssen wir hinfahren, und du kannst dich nebenbei deinen makabren Vergnügungen hingeben. Damit ist wohl alles klar. Wir schreiben an Miss Packard und verabreden einen Termin."

# 4

„Es hat sich nichts verändert", sagte Tuppence.

Sie standen auf der Treppe von Haus Sonnenhügel.

„Was sollte sich auch verändern?" fragte Tommy.

„Ich weiß nicht. Ich hab' mir eingebildet, es müßte anders sein – wegen der Zeit, weißt du. Die Zeit vergeht nicht überall gleich schnell. Zu manchen Orten kehrt man zurück und erwartet, daß furchtbar viel geschehen ist. Aber hier ... hier ist überhaupt nichts passiert. Hier hat die Zeit stillgestanden. Hier ist alles wie immer."

„Willst du hier den ganzen Tag stehenbleiben und über die Zeit philosophieren? – Tante Ada ist nicht mehr hier, *das* hat sich verändert." Tommy klingelte entschlossen.

„Ja, das ist wohl das einzige. Meine alte Dame wird ihre Milch trinken und von Kaminen reden; und Mrs. Soundso wird einen Fingerhut oder einen Teelöffel verschluckt haben; und eine komische kleine Frau wird aus einem Zimmer herausstürzen und Kakao verlangen; und Miss Packard wird die Treppe herunterkommen und ..."

Die Tür öffnete sich. Eine junge Frau in einem Nylonkittel sagte: „Mr. und Mrs. Beresford? Miss Packard erwartet Sie."

Die junge Frau wollte sie gerade wieder in das Wohnzimmer führen, als Miss Packard die Treppe herunterkam und sie begrüßte. Sie sprach - entsprechend den Umständen - in gemessenem Trauertonfall; allerdings hielt sich die Trauer in Grenzen. Miss Packard dosierte ihr Mitgefühl sehr geschickt.

„Und wenn es hoch kommt siebzig Jahre." Das war die Spanne Zeit, die die Bibel nannte, und die Todesfälle in ihrem Haus traten selten früher ein. Man mußte mit ihnen rechnen, und sie ereigneten sich.

„Ich bin froh, daß Sie so schnell kommen konnten, denn ich habe, um ehrlich zu sein, schon drei oder vier Anwärter auf einen freien Platz. Sie verstehen das sicher und glauben nicht, daß ich Sie drängen wollte."

„Aber natürlich, wir verstehen das sehr gut", sagte Tommy.

„Es ist alles noch an seinem Platz."

Miss Packard öffnete die Tür des Zimmers, in dem sie Tante Ada zum letztenmal gesehen hatten. Es sah so unbewohnt aus wie alle Zimmer, in denen ein Bett mit einem Überzug zugedeckt ist, unter dem man sauber gefaltete Decken und aufgestapelte Kissen erkennen kann.

Die Schranktür stand offen; die Kleider waren ordentlich auf dem Bett ausgelegt.

„Was tun Sie gewöhnlich - ich meine, was geschieht normalerweise mit den Kleidern und der Wäsche?"

Miss Packard war so hilfsbereit und bewandert, wie

man es von ihr erwartete. „Ich kann Ihnen die Adresse von Wohlfahrtsorganisationen geben, Mrs. Beresford, die abgelegte Kleidungsstücke nur zu gern nehmen. Ihre Tante hatte eine sehr schöne Pelzstola und einen Mantel aus gutem Stoff. Ihren Schmuck hatte ich an mich genommen und eingeschlossen. Ich habe ihn jetzt in die rechte Schublade des Toilettentischs gelegt."

„Vielen Dank für all die Mühe, die Sie sich gemacht haben", sagte Tommy.

Tuppence betrachtete gebannt das Bild über dem Kamin. Es war ein kleines Ölgemälde und zeigte ein blaßrosa Haus an einem Kanal, der von einer kleinen, hochgewölbten Brücke überspannt wurde. Unter der Brücke war am Ufer ein leeres Boot festgemacht. In der Ferne standen zwei Pappeln. Es war ein reizendes Bild, aber Tommy wußte nicht, warum Tuppence es so intensiv musterte.

„Komisch", murmelte sie.

Tommy sah sie fragend an. Aus langer Erfahrung wußte er, daß Dinge, die Tuppence mit „komisch" bezeichnete, keineswegs komisch waren. „Was meinst du denn, Tuppence?"

„Es ist komisch. Das Bild ist mir früher hier nie aufgefallen. Und dabei kenne ich das Haus. Ich habe es schon gesehen. Ich erinnere mich genau ... Komisch, daß ich nicht mehr weiß, wann und wo es war."

„Wahrscheinlich hast du es gesehen, ohne richtig zu merken, daß du es gesehen hast." Tommy fand seine Worte sehr ungeschickt und ebenso abgedroschen wie Tuppence' „komisch".

„Hast *du* es gesehen, Tommy, als wir zum letztenmal hier waren?"

„Nein. Aber ich habe mich auch nicht gründlich umgesehen."

„Ach, das Bild", sagte Miss Packard. „Nein, das können

Sie nicht gesehen haben. Ich bin ziemlich sicher, daß es damals nicht über dem Kamin gehangen hat. Es gehörte einer anderen alten Dame. Miss Fanshawe hat bei ihr das Bild einige Male bewundert, und da hat die Dame es ihr geschenkt."

„Aha", sagte Tuppence. „Aber ich habe trotzdem das Gefühl, das Haus gut zu kennen. Du nicht, Tommy?"

„Nein."

„Dann darf ich Sie allein lassen?" fragte Miss Packard. „Wenn Sie mich brauchen, stehe ich Ihnen jederzeit zur Verfügung." Sie nickte ihnen lächelnd zu, ging hinaus und schloß die Tür hinter sich.

„Ich mag die Zähne dieser Frau nicht", stellte Tuppence fest.

„Was stört dich daran?"

„Sie hat zu viele davon. Oder sie sind zu groß. *Damit ich dich besser fressen kann.* – Wie die Großmutter von Rotkäppchen."

„Du bist ja heute in einer sonderbaren Stimmung!"

„Bin ich auch. Ich habe Miss Packard immer sehr nett gefunden, heute aber kommt sie mir irgendwie – unheimlich vor. Kennst du das Gefühl?"

„Nein. – Und nun komm. Wir sind hier, um die Effekten der armen Tante Ada zu sortieren – wie es die Juristen nennen. Das ist der Schreibtisch, von dem ich gesprochen habe, der von Onkel William. Gefällt er dir?"

„Er ist sehr hübsch. Regency, nicht wahr? Eigentlich schön für die alten Leute, die hierherkommen, daß sie sich ein paar persönliche Dinge mitbringen können. Die Roßhaarstühle gefallen mir nicht, aber der Nähtisch ist reizend. Er ist genau das, was wir für die Fensternische brauchen können."

„Gut", sagte Tommy, „dann lassen wir uns die beiden Stücke schicken."

„Und das Bild. Ich finde es so hübsch. Und ich bin

sicher, daß ich das Haus schon gesehen habe. – So, jetzt kommt der Schmuck an die Reihe."

Sie fanden in der Schublade einige Kameen, ein Florentiner Armband, Ohrringe und einen Ring mit verschiedenfarbigen Edelsteinen.

Tuppence steckte den Ring an den Finger. „Deborah würde ihn sicher gern haben. Und den florentinischen Schmuck. Sie schwärmt für alles Viktorianische. Aber jetzt müssen wir an die Kleider gehen. Irgendwie kommt mir das schrecklich vor. – Ach, das ist die Pelzstola. Die ist, glaube ich, sehr wertvoll. Aber ich mag sie nicht. Ob hier wohl jemand ist, der besonders nett zu Tante Ada war? Eine Freundin vielleicht? Wir könnten ihr die Stola schenken. Es ist Zobel. Wir fragen Miss Packard. Alles andere kann an die Wohlfahrtsleute gehen. So, das wär's. – Leb wohl, Tante Ada", sagte Tuppence laut und sah zum Bett hinüber. „Ich bin froh, daß wir dich noch besucht haben. Es tut mir leid, daß du mich nicht gemocht hast, aber wenn es dir Spaß gemacht hat, mich nicht zu mögen und all diese Unverschämtheiten zu sagen, dann nehme ich dir das nicht übel. Ein bißchen Spaß sollte dir das Leben doch machen. Und wir vergessen dich auch nicht. Wir denken an dich, wenn wir Onkel Williams Schreibtisch ansehen."

Sie suchten Miss Packard, und Tommy erklärte, daß ein Spediteur den Schreibtisch und den Nähtisch abholen würde und daß er die übrigen Möbel vom örtlichen Auktionator versteigern lassen wollte. Alle Kleidungsstücke würden sie, wenn es nicht zuviel Mühe machte, durch sie an die geeigneten Stellen weiterleiten lassen.

„Ich weiß nicht, ob hier jemand ist, der sich über die Zobelstola freuen würde", sagte Tuppence. „Sie ist sehr schön. Hat Tante Ada eine gute Freundin gehabt? Oder vielleicht hat sich eine der Schwestern besonders um sie verdient gemacht?"

„Wie freundlich von Ihnen, Mrs. Beresford. Leider hatte Miss Fanshawe unter unseren Gästen keine besondere Freundin, aber Miss O'Keefe, eine von den Schwestern, hat sich immer liebevoll um sie gekümmert. Ich glaube, sie würde sich sehr darüber freuen und es als große Anerkennung empfinden."

„Ach, und dann das Bild über dem Kamin", fuhr Tuppence fort. „Das hätte ich sehr gern – aber vielleicht möchte es die Dame, die es ihr geschenkt hat, wieder an sich nehmen? Ich meine, wir müßten sie erst fragen ..."

Miss Packard unterbrach sie. „Leider können wir das nicht, Mrs. Beresford. Es geht nicht. Eine Mrs. Lancaster hat es Miss Fanshawe geschenkt; und die ist nicht mehr bei uns."

„Nicht mehr bei Ihnen?" fragte Tuppence überrascht. „Mrs. Lancaster? Die, die ich beim letzten Besuch kennengelernt habe? Die Dame mit den zurückgekämmten Haaren? Sie trank unten im Wohnzimmer Milch. Und die ist nicht mehr hier?"

„Nein. Es ist ganz plötzlich gegangen. Eine Verwandte von ihr, eine Mrs. Johnson, hat sie vor etwa einer Woche abgeholt. Mrs. Johnson kam aus Afrika zurück, wo sie seit vier oder fünf Jahren lebte. Sie kann Mrs. Lancaster nun bei sich aufnehmen. Sie und ihr Mann haben sich in England ein Haus gekauft. – Ich glaube übrigens", fügte Miss Packard hinzu, „daß Mrs. Lancaster gar nicht gern von uns fortging. Sie war glücklich hier und hatte viele Freunde. Beim Abschied war sie ganz aufgelöst und hat sogar geweint – aber was kann man machen? Schließlich haben die Johnsons ihr den Aufenthalt hier bezahlt. Ich habe vorgeschlagen, da sie schon so lange hier sei, sie hierzulassen ..."

„Wie lange war sie denn hier?" fragte Tuppence.

„Oh, beinahe sechs Jahre. Ja, ungefähr so lange. Und darum hatte sie sich hier auch so gut eingelebt."

Tuppence nickte. „Das kann ich verstehen." Sie runzelte die Stirn, warf Tommy einen nervösen Blick zu und streckte dann energisch ihr Kinn vor. „Es ist schade, daß sie fort ist. Als ich mit ihr sprach, hatte ich das Gefühl, sie früher schon getroffen zu haben – ihr Gesicht kam mir so bekannt vor. Später ist es mir dann wieder eingefallen. Ich hatte sie bei einer alten Freundin kennengelernt, einer Mrs. Blenkinsop. Ich wollte bei unserem nächsten Besuch mit ihr darüber sprechen und fragen, ob ich mich richtig erinnere."

„Das wäre nett gewesen, Mrs. Beresford. Alle unsere Gäste sind glücklich, wenn sie wieder Kontakt mit alten Freunden bekommen oder jemanden treffen, der ihre Verwandten früher gekannt hat. Ich kann mich allerdings nicht erinnern, daß sie jemals von einer Mrs. Blenkinsop gesprochen hätte, aber das wäre ja auch nur ein Zufall gewesen."

„Können Sie mir vielleicht sagen, wer ihre Verwandten sind und wie sie hierhergekommen ist?"

„Ich weiß leider nur wenig. Wie ich schon sagte, haben wir vor etwa sechs Jahren Briefe von einer Mrs. Johnson bekommen, in denen sie sich nach dem Heim erkundigte. Später kam Mrs. Johnson selbst, um es sich anzusehen. Sie erkundigte sich nach den Preisen und Bedingungen und reiste wieder ab. Eine Woche darauf schrieb uns eine Anwaltskanzlei aus London und holte weitere Auskünfte ein. Dann baten sie uns, Mrs. Lancaster aufzunehmen, falls wir einen Platz frei hätten. Zufällig war das der Fall. Mrs. Johnson brachte Mrs. Lancaster, und ihr gefielen das Haus und das Zimmer. Mrs. Johnson sagte, Mrs. Lancaster sei eine entfernte Verwandte ihres Mannes, um die sie etwas besorgt seien, weil sie für ein paar Jahre nach Afrika gingen – nach Nigeria, glaube ich. Da sie Mrs. Lancaster nicht mitnehmen könnten, suchten sie nach einer passenden Bleibe für sie, und nach allem, was sie über unser Heim gehört hätten, schiene es ihnen die ideale Lösung. Wir haben dann alles arrangiert, und Mrs. Lancaster hat sich sehr gut eingelebt."

„Aha."

„Mrs. Lancaster war sehr beliebt. Sie war ein bißchen – na, Sie wissen schon – verwirrt. Sie vergaß viel und verwechselte alles und konnte sich manchmal nicht an Namen und Adressen erinnern."

„Hat sie viele Briefe bekommen?" fragte Tuppence. „Aus Afrika, meine ich?"

„Ich glaube, die Johnsons haben im ersten Jahr ein- oder zweimal geschrieben. Später dann nicht mehr. Das ist leider so, wissen Sie. Wenn jemand in ein fernes Land geht, vergißt er schnell. Und ich glaube, sie haben nie eine enge Bindung gehabt. Sie war ja nur eine entfernte Verwandte, für die sie sich verantwortlich fühlten. Alle finanziellen Dinge erledigte der Anwalt, Mr. Eccles. Er hat eine sehr angesehene Praxis. Wir hatten früher schon mit ihm zu tun. Vermutlich waren die Freunde und Angehörigen von Mrs. Lancaster gestorben, denn sie bekam wenig Post, und es hat sie so gut wie nie jemand besucht. Nach dem ersten Jahr kam einmal ein sehr gut aussehender Herr zu ihr. Ich glaube, er hat sie nicht selbst gekannt, sondern war ein Freund der Johnsons. Wahrscheinlich wollten sie sich vergewissern, daß es ihr gutging und sie zufrieden war."

„Und danach haben alle sie vergessen", stellte Tuppence fest.

„Leider. Ist das nicht traurig? Aber so geht es oft, und es ist ein Glück, daß die meisten unserer Gäste hier neue Freundschaften schließen. Sie haben manchmal gemeinsame Erinnerungen – na ja, und dann sind sie sogar recht glücklich. Ich glaube, viele vergessen ihr früheres Leben ganz."

„Wahrscheinlich sind einige auch ein bißchen ..." Tommy zögerte und suchte nach einem Wort, wobei er sich langsam über die Stirn strich.

„Ich weiß, wie Sie das meinen", sagte Miss Packard. „Wir nehmen niemanden mit einer Geisteskrankheit auf, aber es gibt Grenzfälle. Menschen, die senil sind, die nicht mehr allein zurechtkommen, die gewisse fixe Ideen haben. Manchmal glauben sie, berühmte historische Persönlichkeiten zu sein. Es ist ganz harmlos. Wir hatten einmal zwei Marie-Antoinettes hier. Eine sprach dauernd vom *Petit Trianon* und trank viel Milch. Und dann hatten wir eine reizende alte Dame, die darauf bestand, Madame Curie zu sein und das Radium entdeckt zu haben. Natürlich sind Fälle von Gedächtnisschwund sehr viel häufiger. Die alten Leute können sich nicht mehr entsinnen, wer sie sind. Oder sie sagen immer wieder, daß sie etwas sehr Wichtiges vergessen haben, das ihnen unbedingt wieder einfallen müßte. Das kommt am häufigsten vor."

Tuppence zögerte etwas und fragte dann: „Hat Mrs. Lancaster immer von dem Kamin hier im Wohnzimmer gesprochen, oder ging es um irgendeinen Kamin?"

Miss Packard sah sie erstaunt an. „Ein Kamin? Mir ist nicht klar, was Sie damit meinen."

„Sie hat etwas gesagt, das ich nicht verstanden habe. – Vielleicht verband sich eine unangenehme Erinnerung mit dem Kamin. Oder sie hat etwas gelesen und sich geängstigt."

„Das ist natürlich möglich."

Tuppence lenkte ab. „Ich mache mir immer noch Gedanken über das Bild, das sie Tante Ada gegeben hat."

„Das brauchen Sie nicht, Mrs. Beresford. Ich vermute, daß sie es inzwischen längst vergessen hat. Vielleicht hing sie gar nicht so sehr daran. Sie freute sich, daß es Miss Fanshawe gefiel, und hat es ihr geschenkt.

Bestimmt wäre es ihr recht, wenn Sie es haben, weil Sie es auch schön finden."

„Wissen Sie, was ich tun werde? Wenn Sie mir die Adresse geben können, schreibe ich Mrs. Johnson."

„Ich habe nur die Adresse des Hotels in London, in dem sie gewohnt haben. Cleveland, glaube ich. Ja, Cleveland-Hotel, George Street, W1. Sie hat eine knappe Woche mit Mrs. Lancaster dort gewohnt, und dann wollten sie zu Verwandten nach Schottland. Das Cleveland-Hotel hat sicher die Adresse."

„Vielen Dank, Miss Packard. Ach, und nun noch die Zobelstola ..."

„Ich hole Ihnen Miss O'Keefe."

„Du und deine Mrs. Blenkinsop", sagte Tommy, als sie allein waren.

Tuppence machte ein selbstzufriedenes Gesicht. „Das ist eine meiner besten Erfindungen. Ist es nicht ein großartiger Name? Kannst du sie dir nicht richtig vorstellen?"

„Ich möchte lieber wissen, warum alte Frauen Marie-Antoinette oder Madame Curie sein wollen."

„Vermutlich, weil sie sich langweilen. Du würdest dich auch langweilen, wenn du nicht mehr auf deinen Beinen herumlaufen könntest oder steife Finger hättest. Du suchst dann verzweifelt nach etwas, um dich zu beschäftigen, und kommst auf die Idee, in einen berühmten Menschen zu schlüpfen und auszuprobieren, wie das ist. Ich kann das sehr gut verstehen."

„Ja, du bestimmt!" sagte Tommy. „Gott schütze jedes Altersheim vor dir. Ich nehme an, du wirst ständig Kleopatra sein."

„Nein, ich werde keine historische Persönlichkeit", wehrte Tuppence ab. „Ich bin höchstens ein Küchenmädchen im Schloß der Anna von Cleve. Und ich erzähle alle saftigen Skandalgeschichten, die ich aufgeschnappt habe."

Wieder kam Miss Packard herein. Sie wurde von einem großen, sommersprossigen, rothaarigen Mädchen in Schwesterntracht begleitet.

„Das ist Miss O'Keefe - Mr. und Mrs. Beresford. Sie möchten Ihnen etwas sagen. - Ich darf mich sicher entschuldigen? Ich muß eine Patientin besuchen."

Tuppence überreichte ihr Tante Adas Stola, und Schwester O'Keefe äußerte ihr Entzücken. „Oh, wie schön! Aber für mich ist sie viel zu gut. Sie brauchen sie doch sicher selbst . . ."

„Nein, wirklich nicht. Mir ist sie zu groß. Ich sehe darin noch kleiner aus. Sie ist für jemanden gemacht, der groß ist. Tante Ada war auch groß."

„Ja. Sie war eine stattliche alte Dame. - Sie muß sehr schön gewesen sein, als sie jung war."

„Das wäre schon möglich", sagte Tommy etwas zweifelnd. „Aber sie zu betreuen muß recht schwierig gewesen sein. Sie war ein Drachen."

„Ja, das schon. Sie war eine Kämpfernatur. Sie ließ sich nicht unterkriegen. Und dumm war sie auch nicht. Es ist ganz erstaunlich, was sie alles herausbekommen hat."

„Aber ihr Jähzorn . . ."

„Weiß der Himmel. Aber die, die immer klagen und weinen und jammern, sind viel schwerer zu verkraften. Miss Fanshawe war nie langweilig. Sie hat mir so schöne Geschichten von früher erzählt. - Einmal ist sie als Mädchen mit einem Pferd in den ersten Stock eines Landhauses geritten. Das hat sie wenigstens gesagt. Stimmt das?"

„Zuzutrauen wäre es ihr", sagte Tommy.

„Hier weiß man nie, was man glauben kann und was nicht. Was einem die Alten hier alles erzählen!

Verbrecher haben sie wiedererkannt. – ‚Wir müssen es sofort der Polizei melden – sonst sind wir alle in Gefahr!' "

„Als wir letztes Mal hier waren, wurde jemand vergiftet", sagte Tuppence.

„Ach, das war Mrs. Lockett. Der passiert das täglich. Die will aber nicht die Polizei, für die muß ein Arzt geholt werden. Die ist ganz versessen auf Ärzte."

„Und dann war da eine kleine alte Frau, die wollte Kakao."

„Das muß Mrs. Moody gewesen sein. Die arme alte Seele ist nicht mehr bei uns."

„Sie ist nicht mehr hier? Ist sie weggezogen?"

„Nein. Es war eine Thrombose – ganz plötzlich. Sie hing sehr an Ihrer Tante. Aber Miss Fanshawe hatte nicht immer Zeit für sie. Sie hat ein bißchen viel geredet."

„Und Mrs. Lancaster ist auch nicht mehr hier."

„Ja, die ist von ihren Leuten fortgeholt worden. Die Ärmste wäre viel lieber hiergeblieben."

„Wovon hat sie mir damals nur erzählt? – Ach ja, von dem Kamin im Wohnzimmer."

„Oh, die steckte voller solcher Geschichten. Was ihr alles passiert war – und was für Geheimnisse sie wußte . . ."

„Ja, sie hat von einem Kind gesprochen, von einem geraubten oder ermordeten Kind . . ."

„Es ist wirklich seltsam, was die sich alles ausdenken. Meistens bringt sie das Fernsehen auf solche Ideen . . ."

„Finden Sie es nicht anstrengend, immer nur unter alten Menschen zu sein?"

„Ach, das kann ich nicht sagen. Ich mag alte Leute. Deswegen habe ich mich auch hier um die Stelle beworben."

„Sind Sie schon lange hier?"

„Anderthalb Jahre ..." Sie hielt inne. „Aber ich gehe im nächsten Monat."

„So? Warum denn?"

Zum erstenmal wurde Schwester O'Keefe etwas zurückhaltender. „Ach, wissen Sie, Mrs. Beresford, man muß mal wechseln ..."

„Aber die Arbeit bleibt doch immer die gleiche?"

„Ja, schon ..." Sie nahm die Zobelstola auf. „Ich bedanke mich nochmals sehr herzlich. Ich freue mich sehr, und ich werde mich immer gern an Miss Fanshawe erinnern. - Sie war eine großartige alte Dame. So was wie sie gibt es heute nicht mehr oft."

# 5

Tante Adas Möbel kamen an; der Sekretär fand seinen Platz und wurde bewundert, und das Nähtischchen kam unter das Fenster. Das Bild mit dem blaßrosa Haus an der Kanalbrücke hängte Tuppence über den Kamin in ihrem Schlafzimmer, wo sie es morgens betrachten konnte, wenn sie im Bett die erste Tasse Tee trank.

Da sie immer noch ein schlechtes Gewissen hatte, schrieb sie einen Brief, in dem sie erklärte, wie sie an das Bild gelangt war und daß sie es, falls Mrs. Lancaster das wünschte, jederzeit zurückschicken würde. Sie adressierte den Brief an Mrs. Lancaster c/o Mrs. Johnson, Cleveland-Hotel, George Street, London W1. Sie erhielt keine Antwort, und eine Woche später kam ihr Brief mit dem Vermerk „hier unbekannt" zurück.

„Wie lästig", seufzte Tuppence.

„Vielleicht haben sie nur eine Nacht dort gewohnt", sagte Tommy.

„Dann hätten sie doch eine Adresse angegeben ..."

„Hast du denn ‚bitte nachsenden' draufgeschrieben?"

„Ja, hab' ich. Aber ich weiß was. Ich rufe dort an. Das Hotel muß die Adresse haben."

„An deiner Stelle würde ich es lassen. Warum machst du dir die viele Mühe? Wahrscheinlich hat die alte Tante das Bild längst vergessen."

„Ich könnte es ja mal versuchen ..." Tuppence setzte sich ans Telefon und wählte das Cleveland-Hotel.

Nach ein paar Minuten erschien sie in Tommys Arbeitszimmer. „Tommy, das ist seltsam, sie sind gar nicht im Hotel gewesen. Weder eine Mrs. Johnson noch eine Mrs. Lancaster. Und Zimmer hatten sie auch nicht bestellt. Und sie haben anscheinend auch früher nie in dem Hotel gewohnt."

„Dann wird Miss Packard den Namen des Hotels falsch verstanden haben. Vielleicht hat sie es zu hastig notiert oder den Zettel verloren. So etwas kann schließlich passieren."

„Ja, aber nicht in Haus Sonnenhügel. Nicht bei der tüchtigen Miss Packard. Das glaube ich nicht."

„Vielleicht hatten sie nicht bestellt, und als sie kamen, war das Hotel voll, und sie mußten woandershin. Du weißt doch, wie schwer es in London ist, Hotelzimmer zu finden. Mußt du alles so genau wissen?"

Tuppence zog sich zurück, erschien aber gleich darauf wieder. „Weißt du, was ich tue? Ich rufe Miss Packard an und lasse mir die Adresse von den Anwälten geben ..."

„Von welchen Anwälten?"

„Erinnerst du dich denn nicht? Sie hat etwas von einer Anwaltskanzlei gesagt, über die alle Abmachungen getroffen wurden, weil die Johnsons im Ausland waren."

Tommy, der eine Rede aufsetzte, die er in Kürze bei einer Konferenz halten sollte, murmelte leise vor sich hin: „Falls eine derartige Situation entstehen sollte, wäre es angebracht ..."

„Hast du überhaupt gehört, was ich gesagt habe, Tommy?“

„Ja, ich halte das für eine sehr gute Idee - glänzend - ausgezeichnet. Mach es so . . .“

Tuppence ging hinaus, streckte aber den Kopf noch einmal durch die Tür und fragte: „Was schreibst du denn da?“

„Das Konzept für den Vortrag, den ich halten muß. Kannst du mich nicht mal ein Weilchen in Ruhe lassen?“

„Entschuldigung.“

Tuppence verschwand. Tommy fuhr fort, Sätze aufzuschreiben und sie sofort wieder durchzustreichen. Sein Gesicht hellte sich gerade auf, und das Tempo seines Schreibens beschleunigte sich, als sich abermals die Tür öffnete.

„Das sind sie“, sagte Tuppence. „Partingdale, Harris, Lockeridge und Partingdale, Lincoln Terrace 32, London WC2, Telefon: Holborn 05 13 86. Der Mann, der die Praxis jetzt führt, heißt Mr. Eccles.“ Sie legte ein Blatt Papier auf den Schreibtisch. „So, nun mußt *du* weitermachen.“

„Nein.“

„Ja! Es ist *deine* Tante Ada.“

„Was hat das denn mit Tante Ada zu tun? Mrs. Lancaster ist keine Tante von mir.“

„Aber es geht doch um Anwälte“, beharrte Tuppence. „Mit Anwälten umzugehen ist eine reine Männersache. Anwälte halten alle Frauen für dumm und ignorieren sie.“

„Ein sehr vernünftiger Standpunkt.“

„Ach, Tommy. Jetzt hilf mir doch! Du gehst ans Telefon, und ich helfe dir dafür bei deinem Vortrag.“

Tommy sah sie nicht sehr freundlich an, erhob sich aber doch.

Er kehrte nach einiger Zeit zurück und sagte streng: „Diese Sache ist jetzt endgültig abgeschlossen!"

„Hast du mit Mr. Eccles gesprochen?"

„Wenn man's genau nimmt, habe ich einen Mr. Wills erreicht, der das Mädchen für alles der Firma Partingford, Lockjaw und Harrison zu sein scheint. Er wußte genau Bescheid. Alle Korrespondenz geht über die Southern-Counties-Bank in Hammersmith, die die Post weiterleitet. Und damit, laß dir das gesagt sein, verliert sich deine Fährte. Banken leiten Briefe weiter, aber sie rücken weder dir noch sonst irgend jemandem die Adresse heraus. Sie haben ihre strengen Bestimmungen, an die sie sich halten. Ihre Lippen sind ebenso versiegelt wie die unseres Premierministers, um mich gewählt auszudrücken."

„Na schön. Dann schreibe ich an die Bank."

„Tu das, und laß mich, bitte, bitte, jetzt allein, sonst werde ich nie mit meiner Rede fertig."

„Danke, Liebling", sagte Tuppence. „Ich wüßte wirklich nicht, was ich ohne dich anfangen sollte."

Erst am darauffolgenden Donnerstag abend fragte Tommy plötzlich: „Hast du eigentlich eine Antwort auf den Brief bekommen, den du dieser Mrs. Johnson über die Bank geschrieben hast?"

„Nett, daß du fragst", sagte Tuppence sarkastisch. „Nein. Ich habe nichts gehört." Sie fügte nachdenklich hinzu: „Übrigens glaube ich auch nicht, daß noch etwas kommt."

„Warum nicht?"

„Ach, das interessiert dich doch gar nicht", erklärte Tuppence kalt.

„Aber Tuppence ... Ja, ich weiß, ich hab' mich nicht viel um dich gekümmert ... Es war wegen dieser IUAS. Gott sei Dank ist das nur einmal im Jahr."

„Es geht am Montag los, ja? Fünf Tage lang?"

„Vier Tage."

„Und ihr fahrt alle zu einem ganz geheimen Haus auf dem Land und haltet Reden und Vorträge und schickt junge Männer für supergeheime Aufträge nach dem Kontinent und sonstwohin. Ich hab' ganz vergessen, was IUAS heißt. Diese vielen Abkürzungen heutzutage . . ."

„Internationale Union Allgemeiner Sicherheit."

„Schön hochtrabend! Daß die sich nicht schämen. Und wenn man sich dann überlegt, daß das ganze Haus mit Mikrophonen gespickt ist und jeder die geheimsten Unterhaltungen des anderen kennt!"

„Das ist sehr wahrscheinlich", sagte Tommy grinsend.

„Trotzdem scheint es dir Spaß zu machen!"

„Ach, in gewisser Weise schon. Man trifft viele alte Freunde wieder."

„Kommt Josh auch?"

„Ja."

„Wie ist der denn jetzt?"

„Fast taub, halb blind, vom Rheuma verkrüppelt - und es entgeht ihm nichts, aber auch gar nichts."

Tuppence nickte gedankenverloren. „Schade, daß ich nicht mitkann."

Tommy machte ein schuldbewußtes Gesicht. „Du wirst dich in den paar Tagen sicher nicht langweilen."

„Ich glaube nicht", sagte Tuppence immer noch nachdenklich.

Ihr Mann betrachtete sie mit dem Argwohn, den Tuppence so leicht in ihm erweckte.

„Tuppence, was führst du im Schilde?"

„Nichts . . . Ich überlege nur . . ."

„Was überlegst du?"

„Haus Sonnenhügel - eine reizende alte Dame, die Milch trinkt und etwas sehr wirr über tote Kinder und

Kamine redet. Das hat mich beschäftigt – und geängstigt. Damals habe ich mir vorgenommen, bei unserem nächsten Besuch im Heim mehr darüber herauszubekommen. Aber dann fiel der nächste Besuch aus, weil Tante Ada starb. Und als wir dann wieder zum Sonnenhügel kamen, war Mrs. Lancaster ... verschwunden!"

„Du meinst, daß ihre Verwandten sie abgeholt haben! Das kann man doch nicht ‚verschwinden' nennen. Das war doch alles ganz natürlich."

„Nein, es ist ein Verschwinden. – Keine Adresse. Keine Antwort auf Briefe. – Es ist ein geplantes Verschwinden. Davon bin ich immer mehr überzeugt."

„Aber ..."

„Hör zu, Tommy – nehmen wir einmal an, irgendwann ist ein Verbrechen geschehen. Es schien gut verborgen und vertuscht zu sein. Und nimm nun mal an, daß jemand aus der Familie etwas gesehen oder etwas gewußt hat – eine alte, geschwätzige Frau, die mit anderen Leuten redet. Plötzlich wird dir klar, daß diese Frau gefährlich werden kann. – Was würdest du tun?"

„Arsen in die Suppe", schlug Tommy fröhlich vor. „Oder einen Schlag auf den Kopf? Vielleicht könnte man sie die Treppe hinunterstoßen ..."

„Das ist zu extrem. Plötzliche Todesfälle erregen Aufmerksamkeit. Du würdest nach einer einfacheren Methode suchen – und sie finden. Ein hübsches, gepflegtes Heim für alte Damen. Du würdest hinfahren, dich Mrs. Johnson oder Mrs. Robinson nennen – oder einen neutralen Dritten einschalten. Die finanziellen Dinge würdest du durch einen Anwalt erledigen lassen. Vielleicht hast du schon Andeutungen gemacht, daß deine alte Verwandte manchmal etwas wirr ist und fixe Ideen hat – wie das bei alten Leuten vorkommt. Niemand wundert sich darüber, wenn sie von vergifteter Milch oder toten Kindern hinter Kaminplatten oder einer düsteren Entführung spricht; niemand hört ihr richtig zu. Alle glauben, daß die alte Frau Sowieso mal wieder phantasiert. – Niemand achtet darauf, Tommy!"

„Nur Mrs. Thomas Beresford."

„Jawohl", sagte Tuppence, „ich habe darauf geachtet."

„Warum?"

„Ich weiß es selbst nicht. Es war, als sei plötzlich etwas Böses aufgetaucht. Ich fürchtete mich auf einmal. Ich habe Haus Sonnenhügel immer für ein ganz normales, freundliches Haus gehalten – plötzlich war ich nicht mehr sicher ... Anders kann ich es nicht erklären. Ich wollte mehr erfahren. Und nun ist die arme Mrs. Lancaster verschwunden. Irgend jemand hat sie fortgezaubert."

„Welches Interesse sollte man daran haben?"

„Ich kann mir nur denken, daß es schlimmer mit ihr wurde – vom Standpunkt dieser Leute aus. – Vielleicht hat sie jemanden wiedererkannt, oder jemand hat sie erkannt – oder ihr etwas erzählt. Auf jeden Fall wurde sie aus irgendeinem Grund gefährlich."

„Weißt du, Tuppence, mir kommen in der Geschichte zuviel Irgendwer und Irgendwas vor. Du hast dir da etwas zusammengereimt. Du darfst dich auf keinen Fall in Dinge einlassen, die dich nichts angehen ..."

„Wenn du recht hast, gibt es nichts, in das ich mich einlassen könnte. Du brauchst dir also keine Gedanken zu machen."

„Bleib vom Sonnenhügel weg, hörst du?"

„Da wollte ich gar nicht wieder hin. Dort habe ich alles erfahren, was zu erfahren war. Ich glaube, die alte Dame war im Haus Sonnenhügel in Sicherheit. Ich möchte aber wissen, wo sie *jetzt* ist. Ich möchte rechtzeitig zu ihr kommen, wo immer sie sein mag. Ehe ihr etwas passiert."

„Und was, um alles in der Welt, sollte ihr schon passieren?“

„Daran mag ich nicht denken. Aber ich bin auf einer Fährte. Ich bin Prudence Beresford, Privatdetektivin. Und das werde ich bleiben, solange du in diesem supergeheimen Landhaus internationale Spionage spielst. ‚Rettet Mrs. Lancaster‘ heißt mein großer Auftrag.“

„Wenn du sie findest, wirst du sehen, daß es ihr ausgezeichnet geht.“

„Das hoffe ich. Das ist das Beste, was mir passieren kann.“

„Und wie willst du das Unternehmen starten?“

„Darüber muß ich erst nachdenken. Vielleicht könnte ich eine Anzeige aufgeben? Nein, das wäre wohl falsch.“

„Sei vorsichtig“, sagte Tommy überflüssigerweise.

Tuppence fand das keiner Antwort würdig.

Albert, nunmehr seit langen Jahren die Stütze des Haushalts Beresford, setzte am Montag das Tablett mit dem Morgentee auf dem Tisch zwischen den beiden Betten ab. Er zog die Vorhänge auf, verkündete, daß das Wetter gut sei, und zog sich dann zurück.

Tuppence gähnte, rieb sich die Augen, schenkte sich eine Tasse Tee ein und warf eine Zitronenscheibe hinein.

Tommy wälzte sich auf die andere Seite und grunzte.

„Wach auf“, sagte Tuppence. „Du verreist nämlich heute.“

„O Gott, richtig.“

Auch er setzte sich auf und schenkte sich Tee ein. Er betrachtete wohlgefällig das Bild über dem Kamin. „Ich muß zugeben, Tuppence, dein Bild ist hübsch.“

„Wenn die Sonne seitlich durchs Fenster scheint, macht es sich besonders gut.“

„Ein friedliches Bild“, sagte Tommy.

„Wenn ich mich doch nur erinnern könnte, wo ich das Haus gesehen habe!“

„Das ist doch nicht so wichtig. Es wird dir schon wieder einfallen.“

„Das nützt mir nichts. Ich muß es *jetzt* wissen.“

„Warum denn?“

„Verstehst du denn nicht? Es ist mein einziger Fingerzeig. Das Bild hat Mrs. Lancaster gehört.“

„Aber das hat doch nichts miteinander zu tun. Natürlich hat es Mrs. Lancaster gehört, aber es kann doch sein, daß sie es auf einer Ausstellung gekauft hat. Vielleicht hat sie es auch geschenkt bekommen. Sie hat es ins Heim mitgenommen, weil es ihr gefiel. Es besteht kein Grund zu der Annahme, daß es etwas persönlich mit ihr zu tun hat. Wenn das so wäre, hätte sie es nicht Tante Ada geschenkt.“

„Es ist der einzige Hinweis“, wiederholte Tuppence.

„Es ist ein schönes, friedliches Haus“, sagte Tommy.

„Trotzdem halte ich es für ein leeres Haus.“

„Wie meinst du das? Warum leer?“

„Ich glaube nicht, daß jemand darin wohnt“, sagte Tuppence. „Ich glaube nicht, daß jemals ein Mensch aus dem Haus herauskommt. Niemand geht über die Brücke; niemand macht das Boot los und rudert davon.“

„Du liebe Güte, Tuppence!“ Tommy starrte sie an. „Was ist denn mit dir los?“

„Das fiel mir schon auf, als ich es zum erstenmal sah. Ich dachte: Das wäre ein Haus, in dem ich gern wohnen würde. Und dann habe ich gedacht: Aber niemand wohnt darin. Das weiß ich ganz genau. – Das beweist doch, daß ich es schon gesehen habe. Warte einen Augenblick. Oh, nur einen Augenblick ... es kommt. Es kommt mir ...“

Tommy sah sie zweifelnd an.

„Aus einem Fenster“, sagte Tuppence atemlos. „Aus

einem Autofenster? Nein, das wäre ein falscher Winkel, nein. Am Kanal entlang ... und eine kleine gewölbte Brücke, und die rosa Hauswände, die beiden Pappeln, nein, nicht nur zwei, viel mehr. Es waren viel mehr Pappeln. Ach, wenn ich doch nur wüßte ..."

„Nun laß es doch, Tuppence."

„Es wird mir wieder einfallen."

„Du liebe Zeit!" Tommy sah auf die Uhr. „Ich muß mich beeilen. Du und dein Déjà-vu-Bild."

Er sprang aus dem Bett und lief ins Badezimmer. Tuppence legte sich zurück und machte die Augen zu. Sie wollte die Erinnerung herbeizwingen.

Tommy schenkte sich im Eßzimmer schon die zweite Tasse Kaffee ein, als Tuppence triumphierend zu ihm kam. „Ich hab's. Ich weiß, wo ich das Haus gesehen habe. Von einem Zugfenster aus."

„Wo? Wann?"

„Das weiß ich nicht. Ich muß nachdenken. Ich weiß, daß ich mir gesagt habe: Eines Tages werde ich dieses Haus besichtigen – und dann habe ich versucht, den Namen der nächsten Station festzustellen. Aber du weißt doch, wie das heute ist. Die Hälfte aller Stationen gibt es nicht mehr. Der nächste Bahnhof war verfallen, überall wuchs Gras, und es war kein Namensschild mehr zu sehen."

„Zum Teufel, wo ist meine Aktentasche? Albert!"

Es begann eine hektische Suche.

Tommy kam zurück und verabschiedete sich atemlos. Tuppence betrachtete in tiefer Meditation ein Spiegelei.

„Auf Wiedersehen", sagte Tommy. „Und bitte, Tuppence, misch dich nicht in Dinge ein, die dich nichts angehen."

„Ich glaube, ich werde ein bißchen mit der Eisenbahn herumfahren", sagte Tuppence versonnen.

Tommy war die Erleichterung anzusehen. „Ja", sagte

er aufmunternd, „tu das. Kauf dir eine Netzkarte. Es gibt irgendeine Möglichkeit, für wenig Geld quer durch ganz England zu reisen. Das müßte für dich doch genau das richtige sein, Tuppence. Du probierst sämtliche Züge aus und reist herum, bis ich wieder zurück bin."

„Du mußt Josh sehr herzlich von mir grüßen."

„Ja, das werde ich." Dann sah er sie mit einem besorgten Blick an und sagte: „Ich wollte, du könntest mitkommen. Hörst du, mach mir keine Dummheiten!"

„Natürlich nicht", sagte Tuppence.

# 6

„Oje!" seufzte Tuppence. „Oje, oje." Sie betrachtete die Welt aus kummervollen Augen. Noch nie hatte sie sich so unglücklich gefühlt. Natürlich hatte sie gewußt, daß Tommy ihr sehr fehlen würde, aber wie sehr er ihr fehlte, hatte sie nicht vorausgeahnt.

Während der langen Ehejahre hatten sie sich so gut wie nie für längere Zeit trennen müssen. Vor der Heirat hatten sie gemeinsam Schwierigkeiten bestanden und Gefahren erlebt; sie hatten geheiratet und zwei Kinder bekommen. Und gerade, als die Welt ein wenig langweilig und durchschnittlich wurde, dämmerte der Zweite Weltkrieg herauf und brachte neue Aufregungen und Gefahren, weil sie gemeinsam für die britische Abwehr arbeiteten. Durch einen glücklichen Zufall und Tuppence' Zähigkeit hatten sie auch in dieser Zeit zusammenbleiben können.

Aber diesmal klappte es nun wirklich nicht. Es gab überhaupt keine Möglichkeit, in das geheimnisvolle Landhaus einzudringen und an den Sitzungen der IUAS teilzunehmen. Es ist ein Club für alte Herren, dachte Tuppence verdrossen. Aber ohne Tommy war die Wohnung leer und das Leben einsam. Lieber Himmel, was sollte sie denn nur mit sich anfangen?

Diese Frage war allerdings rein rhetorisch, denn Tuppence hatte schon die ersten Schritte getan und wußte genau, was sie mit sich anfangen wollte. Diesmal stand keine Abwehrarbeit oder Gegenspionage zur Debatte. Jede offizielle Tätigkeit war ausgeschlossen. Tuppence murmelte: „Ich bin die Privatdetektivin Prudence Beresford."

Nachdem sie die Reste eines zusammengestoppelten Mittagessens fortgeräumt hatte, breitete sie auf dem Eßtisch Fahrpläne, Reiseführer, Landkarten und alte Notizbücher aus, die sie aufgehoben hatte.

Irgendwann innerhalb der letzten drei Jahre (länger war es nicht her, das wußte sie genau) war sie mit der Eisenbahn gereist, hatte aus dem Zugfenster gesehen und das Haus bemerkt. Aber was für eine Reise war das gewesen?

Wie die meisten Leute reisten die Beresfords gewöhnlich mit dem Auto. Sie fuhren nur selten und in großen Abständen mit der Bahn.

Nach Schottland waren sie natürlich mit dem Zug gefahren, als sie ihre verheiratete Tochter Deborah besuchten. - Aber da waren sie nachts mit dem Schlafwagen gefahren.

Penzance - die Sommerferien -, aber die Strecke kannte Tuppence in- und auswendig.

Nein, es mußte eine Zufallsreise gewesen sein.

Mit emsigem Fleiß hatte Tuppence eine genaue Liste aller Reisen aufgestellt, die eine Verbindung zu dem gesuchten Haus gehabt haben konnten. Es waren zwei oder drei Fahrten zu Pferderennen, ein Besuch in Northumberland, zwei möglicherweise in Frage kommende Orte in Wales, eine Taufe, zwei Hochzeiten, eine

Auktion, an der sie teilgenommen hatten; dann hatte sie einmal zwei Welpen für eine Freundin abgeliefert, die Hunde züchtete und plötzlich Grippe bekommen hatte. Der Treffpunkt mit dem Käufer war irgendein gottverlassener Umsteigebahnhof auf dem Land gewesen, an dessen Namen sie sich nicht erinnern konnte.

Tuppence stöhnte. Es sah fast so aus, als müßte sie doch auf die von Tommy vorgeschlagene Lösung eingehen, sich eine Netzkarte kaufen und die möglichen Strecken abfahren.

Auf einem kleinen Notizblock hatte sie alles notiert, was ihr eingefallen war – plötzliche Ideen, vage Erinnerungen. Vielleicht fand sich etwas Brauchbares.

Ein Hut, zum Beispiel . . . ja, einen Hut, den sie ins Gepäcknetz geworfen hatte. Sie hatte also einen Hut getragen – demnach war es eine Taufe oder eine Hochzeit gewesen – bestimmt kein Hundetransport.

Und – wieder ein Geistesblitz – sie hatte die Schuhe ausgezogen – weil ihr die Füße weh taten. Ja, das stand ganz fest – sie hatte das Haus gesehen – und sie war aus den Schuhen geschlüpft, weil ihre Füße weh taten.

Dann war es also ganz bestimmt irgendein gesellschaftliches Ereignis gewesen, zu dem sie gefahren oder von dem sie zurückgekehrt war. Natürlich war es die Rückreise – ihre Füße schmerzten, weil sie lange in ihren besten Schuhen hatte herumstehen müssen. Und was war das für ein Hut? Das konnte weiterhelfen – ein Blumenhut? – Eine sommerliche Hochzeit? – Oder der Samthut für den Winter?

Tuppence suchte eifrig Zugverbindungen aus dem Fahrplan, als Albert hereinkam, um zu fragen, was sie zum Abendessen wünsche und was er beim Fleischer und beim Lebensmittelhändler bestellen solle.

„Ich glaube, ich werde in den nächsten Tagen nicht

hier sein“, sagte Tuppence. „Sie brauchen nichts zu bestellen. Ich plane ein paar Fahrten mit der Bahn.“

„Brauchen Sie keine belegten Brote?“

„Ja, vielleicht. Kaufen Sie Schinken und sonst noch was.“

„Eier und Käse vielleicht? Ach, wir haben in der Speisekammer noch eine Dose Pastete – die müßte mal weg.“ Die Empfehlung klang nicht sehr verlockend, aber Tuppence sagte: „Na schön. Das reicht.“

„Soll ich Briefe nachschicken?“

„Nein, ich weiß noch nicht mal genau, wohin ich überhaupt fahre.“

„Aha“, sagte Albert.

Das angenehme an Albert war, daß er alles hinnahm. Man brauchte ihm nie etwas zu erklären.

Er ging hinaus, und Tuppence machte sich wieder an die Arbeit. Sie brauchte ein gesellschaftliches Ereignis, zu dem ein Hut und elegante Schuhe gehörten. Leider waren die, an die sie sich erinnerte, mit anderen Bahnstrecken verbunden. Eine Hochzeit auf der Southern Railway und die andere in East Anglia. Die Taufe war nördlich von Bedford.

Wenn sie sich doch nur besser an die Landschaft erinnern könnte ... Sie hatte rechts im Zug gesessen. Was hatte sie vor dem Kanal gesehen? Wälder? Bäume? Felder? Vielleicht in der Ferne ein Dorf?

Sie zermarterte sich den Kopf und blickte stirnrunzelnd auf. Albert war zurückgekommen. Sie hätte nie im Traum daran gedacht, daß Albert, der vor ihr stand und wartete, daß sie mit ihm sprach, die personifizierte Lösung des Rätsels war.

„Was ist denn noch, Albert?“

„Wenn Sie morgen den ganzen Tag fort sind ...“

„Übermorgen wahrscheinlich auch noch ...“

„Könnte ich dann vielleicht einen Tag freihaben?“

„Ja, natürlich."

„Es ist wegen Elizabeth - sie hat rote Flecken. Milly meint, es sind die Masern ..."

„Ach du liebe Güte." Milly war Alberts Frau, und Elizabeth war seine jüngste Tochter. „Dann möchte Milly Sie gern zu Hause haben?"

Albert wohnte in der Nähe in einem kleinen, hübschen Haus.

„Eigentlich hat sie mich lieber aus dem Weg - sie mag es gar nicht, wenn sie viel zu tun hat und ich im Haus bin. Aber ich könnte mit den anderen Kindern was unternehmen."

„Ja, natürlich. Sind sie alle in Quarantäne?"

„Ach, am besten bekommen sie sie alle gleichzeitig, dann ist es ein Aufwaschen. - Also ist es Ihnen recht?"

Tuppence versicherte es ihm. In ihrem Unterbewußtsein rührte sich etwas ... Vorfreude? - Wiedererkennen? Masern - jawohl, Masern! Es hatte mit Masern zu tun. Aber was konnte das Haus am Kanal mit Masern zu tun haben?

Natürlich! Anthea. Anthea war das Patenkind von Tuppence. Und Antheas Tochter Jane war im Internat - im ersten Jahr. Es war Versetzung und Preisverteilung. Anthea hatte angerufen. Ihre beiden jüngeren Kinder hatten Masern. Sie konnte nicht fort. Und Jane würde so enttäuscht sein, wenn keiner käme. Könnte Tuppence vielleicht?

Tuppence hatte natürlich zugesagt. Sie würde hinfahren, Jane zum Essen ausführen und dann die Veranstaltungen und das Sportfest ansehen. Es gab sogar einen Sonderzug.

Plötzlich sah sie alles wieder genau vor sich - sogar das Kleid, das sie getragen hatte - ein Sommerkleid mit Kornblumen.

Und das Haus hatte sie auf der Rückreise gesehen.

Auf der Hinfahrt hatte sie eine Illustrierte gelesen und kaum aufgeblickt, aber auf der Rückreise hatte sie nichts zu lesen gehabt. Sie hatte aus dem Fenster gesehen, bis sie nach den Anstrengungen des Tages erschöpft eingeschlafen war. Als sie wach wurde, fuhr der Zug an einem Kanal entlang. Die Landschaft war bewaldet; manchmal kam eine Brücke, eine kleine Landstraße oder ein Feldweg - hin und wieder ein Bauernhof - keine Dörfer.

Dann begann der Zug langsamer zu fahren. Er mußte von einem Signal aufgehalten sein. Er hielt stockend neben einer Brücke, einer kleinen gewölbten Brücke, die den Kanal überspannte. Auf der anderen Seite des Kanals lag dicht am Ufer das Haus - das Haus, von dem Tuppence damals schon gedacht hatte, daß sie selten ein so reizvolles gesehen hatte -, ein stilles, friedvolles Haus, vergoldet vom Schein der Abendsonne.

Es war kein Mensch zu sehen, kein Hund, kein Vieh. Aber die grünen Fensterläden waren nicht geschlossen. Das Haus mußte bewohnt sein, nur gerade in dem Augenblick war niemand da.

Ich muß mich nach dem Haus erkundigen, dachte Tuppence damals. Irgendwann muß ich wiederkommen und es mir ansehen. Das ist ein Haus, in dem ich gern wohnen würde.

Mit einem Ruck war der Zug wieder angefahren.

Ich muß mir den nächsten Bahnhof merken, damit ich weiß, wo es ist.

Aber es war kein Bahnhof gekommen. Der Zug fuhr immer weiter, zwanzig Minuten, eine halbe Stunde; und Tuppence sah kein Schild und keinen Ortsnamen. Nur einmal tauchte hinter Feldern ein ferner Kirchturm auf.

Dann war ein Fabrikgelände gekommen - hohe Schornsteine, Fertigbauhallen - danach wieder Felder.

Tuppence hatte gedacht: Das Haus ist wie aus einem Traum. Ich werde es wohl doch nie wiedersehen. Es ist zu schwierig. Aber vielleicht ... vielleicht bringt mich einmal der Zufall zu ihm.

Und dann hatte sie nie wieder daran gedacht, bis ein Bild die schlummernden Erinnerungen wachrief. Und nun war, durch eine zufällige Bemerkung von Albert, die Suche zu Ende. Oder, um es genauer zu sagen, die Suche konnte beginnen.

Tuppence griff drei Karten heraus, einen Führer und einige andere Broschüren. Ungefähr wußte sie, wo sie zu suchen hatte. Janes Schule bezeichnete sie mit einem großen Kreuz - dann die Kleinbahnlinie, die von der Hauptstrecke nach London abging - und etwa das Stück der Strecke, in dem sie geschlafen hatte.

Das Gebiet, das übrigblieb, zog sich über etliche Meilen hin. Es lag im Norden von Medchester, südöstlich von Market Basing, einer Kleinstadt an einem großen Eisenbahnknotenpunkt, und vermutlich westlich von Shaleborough.

Sie wollte mit dem Wagen fahren und morgen zeitig aufbrechen.

Sie erhob sich und ging ins Schlafzimmer. Sie betrachtete lange das Bild über dem Kamin.

Ja, es bestand kein Zweifel. Das war das Haus, das sie vor drei Jahren vom Zug aus gesehen hatte. Das Haus, das sie eines Tages hatte wiedersehen wollen ...

„Eines Tages“ war jetzt. „Eines Tages“ war morgen.

# 7

Am nächsten Morgen, kurz vor der Abfahrt, betrachtete Tuppence noch einmal das Bild in ihrem Zimmer; nicht weil sie sich das Haus einprägen wollte, sondern wegen seiner Lage in der Landschaft. Diesmal würde sie es nicht vom Zugfenster, sondern vom Auto, von der Straße aus sehen. Der Blickwinkel konnte völlig anders sein. Vielleicht gab es viele gewölbte Brücken, vielleicht gab es mehrere, nicht mehr benutzte Kanäle, vielleicht gab es ganz ähnliche Häuser - aber das konnte sie kaum glauben.

Das Bild war signiert, doch die Schrift war nicht zu entziffern. Sicher war nur, daß der Name mit einem B begann.

Tuppence wandte sich ab und prüfte ihre Ausrüstung. Das Kursbuch mit den Karten der Bahnstrecken; einige Generalstabskarten; eine Liste von Namen - Medchester - Westleigh - Market Basing - Middlesham - Inchwell. Dazwischen lag das Dreieck, in dem sie das Haus suchen wollte. Sie nahm einen kleinen Koffer mit, denn sie brauchte allein drei Stunden, bis sie ihre Operationsbasis erreichte; danach mußte sie dann vermutlich weite Strecken langsam abfahren und nach passenden Kanälen suchen.

Nachdem sie in Medchester eine Kaffeepause gemacht hatte, bog sie auf eine kleine Nebenstraße ab, die an einer Bahnstrecke entlangging und durch bewaldetes Gelände mit vielen Wasserläufen führte.

Wie in den meisten ländlichen Gebieten Englands gab es überall Wegweiser mit Namen, die Tuppence noch nie im Leben gehört hatte und die keineswegs zu dem angegebenen Ort zu führen schienen. Fuhr man nach Great Michelden, bot der nächste Wegweiser an einer Kreuzung die Wahl zwischen Pennington Sparrow und Farlingford. Wählte man Farlingford, kam man dort zwar an, aber schon das nächste Schild schickte einen streng nach Medchester zurück, woher man doch eben gekommen war. Tuppence gelangte niemals nach Great Michelden, und der Kanal, der ihr plötzlich abhanden gekommen war, ließ sich auch nicht wiederfinden. Sie fuhr weiter, kam nach Bees Hill, South Winterton und dann nach Farrell St. Edmund. Farrell St. Edmund hatte früher einen Bahnhof gehabt, der aber schon lange stillgelegt war. Wenn es doch nur eine einzige anständige Landstraße gäbe, dachte Tuppence verzweifelt, die an einem Kanal oder einer Bahnstrecke entlangführte!

Die Zeit verstrich, und Tuppence verlor jede Orientierung. Sie kam manchmal zu Bauernhöfen an Kanälen, aber dann führte die Straße einfach über den nächsten Hügel zu einem Ort, der Westpenfold hieß und einen quadratischen Kirchturm hatte, während sie doch nach einem spitzen Turm suchte.

Als sie verzagt über einen Holperweg fuhr, den einzigen, der aus Westpenfold hinauszuführen schien, kam sie plötzlich unvermutet an eine Wegkreuzung. In der Mitte lag der Wegweiser; beide Arme waren abgebrochen.

Tuppence fuhr nach links. Der Weg schlängelte sich durch Waldstücke, machte eine Kurve, kletterte bergauf und dann wieder steil bergab. Plötzlich hörte Tuppence ein schrilles Geräusch. „Das könnte ein Zug sein“, murmelte sie.

Es war ein Zug. Vor ihr im Tal lagen Schienen, und auf ihnen fuhr ein Güterzug, der schrille, gequälte Pfiffe von sich gab. – Und hinter den Schienen lag ein Kanal, und auf der anderen Seite des Kanals lag ein Haus, das Tuppence sofort erkannte. Und über den Kanal führte eine kleine gewölbte Brücke aus rosa Ziegelsteinen. Die

Straße tauchte unter der Eisenbahn hindurch, stieg hoch und lief genau auf die Brücke zu. Tuppence fuhr vorsichtig hinüber. Das Haus lag nun rechts von ihr. Sie suchte nach einer Einfahrt, konnte sie aber nicht finden. Zwischen der Straße und dem Haus war eine ziemlich hohe Mauer.

Sie hielt an und ging zur Brücke zurück, um von dort aus das Haus zu betrachten.

Die meisten der hohen Fenster verbargen sich hinter grünen Läden. Das Haus sah still und leer aus, wirkte aber im Licht der untergehenden Sonne friedlich und freundlich. Nichts wies auf Bewohner hin. Tuppence stieg wieder in den Wagen und fuhr ein Stückchen weiter. Die Mauer war nun rechts von ihr; links der Straße kam erst eine Hecke, dann zogen sich Felder hin.

Plötzlich sah sie ein großes, schmiedeeisernes Tor. Sie parkte am Straßenrand, stieg aus und spähte durch das Eisengitter. Vor ihr lag ein Garten, der nicht besonders gepflegt war. Er sah aus, als gäbe sich jemand große Mühe, ihn in Ordnung zu halten, ohne dabei sehr erfolgreich zu sein. Vom Tor führte ein geschwungener Weg durch den Garten und um das Haus herum, das von dieser Seite ganz anders aussah. Aber es stand nicht leer! Hier wohnten Menschen, Fenster waren geöffnet, Vorhänge wehten; vor der Tür stand ein Abfalleimer. Im hinteren Teil des Gartens entdeckte Tuppence einen älteren hochgewachsenen Mann, der langsam und ausdauernd umgrub. Von hier aus betrachtet, war das Haus ohne jeden besonderen Reiz; kein Maler würde den Wunsch verspürt haben, es zu malen. Es war ein ganz gewöhnliches Haus, in dem jemand wohnte. Tuppence zögerte. Sollte sie wegfahren und sich das Haus aus dem Kopf schlagen? Nein, das war nicht mehr möglich, nachdem sie all diese Mühen auf sich genommen hatte. Wie spät war es? Sie sah auf die Uhr, aber die war stehengeblieben. Sie hörte ein Geräusch und spähte durch das Tor. Eine Frau war aus der Haustür gekommen. Sie setzte eine Milchflasche ab, richtete sich auf und wandte den Blick zum Tor. Als sie Tuppence entdeckte, zögerte sie einen Augenblick, faßte dann aber wohl einen Entschluß, denn sie kam auf das Tor zu. „Oh", sagte Tuppence zu sich selbst, „sie ist eine freundliche Hexe."

Die Frau war etwa fünfzig. Sie hatte langes, strähniges Haar, das über ihre Schulter wehte. Tuppence fühlte sich flüchtig an ein Gemälde - von Nevinson? - erinnert, einer jungen Hexe auf einem Besen. Aber diese Frau war weder jung noch schön. Sie hatte ein faltiges Gesicht und war nachlässig gekleidet. Auf ihrem Kopf thronte ein spitzer Hut; Kinn und Nase näherten sich bedenklich. Nach dieser Beschreibung hätte sie finster aussehen müssen, aber das Gegenteil war der Fall. Ja, dachte Tuppence, du siehst genau wie eine Hexe aus, aber wie eine freundliche. Wahrscheinlich bist du das, was man früher eine „weiße" Hexe nannte.

Die Frau trat fast schüchtern ans Tor. Ihre Stimme war angenehm und leicht von einem ländlichen Dialekt gefärbt.

„Suchen Sie etwas?" fragte sie unsicher.

„Entschuldigen Sie", sagte Tuppence, „Sie müssen mich für sehr unhöflich halten, daß ich so in Ihren Garten starre, aber ... das Haus hat mich interessiert."

„Möchten Sie hereinkommen und sich den Garten ansehen?" fragte die freundliche Hexe.

„Ja, gern. Aber ich möchte Ihnen nicht lästig sein ..."

„Das sind Sie nicht. Ich habe Zeit. Ist es nicht schön heute?"

„Ja, sehr schön."

„Ich habe schon gedacht, Sie hätten sich verirrt", sagte die freundliche Hexe. „Das geht vielen Leuten so."

„Als ich auf der anderen Seite der Brücke den Berg hinunterfuhr, fand ich das Haus so schön“, sagte Tuppence.

„Das ist auch die schönste Seite. Manchmal kommen Künstler, um es zu malen - das heißt, einmal ist einer gekommen.“

„Oh, das kann ich verstehen. Ich glaube sogar, daß ich ein Bild gesehen habe - auf einer Ausstellung“, fügte Tuppence rasch hinzu. „Ein ganz ähnliches Haus. Vielleicht war es sogar dieses hier.“

„Das kann schon sein. Wissen Sie, eigentlich ist es komisch, einmal kommt ein Künstler und malt ein Bild. Und dann kommen andere nach. Wie bei der jährlichen Kunstausstellung. Alle Maler scheinen dasselbe zu suchen. Entweder eine Wiese und einen Bach oder eine ganz bestimmte Eiche oder eine Gruppe von Weiden oder die normannische Kirche von einer bestimmten Stelle aus. Fünf oder sechs Bilder mit demselben Motiv, und die meisten sind ziemlich schlecht, finde ich wenigstens. Aber ich versteh' nichts von Kunst. Kommen Sie herein.“

„Vielen Dank“, sagte Tuppence. „Sie haben einen sehr schönen Garten.“

„Ach, es geht so. Wir haben ein paar Blumen und Gemüsebeete. Aber mein Mann kann nicht mehr so schwer arbeiten, und ich komme kaum dazu.“

„Ich habe das Haus einmal vom Zug aus gesehen“, sagte Tuppence. „Der Zug fuhr ganz langsam; ich sah das Haus und habe damals überlegt, ob ich es wohl jemals wiedersehen würde. Das ist schon lange her.“

„Und dann fahren Sie plötzlich mit dem Auto den Berg hinunter und sehen es. Ist das nicht merkwürdig?“

Was für ein Glück, daß man mit der Frau so gut reden

kann, dachte Tuppence. Man braucht sich keine Ausreden auszudenken, man kann einfach sagen, was einem in den Kopf kommt.

„Möchten Sie nicht ins Haus kommen?“ fragte die freundliche Hexe. „Ich seh' Ihnen an, daß es Sie interessiert. Es ist schon alt. Georgianisch, glaube ich. Aber es ist später umgebaut worden. Wir haben natürlich nur die eine Hälfte.“

„Ach? Ist es aufgeteilt?“

„Ja. Dies ist eigentlich die Rückseite. Die Vorderseite haben Sie von der Brücke aus gesehen. Merkwürdig, nicht wahr, ein Haus der Länge nach durchzuteilen? Normalerweise teilt man es doch in eine linke und eine rechte Hälfte, nicht in eine Vorder- und eine Rückseite. Wir haben die Rückseite.“

„Wohnen Sie schon lange hier?“ fragte Tuppence.

„Seit drei Jahren. Als mein Mann pensioniert wurde, wollten wir aufs Land ziehen, irgendwohin, wo es ruhig ist – und billig. Und hier ist es nicht teuer, weil es so einsam ist. Es ist kein Dorf in der Nähe.“

„Ich hab' einen Kirchturm gesehen . . .“

„Ja, den von Sutton Chancellor. Bis dort sind es zweieinhalb Meilen. Wir gehören zur Gemeinde, aber zwischen uns und dem Dorf liegen keine anderen Häuser. Und das Dorf ist sehr klein. – Sie trinken doch eine Tasse Tee? Ich hatte gerade den Wasserkessel aufgesetzt, als ich Sie sah.“ Sie hob die Hände wie einen Trichter zum Mund und rief: „Amos! Amos!“

Der große Mann hinten im Garten drehte sich um.

„Tee in zehn Minuten!“

Er hob die Hand. Die Frau öffnete die Tür und ließ Tuppence vorgehen. „Ich heiße Perry“, sagte sie freundlich, „Alice Perry.“

„Und ich Beresford. Mrs. Beresford.“

Tuppence blieb eine Sekunde stehen. Wie in Hänsel

und Gretel, dachte sie. Die Hexe lädt dich in ihr Haus ein. Vielleicht ist es ein Pfefferkuchenhaus ...

Aber dann sah sie Alice Perry an und wußte, daß es nicht das Pfefferkuchenhaus der Hexe von Hänsel und Gretel sein konnte. Dies war eine ganz normale Frau. Nein, doch nicht ganz normal, denn sie hatte eine so seltsame, wilde Herzlichkeit. - Vielleicht kann sie zaubern, dachte Tuppence, aber wenn, dann zaubert sie bestimmt nur Gutes. Sie neigte den Kopf ein wenig und trat über die Schwelle des Hexenhauses.

Drinnen war es ziemlich düster. Der Gang war sehr schmal. Mrs. Perry führte sie durch die Küche in einen Salon, hinter dem anscheinend das Wohnzimmer lag. Nichts an dem Haus war außergewöhnlich. Tuppence hielt diesen Teil für einen Anbau aus spätviktorianischer Zeit. Er hatte keine Tiefe und schien aus einem dunklen Quergang zu bestehen, von dem die einzelnen Zimmer abgingen. Tuppence fand ebenfalls, daß es ein seltsames Verfahren war, ein Haus so zu teilen.

„Setzen Sie sich doch. Ich bringe den Tee gleich“, sagte Mrs. Perry.

Aus der Küche ertönte ein schriller Pfiff. Der Kessel hatte offenbar die Geduld verloren. Mrs. Perry ging hinaus und brachte nach kurzer Zeit ein Teetablett, mit einem Teller mit Hörnchen, einem Glas Marmelade und drei Teetassen.

„Vermutlich sind Sie jetzt enttäuscht, wo Sie das Haus von innen sehen“, bemerkte sie.

„Nein, nein“, wehrte Tuppence ab.

„Ich an Ihrer Stelle wäre enttäuscht. Es paßt überhaupt nicht, nicht wahr? Ich meine, die Vorderseite und die Rückseite passen nicht zusammen. Aber zum Wohnen ist es angenehm. Es sind nicht viele Zimmer, und es ist nicht sehr hell, aber auf den Preis wirkt sich das günstig aus.“

„Wer hat das Haus aufgeteilt? Und warum?“

„Oh, das ist schon viele Jahre her. Die Besitzer fanden es wohl zu groß oder zu unbequem. Sie wollten es vielleicht nur als Wochenendhaus. Deshalb haben Sie das Wohnzimmer und Eßzimmer behalten und aus dem kleinen Arbeitszimmer eine Küche gemacht. Oben sind zwei Schlafzimmer und ein Bad. Dann haben sie das durch eine Mauer abgeschlossen und aus dem alten Wirtschaftstrakt eine Wohnung hergerichtet.“

„Wer wohnt im anderen Teil? Jemand, der nur zum Wochenende kommt?“

„Da wohnt jetzt niemand“, sagte Mrs. Perry. „Nun nehmen Sie doch noch ein Hörnchen.“

„Danke schön.“

„In den letzten zwei Jahren ist niemand mehr hiergewesen. Ich weiß nicht mal, wem es gehört.“

„Aber als Sie hier einzogen ...“

„Damals kam manchmal eine junge Dame. Sie soll Schauspielerin gewesen sein. Aber wir haben sie nie kennengelernt. Wir haben sie nur mal flüchtig gesehen. Sie kam immer erst spätnachts am Samstag, nach der Vorstellung vermutlich. Und am Sonntagabend ist sie wieder weggefahren.“

„Was für eine geheimnisvolle Frau“, sagte Tuppence.

„Wissen Sie, das habe ich auch immer gedacht. Ich habe mir Geschichten über sie ausgesponnen. Manchmal war sie Greta Garbo mit einer dunklen Brille und Schlapphüten ... Um Gottes willen! Ich hab' ja noch meinen Hut auf!“

Sie setzte den Hexenhut ab und lachte. „Der gehört zu einem Stück, das wir im Gemeindehaus in Sutton Chancellor aufführen. Es ist so eine Art Märchen für Kinder. Und ich spiele die Hexe.“

„Ach“, sagte Tuppence etwas irritiert. Dann fügte sie rasch hinzu: „Das macht sicher Spaß.“

„Ja, und ob das Spaß macht. Eigne ich mich nicht gut für die Hexe?“ Sie tippte sich lachend ans Kinn. „Ich hab' das richtige Gesicht dazu. Ich hoffe bloß, daß die Leute nicht auf dumme Gedanken kommen und meinen, ich hätte den bösen Blick.“

„Das glaubt bei Ihnen bestimmt niemand“, sagte Tuppence. „Jeder wird Sie für eine gute Hexe halten.“

„Freut mich, daß Sie das denken“, sagte Mrs. Perry. „Na, wegen der Schauspielerin – ich komme nicht mehr auf ihren Namen – es könnte Miss Marchment gewesen sein, aber ich kann mich irren –, was ich mir über die ausgedacht habe! Und dabei habe ich sie kaum gesehen und nie mit ihr gesprochen. Ich glaube manchmal, daß sie nur sehr menschenscheu und neurotisch war. Es sind sogar Reporter ihretwegen hergekommen, aber sie hat sie nicht vorgelassen. Manchmal habe ich gedacht – und jetzt werden Sie mich sicher für dumm halten –, daß es mit ihr eine böse Bewandtnis hat. Ich habe gedacht, sie hat Angst, daß sie erkannt wird. Vielleicht ist sie gar keine Schauspielerin. Vielleicht sucht die Polizei sie. Vielleicht hat sie ein Verbrechen begangen. – Es ist aufregend, sich solche Geschichten auszudenken. Vor allem, wenn man – na ja, wenn man so viel allein ist.“

„Ist sie denn immer allein gekommen?“

„Darüber bin ich mir nicht so ganz klar. Die Wände sind ziemlich dünn, und manchmal hörte man Geräusche oder Stimmen. Ich glaube, sie hat hin und wieder jemanden mitgebracht.“ Sie nickte. „Ja, einen Mann. Vielleicht wollte sie deswegen so zurückgezogen leben.“

„Einen verheirateten Mann“, sagte Tuppence, die an diesem Spiel Feuer fing.

„Er müßte schon verheiratet gewesen sein, nicht wahr?“

„Vielleicht war es sogar ihr Mann. Vielleicht hat er das

einsame Haus auf dem Land gemietet, weil er sie ermorden wollte. Vielleicht hat er sie im Garten begraben."

„Sie haben aber keine schlechte Phantasie!" sagte Mrs. Perry. „Darauf bin ich noch gar nicht gekommen."

„Na, jemand muß über sie genau Bescheid gewußt haben", sagte Tuppence, „der Häusermakler."

„Ja, ganz bestimmt. Aber ich wollte es eigentlich gar nicht so genau wissen, wenn Sie das verstehen können."

„O ja, das kann ich sehr gut verstehen."

„Das Haus hat so etwas an sich, so eine Atmosphäre. Man hat immer das Gefühl, daß hier Schreckliches passiert sein könnte."

Die Tür zum Garten öffnete sich. Der Mann von draußen trat ins Haus. Er ging zum Waschbecken und wusch sich die Hände, dann kam er durch die offene Tür in den Salon.

„Das ist mein Mann", sagte Mrs. Perry. „Amos, wir haben Besuch, Mrs. Beresford."

„Guten Tag", sagte Tuppence.

Amos Perry war groß und bewegte sich pendelnd hin und her. Er war sogar größer und kräftiger, als Tuppence gedacht hatte.

„Freut mich, Mrs. Beresford."

Er sprach freundlich und lächelte, aber Tuppence überlegte doch einen Augenblick, ob er wohl das war, was sie „ganz da" nannte. In seinen Augen stand ein Ausdruck staunender Leere. Tuppence hätte gern gewußt, ob Mrs. Perry nach einem einsamen Haus auf dem Land gesucht hatte, weil der Geisteszustand ihres Mannes das angeraten sein ließ.

„Er liebt den Garten", erklärte Mrs. Perry.

Seit er hereingekommen war, versickerte das Gespräch. Mrs. Perry redete zwar unentwegt weiter, aber ihr Wesen schien sich verändert zu haben. Sie sprach sehr viel nervöser und ließ ihren Mann nie aus den Augen. Sie muntert ihn auf, dachte Tuppence, wie eine Mutter einen schüchternen Jungen zum Reden bringen will, damit er sich vor dem Besuch von der besten Seite zeigt. Und sie hat Angst, daß er sich blamieren könnte.

Sie trank die Tasse leer, stand auf und sagte: „Ich muß weiterfahren. Vielen Dank, Mrs. Perry. Sie waren sehr gastfreundlich."

„Sie müssen erst noch den Garten besichtigen." Mr. Perry erhob sich. „Kommen Sie, ich zeige ihn Ihnen."

Sie ging mit ihm hinaus, und er führte sie dorthin, wo er umgegraben hatte. „Schöne Blumen, nicht wahr? Wir haben hier ein paar altmodische Rosen. Sehen Sie die? Sie ist rot und weiß gestreift."

„Sie heißt ‚Commandant Beaurepaire'", sagte Tuppence.

„Wir nennen sie ‚York und Lancaster'. Nach dem Krieg der Rosen. Sie riecht gut, nicht?"

„Ja, sie duftet."

„Besser als die neumodischen Hybriden-Teerosen."

Der Garten wirkte fast rührend. Dem Unkraut wurde kaum Einhalt geboten, aber die Blumen waren sorgfältig, wenn auch etwas laienhaft hochgebunden.

„Schöne Farben", sagte Mr. Perry. „Ich mag es gern bunt. Wir haben oft Leute hier, die den Garten sehen wollen. Es hat mich gefreut, daß Sie gekommen sind."

„Vielen Dank", sagte Tuppence. „Ihr Garten und Ihr Haus haben mir sehr gut gefallen."

„Oh, Sie sollten erst mal die andere Seite sehen."

„Kann man die mieten oder kaufen? Ihre Frau hat mir erzählt, daß dieser Teil unbewohnt ist."

„Das wissen wir nicht. Wir haben niemanden gesehen; und es ist kein Schild dran; und es ist nie jemand zur Besichtigung gekommen."

„Es müßte schön sein, dort zu wohnen", sagte Tuppence.

„Suchen Sie ein Haus?"

„Ja", sagte Tuppence rasch entschlossen. „Ja, wir suchen nach einem kleinen Haus auf dem Land. Mein Mann wird wahrscheinlich im nächsten Jahr pensioniert. Wir wollten schon mal anfangen, uns in Ruhe umzusehen."

„Hier ist es sehr still, falls Sie das mögen."

„Ich könnte mich ja mal beim hiesigen Makler erkundigen. Haben Sie das Haus von ihm vermittelt bekommen?"

„Wir haben erst das Inserat in der Zeitung gesehen, aber dann waren wir beim Makler, ja."

„Wo ist der? In Sutton Chancellor? Das ist doch Ihr Dorf, nicht wahr?"

„Sutton Chancellor? Nein. Der Makler ist in Market Basing. Die Firma heißt Russell & Thompson. Sie können dort ja mal fragen."

„Ja, das könnte ich. Wie weit ist es nach Market Basing?"

„Bis nach Sutton Chancellor zwei Meilen, und von dort sind es sieben Meilen nach Market Basing. Hier sind ja nur Feldwege, aber von Sutton Chancellor aus gibt es eine richtige Straße."

„Aha. – Na, dann nochmals vielen Dank, daß Sie mir Ihren Garten gezeigt haben, Mr. Perry. Und auf Wiedersehen."

„Warten Sie mal." Er bückte sich und schnitt eine riesengroße Päonie ab, dann nahm er Tuppence beim Revers ihres Mantels und steckte sie ihr in das Knopfloch. „So", sagte er. „So. Das sieht hübsch aus."

Einen Augenblick hatte Tuppence Angst. Plötzlich jagte ihr dieser große, freundliche Mann Furcht ein. Er blickte lächelnd auf sie herab. Er lächelte breit, fast grienend. „Sie steht Ihnen sehr, sehr gut."

Tuppence dachte: Ich bin froh, daß ich kein junges Mädchen mehr bin ... Ich hätte es gar nicht gern gehabt, wenn er mir damals eine Blume angesteckt hätte. – Sie verabschiedete sich noch einmal und ging eilig fort.

Die Haustür stand offen. Tuppence trat ein, um sich von Mrs. Perry zu verabschieden. Mrs. Perry war in der Küche und spülte das Teegeschirr. Fast automatisch griff Tuppence nach einem Tuch und trocknete ab.

„Vielen herzlichen Dank. Sie und Ihr Mann sind so freundlich gewesen ... *Was ist das denn?*"

Von dort, wo an der Küchenwand ein alter Kamin gewesen sein mußte, kam ein lautes Kreischen, Scharren und Kratzen. „Das wird eine Dohle sein", sagte Mrs. Perry. „Sie muß drüben in den Kamin gefallen sein. Um diese Jahreszeit passiert das manchmal. Sie bauen sich Nester in den Kaminen, wissen Sie."

Wieder ertönte das Kreischen und Schreien eines aufgeschreckten Vogels. Mrs. Perry sagte: „In dem leeren Haus kümmert sich niemand darum. Der Kaminkehrer müßte kommen."

Die Geräusche hörten nicht auf. „Armer Vogel", sagte Tuppence.

„Ja. Er kann ja nie wieder raus."

„Wieso? Meinen Sie, er stirbt dort?"

„Ja. Bei uns ist auch einer in den Kamin gefallen. Zwei sogar. Eins war ein Junges. Dem ist nichts passiert. Wir haben es rausgelassen, und es ist fortgeflogen. Der andere war tot."

„Oh, wenn wir ihm nur helfen könnten!"

Mr. Perry kam herein. „Was gibt's denn?"

„Ein Vogel, Amos. Er muß nebenan im Wohnzimmerkamin sein. Hörst du ihn?"

„Ja. Der kommt sicher aus dem Dohlennest."

„Wenn wir nur da drüben ins Haus kämen", sagte Mrs. Perry.

„Da kannst du nichts machen. Der stirbt vor Angst."

„Aber dann stinkt es."

„Hier riechst du das nicht. Du bist zu weich", sagte er und sah von ihr zu Tuppence. „Wie alle Frauen. Aber ich kann ihn ja rausholen, wenn du willst."

„Wieso? Ist ein Fenster offen?"

„Wir können durch die Tür rein."

„Durch welche Tür?"

„Durch die Hoftür." Er ging hinaus und zog am Ende des Hauses eine kleine Tür auf. Sie führte in einen Schuppen für Gartengeräte, und dort gab es eine Tür zum anderen Teil des Hauses. An einem Nagel hingen einige rostige Schlüssel. „Der da paßt", sagte Mr. Perry. Er nahm den Schlüssel, steckte ihn ins Schloß, drehte ihn angestrengt hin und her, bis er sich endlich knirschend ganz herumdrehte. „Ich war schon einmal drin. Ich hab' gehört, daß Wasser lief. Jemand hatte es nicht richtig abgestellt."

Er ging hinein; die beiden Frauen folgten ihm. Die Tür führte in einen kleinen Raum, in dem über einem Becken mehrere Blumenvasen auf einem Regal standen.

„Ein Blumenzimmer, was? Da haben die Leute die Blumenvasen gerichtet."

Die nächste Tür war nicht einmal abgeschlossen. Er machte sie auf und ging weiter. Tuppence kam es vor, als träte man in eine andere Welt. Der Gang war mit einem dicken Teppich ausgelegt. Etwas weiter unten war eine Tür halb geöffnet, und von dorther drang das aufgeregte Geschrei des Vogels. Perry stieß die Tür ganz auf, und seine Frau und Tuppence gingen hinein.

Die Fensterläden waren geschlossen, aber ein Flügel hing lose in den Angeln und ließ Licht herein. Auch im

Halbdunkel war der schöne, etwas verblaßte grüne Teppich zu erkennen. An der Wand stand ein Bücherregal, aber es gab weder Stühle noch einen Tisch. Offenbar waren die Möbel fortgebracht worden, während die Teppiche und Vorhänge wohl zum Haus gehörten und auf den nächsten Mieter warteten.

Mrs. Perry trat an den Kamin. Auf dem Rost lag ein Vogel. Er schlug mit den Flügeln und stieß entsetzte Schreie aus. Sie bückte sich und hob ihn auf.

„Kannst du das Fenster aufmachen, Amos?"

Amos zog den innen angebrachten Laden zur Seite und legte den Fensterriegel um. Mühevoll schob er das untere Fenster hoch. Mrs. Perry beugte sich weit hinaus und ließ die Dohle frei. Sie taumelte auf den Rasen und hüpfte ein paar Schritte.

„Mach ihn lieber tot", sagte Perry. „Er hat was abbekommen."

„Ach, laß uns noch ein bißchen warten. Vögel erholen sich oft schnell. Vielleicht ist es nur die Angst."

Und wirklich, nach ein paar Augenblicken flog die Dohle flatternd und kreischend davon.

„Hoffentlich passiert das nicht noch mal", sagte Alice Perry.

„Vögeln ist alles zuzutrauen. Die lernen nie etwas. – Oh, was ist denn das für eine Schweinerei!"

Alle starrten auf den Kamin. Aus dem Schornstein waren alter Ruß, Ziegelbrocken und Mörtel auf den Rost gefallen. Er mußte ziemlich baufällig sein. „Hier sollte wirklich jemand wohnen", stellte Mrs. Perry fest.

„Ja, oder sich wenigstens um das Haus kümmern", stimmte Tuppence zu. „Es muß unbedingt repariert werden, sonst stürzt es eines Tages noch ein."

„Wahrscheinlich ist das Dach undicht, und es hat durchgeregnet. Ja, da, sehen Sie die Decke? Da ist es auch schon durchgekommen."

„Ein Jammer, daß das Haus so verkommt", sagte Tuppence. „Und dieses Zimmer ist so schön, finden Sie nicht auch?"

Tuppence und Mrs. Perry sahen sich bewundernd um. Das Haus stammte aus dem späten achtzehnten Jahrhundert; und der Raum hatte den Charme der damaligen Zeit bewahrt. Die verblichene Tapete zeigte ein Muster aus Weidenblättern.

„Es ist nur noch eine Ruine", sagte Mrs. Perry.

Tuppence wühlte mit der Schuhspitze in dem Kaminschutt.

„Brr!" rief sie plötzlich. Vor ihr lagen zwei tote Vögel. Sie schienen schon lange tot zu sein.

„Das ist das Nest, das vor ein paar Monaten runtergekommen ist", sagte Perry.

„Und was ist das?" fragte Tuppence. Sie deutete mit der Fußspitze auf etwas, das unter dem Schutt verborgen war. Dann bückte sie sich und hob es auf.

„Fassen Sie keinen toten Vogel an!" warnte Mrs. Perry.

„Es ist kein Vogel. Nein!" Sie starrte den Gegenstand an. „Es ist eine Puppe!"

Sie betrachteten sie alle. Sie war abgestoßen, die Kleider hingen in Fetzen an ihr; der Kopf pendelte, aber es war zweifellos eine Puppe. Ein Glasauge fiel heraus. Tuppence fing es auf und hielt es in der Hand.

„Ich möchte doch gern wissen", sagte sie, „wie eine Kinderpuppe in einen Kamin kommt. Das ist seltsam."

# 8

Tuppence fuhr über den gewundenen Weg, der zum Dorf Sutton Chancellor führen sollte. Er war ganz einsam; kein Haus weit und breit – nur vereinzelte Gattertore, von denen Lehmpfade in die Felder wiesen. Ein Traktor begegnete ihr und der Lieferwagen einer Brotfabrik. Der spitze Kirchturm, den sie von weitem gesehen hatte, schien nun verschwunden zu sein, tauchte aber plötzlich nach einer scharfen Kurve hinter einer Baumgruppe in nächster Nähe wieder auf. Tuppence stellte fest, daß sie genau zwei Meilen gefahren war.

Mitten in dem großen Friedhof stand die schöne alte Kirche. Neben dem Portal wuchs eine alte, mächtige Eibe. Tuppence hielt vor der Pforte an, stieg aus und blieb einen Augenblick stehen, um alles zu betrachten. Dann ging sie zu der Kirchentür mit dem runden, normannischen Bogen und hob den schweren Türriegel. Es war nicht abgeschlossen.

Der Innenraum wirkte unbedeutend. Die Kirche war ohne jeden Zweifel sehr alt, aber in der Viktorianischen Zeit renoviert worden. Die schwarzgebeizten Bänke und die grellen roten und blauen Glasfenster hatten dem Gebäude allen Reiz genommen. Eine ältere Frau in einem Tweedkostüm ordnete vor der Kanzel Blumen in Kupfervasen. Mit dem Altar war sie schon fertig. Sie musterte Tuppence mit einem strengen, forschenden Blick. Tuppence wanderte durch das Seitenschiff und studierte die Gedenktafeln an den Wänden. Eine Familie Warrender war besonders oft vertreten. Sie stammten alle aus der Pfarrei in Sutton Chancellor. Captain Warrender, Major Warrender, Sarah Elizabeth Warrender, die geliebte Ehefrau von George Warrender. Eine neuere Tafel verzeichnete den Tod von Julia Starke, der-wieder-geliebten Ehefrau von Philip Starke, ebenfalls aus der Pfarrei Sutton Chancellor - offenbar waren die Warrenders inzwischen ausgestorben. Keiner von ihnen schien interessant zu sein. Tuppence ging wieder hinaus und wanderte draußen um die Kirche herum. Das Äußere gefiel ihr sehr viel besser als das Innere. Die Kirche war groß. Früher mußte Sutton Chancellor in dieser ländlichen Umgebung eine größere Rolle gespielt haben als heutzutage.

Tuppence ließ den Wagen stehen und spazierte zu Fuß ins Dorf. Es gab eine Gemischtwarenhandlung, ein Postamt und etwa ein Dutzend kleiner Häuser, von denen zwei noch Strohdächer hatten. Die anderen waren sehr einfach und beinahe häßlich. Am Ende der Dorfstraße lagen sechs Siedlungshäuser, die sich ihres Daseins zu schämen schienen. An einem stand auf einer Messingtafel: Arthur Thomas, Schornsteinfeger.

Tuppence überlegte einen Augenblick, ob wohl ein vernünftiger Hausverwalter seine Dienste für das Haus am Kanal in Anspruch nehmen würde. Wie dumm von ihr, daß sie nicht nach dem Namen des Hauses gefragt hatte!

Sie kehrte langsam zur Kirche und zu ihrem Auto zurück und sah sich den Friedhof gründlicher an. Er gefiel ihr sehr gut. Es gab nur wenig Gräber jüngeren Datums. Die meisten stammten aus der Viktorianischen Zeit oder waren noch älter. Die Steine waren vom Alter verwittert und von Moos überwachsen, sahen aber hübsch aus. Zum Teil standen sie noch aufrecht und trugen mit Kränzen behangene Engel. Tuppence las die Inschriften. Wieder waren es Warrenders: Mary Warrender, 47 Jahre alt, Alice Warrender, 33 Jahre alt, Colonel John Warrender, gefallen in Afghanistan. Dann einige Warrenders im Kindesalter - tief betrauert - und bildreiche, fromme Verse. Ob es wohl immer noch Warrenders gab? Jedenfalls wurden sie nicht mehr hier beerdigt. Das letzte Grab stammte von 1843.

Als Tuppence zu der großen Eibe kam, entdeckte sie einen älteren Geistlichen, der sich an der Mauer hinter der Kirche über eine Reihe alter Grabsteine beugte. Er richtete sich auf und wandte sich zu ihr um. „Guten Tag", sagte er freundlich.

„Guten Tag", erwiderte Tuppence. „Ich habe mir die Kirche angesehen."

„Die ist durch die viktorianische Renovierung verdorben worden", erklärte er. Seine Stimme war angenehm und sein Lächeln freundlich. Er sah aus, als sei er siebzig, aber Tuppence vermutete, daß er jünger war, wenn ihn auch das Rheuma zu plagen schien und er nicht sehr sicher auf den Beinen stand.

„Damals hatten die Leute zuviel Geld, und es gab zu viele Schmiede", sagte er seufzend. „Sie waren fromm, hatten aber leider gar keinen Sinn für Kunst. Und keinen Geschmack. Haben Sie das Ostfenster gesehen?"

„Ja. Es ist abscheulich."

„Da haben Sie mehr als recht. - Ich bin der Vikar", fügte er unnötigerweise hinzu.

„Das habe ich mir gedacht", sagte Tuppence höflich. „Sind Sie schon lange hier?"

„Zehn Jahre, meine Liebe. Es ist eine angenehme Pfarrstelle. Die Menschen sind nett, aber die Gemeinde ist klein. Ich bin sehr gern hier. Sie mögen nur leider meine Predigten nicht. Ich tue ja mein Bestes, aber ich kann nun einmal nicht behaupten, sehr modern zu sein. Setzen Sie sich doch." Er deutete einladend auf die nächste Grabplatte.

Tuppence setzte sich dankbar. Der Vikar nahm in ihrer Nähe Platz. „Ich kann nicht lange bleiben", sagte er entschuldigend. „Kann ich Ihnen helfen, oder sind Sie auf der Durchreise?"

„Ach, ich bin gerade vorbeigefahren, und da wollte ich mir die Kirche ansehen. Ich habe mich nämlich in den vielen kleinen Straßen verirrt."

„Ja, ja. Es ist schwer, sich hier zurechtzufinden. Viele Wegweiser sind umgefallen, und die Gemeinde hätte sie längst reparieren müssen. - Aber es ist ja auch gleich. Wer hier herumfährt, hat sowieso kein bestimmtes Ziel. Leute mit einem Ziel bleiben auf den Hauptstraßen. Die sind schrecklich - besonders die Autobahnen. Der Lärm und das Gerase! Aber ich bin eben nur ein alter Mann. - Können Sie sich vorstellen, was ich hier tue?"

„Ich habe gesehen, daß Sie die alten Steine geprüft haben", sagte Tuppence. „Ist etwas passiert? Haben junge Rowdys sie beschädigt?"

„Nein. Typisch, daß man heute gleich an so etwas denkt. Das ist eigentlich traurig. - Nein. Hier bei uns ist nichts zerstört worden. Unsere Jungen sind alle recht nett. Nein, ich suche nach einem Kindergrab."

Tuppence sah ihn verblüfft an. „Ein Kindergrab?"

„Ja. Jemand hat mir geschrieben. Ein Major Waters; er hat angefragt, ob möglicherweise hier ein bestimmtes Kind beerdigt worden sei. Ich hab' natürlich im Kirchenbuch nachgesehen, den Namen aber nicht gefunden. Jetzt bin ich doch noch mal gekommen, um die Steine nachzusehen. Ich meine, vielleicht hat sich der Herr mit dem Namen geirrt, oder es ist irgendein Fehler unterlaufen."

„Und wie sollte der Vorname sein?" fragte Tuppence.

„Das wußte er nicht. Vielleicht Julia, nach der Mutter."

„Und wie alt war das Kind?"

„Das wußte er auch nicht sicher. - Ziemlich vage. Ich denke, es muß sich um ein anderes Dorf handeln. Ich kann mich an keine Waters' erinnern und habe auch nie von ihnen gehört."

„Und was ist mit den Warrenders?“ fragte Tuppence. „Der Name taucht überall auf.“

„Die sind inzwischen ausgestorben. Die Familie hatte ein schönes Haus aus dem vierzehnten Jahrhundert. Es ist abgebrannt. Aber das muß schon bald hundert Jahre hersein. Die letzten Warrenders sind fortgezogen und nie wieder zurückgekehrt. Auf dem Gelände ist damals von einem reichen Mann ein neues Haus gebaut worden. Er hieß Starke. Das Haus ist häßlich, aber es soll sehr komfortabel sein. Sehr gut. Es hat Badezimmer, wissen Sie.“

„Eigentlich seltsam, daß Ihnen jemand schreibt, um sich nach einem Kindergrab zu erkundigen“, sagte Tuppence. „Ist es ein Verwandter?“

„Es ist der Vater. Ich vermute, daß es eine dieser traurigen Kriegsgeschichten ist. Die Ehe ist gescheitert, als der Mann beim Militär war. Die junge Frau ist mit einem anderen davongelaufen, während ihr Mann im Ausland stationiert war. Es war ein Kind da; er hat es nie gesehen. Wenn die Tochter noch lebte, müßte sie jetzt erwachsen sein. Es ist mehr als zwanzig Jahre her.“

„Und dann sucht er erst jetzt nach ihr?“

„Offenbar hat er erst kürzlich erfahren, daß dieses Kind existierte. Scheinbar durch einen reinen Zufall. Es ist schon eine merkwürdige Geschichte.“

„Und warum glaubt er, daß das Kind hier beerdigt ist?“

„Wenn ich es richtig verstanden habe, hat er jemanden getroffen, der seine Frau aus dem Krieg kannte und wußte, daß sie in Sutton Chancellor gelebt hat. Jetzt wohnt die Frau aber nicht mehr hier. Niemand dieses Namens hat hier gewohnt, seit ich im Dorf bin. Und in der näheren Umgebung auch nicht. Natürlich könnte sie einen anderen Namen haben. Der Vater hat jetzt eine Anwaltskanzlei und eine Auskunftei beauftragt.

Ich nehme an, daß die schon etwas finden werden. Es wird Zeit brauchen ..."

*„War es Ihr armes Kind?"*

„Wie bitte?"

„Ach nichts", murmelte Tuppence. „Das hat mich neulich jemand gefragt. *‚War es Ihr armes Kind?'* Es ist etwas beunruhigend, wenn man das plötzlich gefragt wird. Aber die alte Dame, die das sagte, hat vermutlich nicht recht gewußt, wovon sie sprach."

„Oh, ich kenne das. Mir passiert das auch. Ich sage etwas und weiß nicht, was ich damit meine. Sehr ärgerlich."

„Aber Sie wissen sicher sehr genau über die Leute Bescheid, die *jetzt* hier leben?" fragte Tuppence.

„Na, das sind nicht viele. Ja. Warum? Suchen Sie eine bestimmte Person?"

„Oh, ich hätte nur gern gewußt, ob hier mal eine Mrs. Lancaster gewohnt hat."

„Lancaster? Nein, nicht daß ich wüßte ..."

„Und da ist ein Haus ... Ich bin daran vorbeigefahren, aber ich habe nicht so genau auf den Weg geachtet ..."

„Ja, ich weiß. Die kleinen Straßen sind sehr reizvoll. Und man findet große Seltenheiten. Botanische Seltenheiten, meine ich. Niemand pflückt hier Blumen. Wir haben hier keine Sommergäste oder Touristen. Oh, ich habe hier schon viele seltene Blumen gefunden ..."

„Das Haus liegt an einem Kanal", sagte Tuppence, ehe er auf botanisches Gebiet ausweichen konnte. „Bei einer kleinen Bogenbrücke. Etwa zwei Meilen von hier. Ich würde gern wissen, ob es einen Namen hat."

„Warten Sie mal ... ein Kanal, eine Bogenbrücke. Das paßt auf mehrere Häuser. Der Merriott-Hof."

„Nein, es war kein Bauernhof."

„Dann muß es das Haus der Perrys gewesen sein."

„Ja", sagte Tuppence, „ein Ehepaar Perry."

„Sieht sie nicht eigenartig aus? Ein interessantes Gesicht. Finden Sie nicht auch, daß es ins Mittelalter gehört? Sie spielt in unserem Laienspiel die Hexe. Und sie sieht wirklich so aus, nicht wahr?"

„Ja, aber wie eine freundliche Hexe."

„Oh, meine Liebe, Sie haben vollkommen recht! Ja, eine freundliche Hexe."

„Aber er . . ."

„Ja, er ist ein armer Mann", bestätigte der Vikar. „Er ist etwas gestört - aber ganz harmlos."

„Sie waren sehr freundlich. Sie haben mich zum Tee eingeladen", erzählte Tuppence. „Aber ich hätte gern den Namen des Hauses gewußt, und ich habe vergessen, sie zu fragen. Sie bewohnen nur die Hälfte, nicht wahr?"

„Ja, das stimmt. Den sogenannten alten Küchentrakt. Sie nennen das Haus ‚Wasserburg', aber ich glaube, daß es früher ‚Wasserwiese' hieß, was eigentlich viel hübscher ist, nicht?"

„Und wem gehört der andere Teil des Hauses?"

„Früher hat das ganze Haus den Bradleys gehört. Aber das ist schon lange her. Dreißig oder vierzig Jahre. Dann wurde es verkauft und noch mal verkauft, und dann stand es lange leer. Als ich herkam, hatte es jemand als Wochenendhaus. Eine Schauspielerin - ja, eine Miss Margave. Sie war nur selten hier. Ich habe sie nicht gekannt; sie kam nie zur Kirche. Aber ich habe sie gesehen. Sie war schön, sehr schön."

„Und wem gehört es denn jetzt?" fragte Tuppence beharrlich.

„Ich habe keine Ahnung. Vielleicht immer noch ihr. Die Perrys haben ihren Teil nur gemietet."

„Wissen Sie, daß ich es wiedererkannt habe?" sagte Tuppence. „Auf den ersten Blick. Ich habe ein Bild von dem Haus."

„Ach nein? Das muß von Boscombe sein. Oder hieß er nun Boscobel? Na, ganz ähnlich auf jeden Fall. Er war aus Cornwall. Ein recht bekannter Maler. Ich glaube, er lebt nicht mehr. Ja, er ist oft hierhergekommen. Er hat viel in dieser Gegend gezeichnet und gemalt."

„Das Bild, von dem ich sprach, ist einer alten Tante von mir geschenkt worden, die vor einem Monat gestorben ist. Sie hat es von einer Mrs. Lancaster bekommen. Deswegen fragte ich Sie auch nach dem Namen."

Der Vikar schüttelte abermals den Kopf. „Lancaster? Lancaster. Nein, ich kann mich nicht erinnern. - Oh, hier ist der Mensch, den Sie fragen müssen. Unsere liebe Miss Bligh. Sie ist so tüchtig, und sie weiß alles über die Gemeinde. Sie hat alles in der Hand. Den Frauenring, die Pfadfinder, ach, einfach alles ..." Der Vikar seufzte. Die Tüchtigkeit von Miss Bligh schien ihn zu bekümmern. „Nellie Bligh heißt sie im Dorf. Es ist ein Spitzname. In Wirklichkeit heißt sie Gertrude oder Geraldine."

Miss Bligh - sie war die Dame in Tweed, die Tuppence in der Kirche gesehen hatte - kam rasch auf sie zu. Sie hielt eine kleine Gießkanne in der Hand, betrachtete Tuppence voller Neugier, verstärkte das Tempo noch und begann schon ein Gespräch, ehe sie bei ihnen war. „Fertig!" rief sie strahlend. „Mußte heute ganz schnell gehen. Oh, was habe ich mich beeilt. Sie wissen ja, Herr Vikar, daß ich sonst immer morgens in die Kirche gehe. Aber heute hatten wir eine Sondersitzung im Gemeindehaus, und Sie können sich nicht vorstellen, was das lange gedauert hat! Und das ewige Hin und Her! Manchen Leuten macht es eben Spaß, gegen alles zu sein. Mrs. Partington war besonders schrecklich. Sie mußte endlos über alles debattieren. Und ob wir genügend Kostenvoranschläge hätten? Als ob das bei dem kleinen

Betrag was ausmachte! - Übrigens glaube ich nicht, Herr Vikar, daß Sie auf dem Grabstein sitzen sollten."

„Halten Sie das für eine Entweihung?"

„Aber nicht doch, Herr Vikar. Das habe ich nicht gemeint. Ich meine den Stein. Wegen der Feuchtigkeit und Ihrem Rheumatismus ..." Ihr Blick ruhte fragend auf Tuppence.

„Darf ich Sie mit Miss Bligh bekannt machen?" sagte der Vikar. „Dies ist ..." Er zögerte.

„Mrs. Beresford."

„Oh, ich habe Sie schon in der Kirche gesehen. Ich wäre gern zu Ihnen gekommen und hätte Ihnen die Sehenswürdigkeiten gezeigt, aber ich hatte es so schrecklich eilig."

„Ach, ich hätte Ihnen helfen sollen", sagte Tuppence in ihrem allerliebenswürdigsten Tonfall. „Aber das wäre wohl sinnlos gewesen, denn ich habe beobachtet, wie akkurat Sie jede einzelne Blume an ihren Platz steckten."

„Wie nett von Ihnen, das zu sagen. Es stimmt auch. Ich habe den Blumenschmuck in der Kirche schon seit - ach, ich weiß nicht seit wie vielen Jahren gemacht. An den Festen stellen die Schulkinder ihre eigenen Feldblumensträuße auf, aber sie wissen wirklich nicht, wie man das macht, die Armen. Ich würde es den Kindern ja gern zeigen, aber Mrs. Peake will das nicht. Sie ist sehr eigen. Sie sagt, man muß ihnen das selbst überlassen. - Wohnen Sie hier?"

„Ich wollte nach Market Basing fahren", sagte Tuppence. „Vielleicht könnten Sie mir ein ruhiges Hotel empfehlen?"

„Hoffentlich sind Sie nicht enttäuscht. Es ist nur ein kleiner Marktflecken und gar nicht auf Autofahrer eingerichtet. Der ‚Blaue Drache' hat zwei Sterne, aber ich weiß nicht, wofür er die bekommen hat. Wahrscheinlich wird es Ihnen im ‚Lamm‘ besser gefallen. Es ist ruhiger, wissen Sie. Wollen Sie länger bleiben?“

„Nein. Ein oder zwei Tage. Ich wollte mir die Gegend ein bißchen ansehen.“

„Ach, da ist nicht viel zu sehen. Es gibt keine schönen alten Bauwerke. Dies ist ein landwirtschaftliches Gebiet“, mischte sich der Vikar ein. „Aber friedlich ist es, sehr friedlich. Und ich sagte Ihnen ja schon, es gibt interessante Blumen.“

„Ja, und wenn ich Zeit habe, hoffe ich auch, ein wenig zum Botanisieren zu kommen. Aber eigentlich bin ich auf der Suche nach einem Haus.“

„Oh, wie interessant“, rief Miss Bligh. „Haben Sie vor, sich hier in dieser Gegend etwas zu kaufen?“

„Es ist nicht eilig, mein Mann wird erst in anderthalb Jahren pensioniert. Aber ich finde es immer gut, wenn man sich beizeiten umsieht. Ich bleibe am liebsten vier, fünf Tage in einer Gegend, besorge mir eine Liste der Häuser, die in Frage kommen, und fahre dann herum. Ich finde es so mühsam, an einem Tag von London aus hin- und zurückzufahren, um ein bestimmtes Haus zu besichtigen.“

„Sie sind mit dem Wagen hier, nicht wahr?“

„Ja“, sagte Tuppence. „Ich muß morgen in Market Basing zu einem Häusermakler. Aber hier im Dorf kann ich sicher nicht übernachten. Oder doch?“

„Sie können natürlich zu Mrs. Copleigh“, sagte Miss Bligh. „Sie nimmt im Sommer Gäste auf. Sie ist sehr sauber. Die Zimmer sind tadellos. Aber sie gibt nur Frühstück, vielleicht auch abends eine Kleinigkeit. Und vor Juli oder August nimmt sie selten Gäste auf.“

„Ich könnte ja mal hinfahren und fragen“, schlug Tuppence vor.

„Sie ist wirklich eine sehr ordentliche Frau“, bemerkte

der Vikar. „Aber sie redet wie ein Wasserfall. Von morgens bis abends."

„In so kleinen Dörfern wird immer viel geklatscht", sagte Miss Bligh entschuldigend. „Vielleicht kann ich Ihnen helfen, Mrs. Beresford. Ich könnte mit Ihnen zu Mrs. Copleigh gehen . . ."

„Oh, das wäre aber sehr freundlich von Ihnen."

„Dann sollten wir gleich gehen", sagte Miss Bligh munter. „Auf Wiedersehen, Herr Vikar! Sind Sie immer noch auf der Suche? Das ist eine traurige Aufgabe. Und wahrscheinlich ganz erfolglos. Ich finde ja wirklich, daß das eine komische Anfrage war."

Tuppence verabschiedete sich vom Vikar und bot ihm ihre Hilfe an. „Ich könnte ja mal eine Stunde kommen und die Grabsteine entziffern. Meine Augen sind noch sehr gut. Ist es nur der Name Waters, nach dem Sie suchen?"

„Nein, eigentlich nicht. Ich glaube, das Alter ist am wichtigsten. Es müßte ein sieben Jahre altes Kind sein, ein Mädchen. Major Waters vermutet, daß seine Frau einen anderen Namen angenommen hat und daß das Kind unter diesem Namen geführt worden ist. Aber da er ihn nicht kennt, ist es sehr schwierig."

„Das Ganze ist völlig sinnlos", erklärte Miss Bligh. „Sie hätten nie darauf eingehen dürfen, Herr Vikar. Es ist eine Zumutung, das von Ihnen zu verlangen."

„Der arme Mann scheint es sehr tragisch zu nehmen. Aber es ist ja auch eine traurige Geschichte. – Doch ich will Sie nicht aufhalten."

Tuppence dachte, als sie von Miss Bligh davongeführt wurde, daß Mrs. Copleighs Redseligkeit sicher nicht mit der von Miss Bligh konkurrieren könnte. Sie redete auf dem ganzen Weg, scheinbar ohne auch nur einmal Atem zu holen.

Mrs. Copleighs Haus war freundlich und gar nicht so

klein. Ein Vorgarten trennte es von der Dorfstraße. Blumen blühten; die Schwelle war weiß gestrichen, und der Türgriff war aus blankpoliertem Messing. Mrs. Copleigh hätte aus einem Roman von Dickens stammen können. Sie war klein und rund, hatte helle, zwinkernde Augen und blonde, in einer Rolle aufgesteckte Haare. Sie war ungeheuer lebhaft. Erst hegte sie einige Zweifel: „Ach, eigentlich tue ich das nicht, wissen Sie. Mein Mann und ich, wir sagen immer, Sommergäste, das ist was anderes. Das tun heute alle, wenn sie Platz haben ... Aber um diese Jahreszeit ... ich weiß nicht. Na ja, aber wenn es nur ein paar Tage sind und die Dame sich nicht daran stört - vielleicht ..."

Zu diesem Zeitpunkt riß sich Miss Bligh widerstrebend los, denn sie hatte noch nicht alles aus Tuppence herausbekommen, was sie wissen wollte. Woher sie käme, was ihr Mann für einen Beruf hätte, wie alt sie sei, ob sie Kinder hätte und weiteres Wissenswertes. Aber in ihrem Haus fand eine Versammlung statt, die sie leiten mußte. Offenbar hatte sie entsetzliche Angst, daß ihr jemand den Vorsitz streitig machen könnte. „Sie werden sich bei Mrs. Copleigh wohl fühlen", versicherte sie Tuppence. „Sie wird sich schon um Sie kümmern."

Damit war alles höchst zufriedenstellend geregelt. Das nächste Problem war das Abendessen. Tuppence fragte, ob es im Dorf eine Wirtschaft gäbe.

„Nichts, wohin eine Dame gehen könnte", behauptete Mrs. Copleigh, „aber wenn Sie mit Eiern und Schinken zufrieden sind und mit Brot und meiner selbstgemachten Marmelade ..."

Tuppence meinte, das sei genau das richtige. Ihr Zimmer war klein, aber hübsch und freundlich. Die Tapete zeigte ein Rosenmuster, das Bett sah bequem aus, und alles war blitzblank.

„Ja, das ist eine schöne Tapete, Miss", sagte Mrs.

Copleigh, die Tuppence offenbar lieber unverheiratet hatte. „Wir haben sie ausgesucht, damit ein junges Paar auf der Hochzeitsreise sich hier wohl fühlt. Wir wollten es gern romantisch."

Tuppence verstand. Sie fand Romantik sehr wünschenswert.

„Jungverheiratete haben heutzutage kein Geld. Auf jeden Fall weniger als früher. Die meisten sparen auf ein Haus oder müssen schon Raten zahlen; und dann bleibt nichts für die Hochzeitsreise übrig. Die verschwenden heute kein Geld mehr für so was."

Sie redete noch, als sie bereits die Treppe hinunterstieg. Tuppence legte sich aufs Bett und genehmigte sich nach diesem anstrengenden Tag eine halbe Stunde Schlaf. Sie setzte große Hoffnungen auf Mrs. Copleigh und war sicher, daß sie die Unterhaltung auf ergiebige Themen bringen könnte. Bestimmt würde sie alles über das Haus am Kanal erfahren; wer dort gelebt hatte, wer in gutem oder schlechtem Ruf stand, was für Skandale es gab und anderes mehr. Diese Überzeugung wuchs noch, als sie Mr. Copleigh kennengelernt hatte, der kaum den Mund auftat. Seine Unterhaltung bestand zum größten Teil aus freundlichen Grunztönen.

Soweit Tuppence es übersah, war es ihm recht, wenn er das Reden seiner Frau überlassen konnte. Und Mrs. Copleigh ersetzte jedes Radio und jedes Fernsehgerät. „Wenn Sie etwas wissen wollen, fragen Sie uns" – das war ihr Motto. Man brauchte nur an einem Knopf zu drehen, schon quollen Worte hervor, begleitende Gesten und die passende Mimik. Nicht nur ihre Figur erinnerte an einen Gummiball, auch ihr Gesicht schien aus diesem Material gemacht zu sein. Tuppence konnte die Leute, über die gesprochen wurde, leibhaftig vor sich sehen.

Tuppence aß Schinken und Eier und dicke Scheiben

Butterbrot mit selbsteingemachtem Brombeergelee. Gleichzeitig versuchte sie, die Flut von Informationen in sich aufzunehmen, um sich später Notizen zu machen. Ein Panorama der Vergangenheit breitete sich vor ihr aus.

Allerdings wurde es schwierig, weil Mrs. Copleigh keine zeitliche Reihenfolge einhielt und von Ereignissen, die fünfzehn oder zwanzig Jahre zurücklagen, zu Dingen sprang, die vor einem Monat geschehen waren, um dann sofort in die zwanziger Jahre zurückzukehren.

Der erste Knopf, den Tuppence gedreht hatte, brachte kein Resultat. Es war ihre Erwähnung von Mrs. Lancaster.

„Ich glaube, sie kam aus dieser Gegend", sagte sie und ließ ihre Stimme recht vage klingen. „Sie hatte ein Bild, ein sehr hübsches Bild, von einem Maler, der hier sehr bekannt war."

„Und wie hieß sie?"

„Mrs. Lancaster."

„Nein, an den Namen kann ich mich nicht erinnern. Lancaster? Ich erinnere mich wohl an einen Autounfall. Nein, das ist ein Irrtum, das Auto war ein Lanchester. Miss Bolton kann es nicht gewesen sein? Die müßte jetzt so etwa siebzig sein. Vielleicht hat sie einen Mr. Lancaster geheiratet. Sie ist fortgezogen und hat im Ausland gelebt. Ich habe gehört, sie hätte geheiratet."

„Das Bild, das sie meiner Tante geschenkt hat, war von einem Maler Boscobel - wenigstens glaube ich, daß er so hieß. - Oh, das Gelee ist aber köstlich!"

„Ich nehme nie Äpfel. Es heißt ja immer, daß es dann besser geliert, aber das ganze Aroma geht verloren."

„Ja, das finde ich auch", sagte Tuppence.

„Wie hieß er noch? Es fing mit B an?"

„Boscobel, glaube ich."

„Oh, an Mr. Boscowan erinnere ich mich noch gut.

Warten Sie mal, das muß - na, mindestens fünfzehn Jahre hersein. Er ist mehrere Jahre hintereinander hergekommen. Es hat ihm hier gefallen. Er hat sogar ein Haus gemietet, eins von den Häusern von Bauer Hart. - Das war ein typischer Künstler", fuhr sie nachdenklich fort. „Er hatte so eine komische Jacke an. Aus Samt oder Cord. Und die Ellbogen waren durchgewetzt. Er trug grüne und gelbe Hemden. Der war immer ganz bunt. Aber seine Bilder haben mir gefallen. Sehr sogar. Einmal hat er sie ausgestellt. Weihnachten, glaube ich. Nein, das kann nicht stimmen; es muß im Sommer gewesen sein. Im Winter war er nie hier. Doch, die Bilder waren schön. Wissen Sie, nichts Ausgefallenes, nur ein Haus und ein paar Bäume oder zwei Kühe an einem Zaun. Es war hübsch, und man konnte alles erkennen. Nicht wie die Bilder von den heutigen jungen Leuten."

„Kommen denn oft Maler her?"

„Ach, eigentlich nicht. Ein, zwei Damen kommen im Sommer zum Zeichnen. Aber von denen halte ich nichts. Und dann war vor einem Jahr ein junger Mann da, der sich als Künstler bezeichnete. Er hat sich nie rasiert. Und die Farben haben mir gar nicht gefallen. Aber er hat eine Menge Bilder verkauft - und gar nicht billig."

„Nur fünf Pfund", sagte Mr. Copleigh. Er mischte sich so plötzlich in die Unterhaltung, daß Tuppence aufschreckte.

„Mein Mann meint", erklärte Mrs. Copleigh, „daß kein Bild mehr als fünf Pfund kosten dürfe. Die Farben kosten niemals soviel. Das meint er. Nicht wahr, George?"

„Hm", sagte George.

„Mr. Boscowan hat ein Bild von dem Haus am Kanal bei der Brücke gemalt - Wasserburg oder Wasserwiese, nicht? Ich bin heute daran vorbeigekommen."

„Ach, von da sind Sie gekommen? Die Straße ist schmal, was? Und das Haus liegt so einsam. Also ich, ich würde da nicht wohnen wollen. Viel zu einsam, findest du nicht auch, George?"

George gab ein Geräusch von sich, das Verneinung ausdrückte und Verachtung für die Ängstlichkeit weiblicher Wesen.

„Da wohnt Alice Perry", sagte Mrs. Copleigh.

Tuppence verzichtete auf weitere Auskünfte über Mr. Boscowan und wandte sich den Perrys zu. Es war besser, sich der von Thema zu Thema hüpfenden Mrs. Copleigh anzupassen.

„Merkwürdige Leute", sagte Mrs. Copleigh.

George grunzte zustimmend.

„Die leben ganz für sich. Die verkehren mit niemandem. Und diese Alice Perry sieht wie der letzte Mensch aus, wirklich."

„Verrückt", sagte Mr. Copleigh.

„Na, das würde ich ja nun nicht sagen. Sie sieht zwar so aus, mit diesen langen Haaren ... Und meistens hat sie Männerzeug an und große Gummistiefel. Und sie sagt so komische Sachen und gibt einem oft keine Antwort, wenn man sie was fragt. Aber ich würde nicht sagen, daß sie verrückt ist. Eben seltsam."

„Ist sie beliebt? Haben die Leute sie gern?"

„Es kennt sie ja keiner, obwohl sie schon seit Jahren hier sind. Es wird viel über sie geredet, aber geredet wird ja immer."

„Und was redet man über sie?"

Direkten Fragen konnte Mrs. Copleigh nicht widerstehen. Sie beantwortete sie mit Begeisterung.

„Es heißt, daß sie Geister beschwört. Nachts. Und dann soll ein Licht durch das Haus geistern, heißt es. Und sie soll viele gelehrte Bücher lesen. Mit Zeichnungen, wissen Sie, mit Kreisen und Sternen. Aber wenn

Sie mich fragen, dann ist Amos Perry der, der nicht ganz richtig im Kopf ist."

„Ach, beschränkt ist der", sagte Mr. Copleigh duldsam.

„Na ja, da kannst du recht haben. Aber über den ist auch so was erzählt worden. Er ist in seinen Garten vernarrt, versteht aber nichts davon."

„Sie haben nur das halbe Haus, nicht wahr?" fragte Tuppence. „Mrs. Perry hat mich sehr freundlich eingeladen."

„So? Hat sie das? Na, ich weiß ja nicht, ob ich gern in das Haus ginge."

„Ihre Hälfte ist in Ordnung", warf Mr. Copleigh ein.

„Und die andere nicht? Die Frontseite, die zum Kanal geht?"

„Ach, da gibt es so Geschichten. Jetzt hat lange niemand mehr dort gewohnt. Es soll was nicht stimmen. Es ist geredet worden. Aber wenn man es genau wissen will, dann kann sich keiner erinnern. Es ist lange her. Das Haus ist schon über hundert Jahre alt. Es heißt, daß eine hübsche Dame da gewohnt hat, die ausgehalten worden ist, von einem Herrn vom Hof."

„Vom Hof der Königin Viktoria?" fragte Tuppence neugierig.

„Nein, das glaube ich nicht. Die alte Königin war ja sehr streng. Es muß davor gewesen sein. Unter einem von den Georges. Na, dieser Herr ist oft zu ihr gekommen, und es heißt, daß sie sich gezankt haben und er ihr eines Nachts die Kehle durchgeschnitten hat."

„Wie schrecklich! Ist er dafür aufgehängt worden?"

„Nein, eben nicht. Es ist nicht herausgekommen. Er soll sie im Kamin eingemauert haben."

„Was? Er hat die Leiche eingemauert? In einem Kamin?"

„Manchmal wird auch erzählt, sie sei eine Nonne gewesen, die aus dem Kloster geflohen ist, und deswegen sei sie eingemauert worden. In den Klöstern machen sie das so."

„Aber sie ist doch nicht von Nonnen eingemauert worden?"

„Nein. Das war er. Ihr Liebhaber, der sie ermordet hat. Und es heißt, daß er den ganzen Kamin zugemauert und mit einer großen Eisenplatte überdeckt hat. Auf jeden Fall ist die Arme nie wieder gesehen worden. Manche haben natürlich gesagt, sie sei mit ihm fortgegangen. Aber man hat merkwürdige Geräusche gehört und Lichter gesehen. Und viele Leute gehen in der Dunkelheit nicht in die Nähe."

„Aber was ist danach geschehen?" fragte Tuppence, der der Ausflug in die Vergangenheit doch zu weit von dem fortführte, was sie erfahren wollte.

„Ach, dann ist wohl nicht mehr viel gewesen. Ein gewisser Blodgick, ein Bauer, hat das Haus gekauft. Aber er hat es nicht lange behalten. Er war eigentlich ein Herr, und die Landwirtschaft hat er aus Spaß betrieben. Dem hat vor allem das Haus gefallen. Mit dem Land konnte er nichts anfangen. Er hat weiterverkauft. Es ist immer wieder in andere Hände gekommen – und immer sind Handwerker gekommen und haben umgebaut. Einmal hat ein Ehepaar es mit einer Hühnerfarm versucht. Schon da stand das Haus in dem Ruf, daß es kein Glück bringt. Aber das war alles noch vor meiner Zeit. Ich glaube, Mr. Boscowan hat auch mal vorgehabt, das Haus zu kaufen, damals, als er es gemalt hat."

„Wie alt war dieser Mr. Boscowan denn, als er hier war?"

„Na, so vierzig oder ein bißchen älter. Er sah schon ganz gut aus. Aber ein bißchen zu dick war er. Und er war immer hinter den Mädchen her."

„Hm." Diesmal war das Grunzen deutlich eine Warnung.

„Na, wir wissen ja alle, wie diese Künstler sind", sagte Mrs. Copleigh und bezog Tuppence in dieses Wissen ein. „Dauernd fahren sie nach Frankreich. Sie wissen schon."

„War er nicht verheiratet?"

„Damals noch nicht. Bei seinem ersten Besuch nicht. Er hatte es auf Mrs. Charringtons Tochter abgesehen, aber da ist nichts draus geworden. Sie war ein hübsches Mädchen, aber für ihn viel zu jung. Sie war noch keine fünfundzwanzig."

„Wer ist denn Mrs. Charrington?" Tuppence geriet über die immer neuen Personen in Verwirrung.

Was, zum Teufel, tue ich hier eigentlich? fragte sie sich, als eine Woge der Müdigkeit sie überschwemmte. Ich höre mir lauter Klatsch an und bilde mir ein, daß es um Mord geht, und dabei stimmt das überhaupt nicht. Es hat angefangen, als eine nette alte Dame, die nicht mehr ganz klar war, sich an Geschichten erinnerte, die ihr ein Mr. Boscowan oder sonstwer über das Haus erzählt hat, dessen Bild sie hatte. Es ging um die Legende von der lebendig eingemauerten Frau! Und sie hat geglaubt, es sei ein Kind gewesen. – Und ich renne hier herum und will einen Mord ausgraben! Tommy hat recht: Ich bin verrückt.

Sie wartete auf eine Pause in Mrs. Copleighs stetem Redestrom, um aufzustehen und gute Nacht sagen zu können.

Mrs. Copleigh aber war nicht zu bremsen. „Mrs. Charrington? Die hat einige Zeit im Haus Wasserwiese gewohnt. Mit ihrer Tochter. Eine reizende Dame. Sie war die Witwe eines Offiziers, wenn ich mich recht erinnere. Sie stand sich nicht gut, aber das Haus wurde billig vermietet. Sie hat immer im Garten gearbeitet. Mit dem Putzen war es nicht so weit her. Ich bin ein paarmal eingesprungen, aber dauernd konnte ich es nicht."

„Hat sie lange dort gewohnt?“

„Zwei oder drei Jahre, schätze ich. Damals, als diese Sache war, hat sie wohl Angst bekommen. Und dann hatte sie selbst Kummer mit ihrer Tochter. Die hieß, glaube ich, Lilian.“

Tuppence trank einen Schluck des starken Tees und beschloß, den Fall Charrington noch abzuwickeln, ehe sie zu Bett ging.

„Und wieso hatte sie mit der Tochter Kummer? Wegen Boscowan?“

„Nein, Mr. Boscowan ist es nicht gewesen. Das glaube ich nicht. Es muß der andere gewesen sein.“

„Und wer war das? Jemand aus der Gegend?“

„Nein, der hat nicht hier gewohnt. Sie muß ihn in London kennengelernt haben. Sie war zur Ausbildung in London. Auf der Ballettschule? Oder der Kunstschule? Mr. Boscowan hatte sie in einer Schule untergebracht. Jedenfalls hat sie in London diesen Mann kennengelernt. Ihre Mutter war sehr dagegen. Sie hat ihr verboten, sich mit ihm zu treffen. Als ob das was genützt hätte! Sie war ein bißchen naiv in der Beziehung. Offiziersfrauen sind oft so. Aber wenn es um einen hübschen jungen Mann geht, dann tun die Mädchen nicht, was ihnen gesagt wird. Und diese Lilian schon gar nicht. Er ist manchmal hergekommen; und sie haben sich heimlich getroffen.“

„Und dann ist das passiert?“ fragte Tuppence. Sie hoffte, daß diese gebräuchliche Umschreibung Mr. Copleighs Anstandsgefühl nicht verletzen würde.

„Er muß es gewesen sein. Na ja, das ließ sich ja nicht verheimlichen. Ich hab’ es längst vor ihrer Mutter gemerkt. Sie war ein schönes Mädchen, groß und kräftig. Aber ich glaube, sie konnte nicht viel verkraften. Sie brach zusammen. Sie rannte wie wild draußen herum und sprach mit sich selbst. Aber der Mann hat sie auch gemein behandelt. Als er merkte, was los war, hat er sie sitzenlassen. Eine richtige Mutter wäre natürlich zu ihm gegangen und hätte ihm klargemacht, was seine Pflicht war, aber Mrs. Charrington brachte so was nicht fertig. Na, sie hat's schließlich gemerkt und das Mädchen fortgebracht. Dann stand das Haus wieder zum Verkauf. Ich glaube, sie war noch mal hier, um die Möbel zu holen, aber im Dorf war sie nicht. Es ist dann viel geredet worden, aber ich weiß nicht, ob was dran war oder nicht."

„Manche erfinden so was einfach", stellte Mr. Copleigh ganz unerwartet fest.

„Das ist wahr, George. Aber die Geschichte könnte gestimmt haben. Und du sagst ja selbst, das Mädchen sah so aus, als wäre es nicht ganz richtig im Kopf."

„Und was für eine Geschichte war das?" fragte Tuppence.

„Ach, darüber möchte ich eigentlich gar nicht sprechen. Es ist schon so lange her. Und ich will nichts sagen, was ich nicht genau weiß. Mrs. Badcocks Louise hat es aufgebracht. Aber das Mädchen hat ja schon immer schrecklich gelogen!"

„Und was war es?"

„Sie hat gesagt, die kleine Charrington hätte erst das Baby umgebracht und dann sich selbst. Die Mutter wäre vor Kummer um den Verstand gekommen, und die Verwandten hätten sie in ein Heim bringen müssen."

Wieder wurde es Tuppence fast schwindlig, und sie hatte das Gefühl, auf ihrem Stuhl zu schwanken. Könnte Mrs. Charrington Mrs. Lancaster sein? Hatte sie ihren Namen geändert? Hatte sie vor Kummer über die Tochter den Verstand verloren?

Mrs. Copleighs Stimme fuhr erbarmungslos fort: „Ich hab' nie ein Wort davon geglaubt. Damals haben wir nicht viel auf Klatschgeschichten geachtet – wir hatten andere Sorgen. Wir waren alle verrückt vor Angst über das, was in unserer Gegend geschah. Über wirkliche Vorfälle ..."

„Warum? Was war denn?" fragte Tuppence, die sich nicht vorstellen konnte, was in dem kleinen, friedlichen Dorf noch alles passiert sein könnte.

„Oh, davon haben Sie damals bestimmt in den Zeitungen gelesen. Warten Sie, ja, das ist jetzt ziemlich genau zwanzig Jahre her. Sie haben es sicher gelesen. Erst war es ein neunjähriges kleines Mädchen. Sie ist eines Tages nicht aus der Schule nach Hause gekommen. Die ganze Nachbarschaft hat nach ihr gesucht. Im Wald von Dingley ist sie gefunden worden. Erwürgt. Ich kann gar nicht dran denken! Ja, sie war die erste, und dann, nach drei Wochen, passierte es noch mal. Hinter Market Basing. Aber immer noch in unserer Gegend. Es könnte gut ein Mann mit einem Auto gewesen sein. – Und es kam zu noch mehr Morden. Manchmal in Abständen von einem oder zwei Monaten. Aber es kam immer wieder vor. Einmal nur zwei Meilen von hier entfernt; fast noch im Dorf."

„Und die Polizei hat nichts herausgefunden?"

„Ach, die haben alles versucht. Sie haben ziemlich schnell einen Mann eingesperrt. Er kam aus der Gegend von Market Basing. Es hieß, er habe wichtige Aussagen zu machen. Sie haben erst den festgenommen, dann noch einen, aber jedesmal mußten sie ihn nach vierundzwanzig Stunden wieder laufenlassen. Sie stellten fest, daß er es nicht gewesen sein konnte."

„Das weißt du nicht, Liz. Vielleicht wußten sie genau, wer es gemacht hat. Ich hab' gehört, daß das oft so ist. Die Polizei kennt den Mann ganz genau, kann es aber nicht beweisen."

„Ja, wenn sie Frauen haben oder Eltern", bestätigte Mrs. Copleigh. „Dagegen kommt die Polizei nicht an.

Wenn eine Mutter sagt, mein Junge war an dem Abend zu Hause, oder seine Freundin sagt, wir waren im Kino, oder der Vater erklärt, daß er mit dem Sohn auf dem Feld gearbeitet hat - dagegen gibt es nichts. Selbst wenn sie glauben, daß der Vater, die Mutter oder die Freundin lügt, nützt es nichts, wenn es nicht einen anderen Zeugen gibt. - Jedenfalls war es eine furchtbare Zeit. Wir waren alle ganz aufgeregt. Wenn wir hörten, daß wieder ein Kind vermißt wurde, bildeten wir Suchmannschaften."

„Ja. So war das", sagte Mr. Copleigh.

„Manchmal haben sie das Kind gleich gefunden, manchmal hat es wochenlang gedauert. Das muß ein Wahnsinniger gewesen sein. Es ist schrecklich" - Mrs. Copleighs Stimme wurde tragisch - „daß es solche Männer gibt. Jeder Mann, der Kinder überfällt, sollte umgebracht werden. Das kommt davon, wenn man sie in Klapsmühlen sperrt und gut behandelt. Früher oder später werden sie ja doch wieder rausgelassen, und es heißt, sie seien geheilt."

„Und niemand hier hat eine Ahnung, wer es gewesen sein könnte?" fragte Tuppence. „Glauben Sie, daß es ein Fremder war?"

„Na, er muß aus dieser Gegend hier stammen. Aus dem Dorf kann er nicht gewesen sein."

„Aber das hast du doch immer geglaubt, Liz."

„Ach, das bildet man sich eben so ein. Ich habe damals alle Leute angestarrt. Und du auch, George. Und man fragte sich immer, ob es *der* vielleicht sein könnte, weil er sich in letzter Zeit so seltsam benahm."

„Wahrscheinlich benahm er sich gar nicht seltsam", sagte Tuppence, „sondern sah wie jeder andere aus."

„Jeffrys, der war damals bei uns Polizeisergeant", erklärte Mr. Copleigh, „hat immer gesagt, er hätte so seine Vermutungen, aber da wäre nichts zu machen."

„Und der Mann ist nie gefaßt worden?“

„Nein. Es hat länger als ein halbes Jahr gedauert, und dann war plötzlich Schluß. Und danach ist hier nie wieder so etwas vorgekommen. Nein, ich glaube, daß er fortgezogen ist. Für immer. Und deswegen glauben die Leute auch, sie wüßten, wer es gewesen ist.“

„Sie meinen, weil jemand für immer aus der Gegend fortgezogen ist?“

„Ja, natürlich ist darüber geredet worden.“

Tuppence zögerte vor der nächsten Frage, glaubte aber, sie bei Mrs. Copleighs Begeisterung ruhig stellen zu dürfen. „Und was glauben *Sie*, wer es war?“

„Ach, das ist jetzt so lange her, daß ich es nicht sagen möchte. Aber es *wurden* Namen erwähnt ... Manche dachten an Mr. Boscowan.“

„Ach?“

„Na, weil er ein Künstler war und alle Künstler merkwürdig sind. Das wird ja behauptet. Aber ich hab’s nicht geglaubt.“

Mr. Copleigh mischte sich ein. „Auf Amos Perry haben viele getippt.“

„Den Mann von Mrs. Perry?“

„Ja. Der ist doch irgendwie komisch. Er hätte es gut sein können.“

„Haben denn die Perrys damals hier gelebt?“

„Nicht in Wasserwiese. Sie hatten ein kleines Haus, vier oder fünf Meilen von hier. Die Polizei hat ihn beobachtet, das weiß ich sicher.“

„Aber sie konnten ihm nichts nachweisen. Seine Frau hat ihn gedeckt. Er war abends immer bei ihr im Haus. Immer, hat sie gesagt. Nur am Samstag ging er mal in die Wirtschaft. Aber keiner von den Morden war am Samstagabend. Und Alice Perry glaubt man, wenn sie was aussagt. Die macht nie einen Fehler. Und der kann man keine Angst einjagen. Aber er ist es ja auch nicht. An ihn hab' ich nie gedacht. Ich weiß, ich dürfte das nicht sagen, aber wenn ich einen bestimmen müßte, ich würde Sir Philip nennen."

„Sir Philip?" Schon wieder ein neuer Name, der Tuppence durch den Kopf wirbelte. „Wer ist Sir Philip?"

„Sir Philip Starke. Er wohnt im Warrender-Haus. Früher, ehe es abbrannte, hieß es das alte Pfarrhaus. Die Warrenders haben die Gräber auf dem Friedhof. Warrenders hat's hier immer gegeben. Seit König James."

„Ist Sir Philip mit den Warrenders verwandt?"

„Nein. Der hat viel Geld verdient. Er oder der Vater. Mit Stahlwerken, soviel ich weiß. Sir Philip war ein Sonderling. Er hat hier gewohnt, obwohl die Werke irgendwo im Norden waren. Er war ein richtiger Einsiedler. Blaß und dünn, richtig knochig. Und ein Blumennarr. Ein Botaniker. Er hat lauter kleine Wiesenblumen gesammelt, ganz unscheinbares Zeug. Ich glaube, er hat sogar ein Buch darüber geschrieben. Ja, der war schon klug, sehr klug. Seine Frau war eine freundliche Dame. Und hübsch. Aber ich fand, sie sah immer traurig aus."

Mr. Copleigh stieß einen seiner Grunzlaute aus. „Du bist aber kühn! Daß du an Sir Philip denkst! Der hatte Kinder gern. Er hat immer Kinderfeste veranstaltet."

„Ja, das weiß ich. Er hat Feste veranstaltet und Preise gestiftet. Löffel-Wettläufe und Erdbeertorten und so was. Weil er selber keine Kinder hatte! Er hat oft mit den Kindern geredet und ihnen Bonbons geschenkt. Aber ich weiß nicht, es kam mir so übertrieben vor. Irgendwas hat nicht gestimmt, als seine Frau ihn plötzlich verließ."

„Und wann war das?"

„Ach, vielleicht sechs Monate nachdem das alles angefangen hatte. Drei Kinder waren damals ermordet worden. Lady Starke ist plötzlich nach Südfrankreich gefahren und nie wieder zurückgekommen. Und das paßte gar nicht zu ihr. Sie war still und vornehm. Sie ist ihm bestimmt nicht mit einem anderen Mann davongelaufen. Ich sage immer: Sie hat etwas gewußt . . .“

„Wohnt er noch hier?“

„Nicht mehr ständig. Er kommt ein- oder zweimal im Jahr. Miss Bligh kümmert sich ums Haus. Sie war seine Sekretärin.“

„Und seine Frau?“

„Die arme Seele ist tot. Sie ist jung gestorben. In der Kirche ist eine Gedenktafel. Für sie muß das furchtbar gewesen sein. Vielleicht war sie erst nicht sicher, dann hat sie Verdacht geschöpft, und dann wußte sie es. Sie konnte es nicht mehr aushalten und hat ihren Mann verlassen.“

„Was ihr Frauen euch alles einbildet!“ stöhnte Mr. Copleigh.

„Ich sage ja nur, daß mit Sir Philip etwas nicht gestimmt hat! Er hatte Kinder zu gern. Und ich meine, daß das sehr unnatürlich war.“ Mrs. Copleigh stand auf und räumte den Tisch ab.

„Wird auch Zeit“, sagte ihr Mann. „Die arme Dame bekommt noch Angstträume, wenn du weiter über Dinge redest, die ewig her sind und keinen mehr interessieren.“

„Ach, mich hat es schon interessiert“, sagte Tuppence. „Aber jetzt bin ich müde. Ich glaube, ich gehe schlafen.“

„Wir gehen auch immer früh zu Bett. Soll ich Sie wekken? Und möchten Sie eine Tasse Tee? Um acht Uhr?“

„Oh, das wäre schön. Ist es nicht zuviel Mühe?“

„Aber gar nicht“, sagte Mrs. Copleigh.

Tuppence schleppte sich nach oben und fiel ins Bett. Sie war wirklich todmüde. Alles, was sie gehört hatte, ging ihr in Schreckensbildern durch den Kopf. Tote Kinder – zu viele tote Kinder. Sie brauchte nur *ein* totes Kind hinter einem Kamin. Vielleicht war es der Kamin von Wasserwiese. Die Puppe des Kindes. Ein Kind war von einer jungen Frau getötet worden, die den Verstand verloren hatte, weil ihr Geliebter sie hatte sitzenlassen.

Tuppence schlief und träumte... Eine weiße Frau sah aus dem Fenster. Vom Kamin kam ein kratzendes Geräusch. Dann erschollen Schläge hinter einer Eisenplatte. Hämmernde Schläge. Es hämmerte, hämmerte, hämmerte ... Tuppence wachte auf. Mrs. Copleigh klopfte an ihre Tür. Sie kam fröhlich herein, stellte den Tee neben das Bett, zog die Vorhänge auf und hoffte, daß Tuppence gut geschlafen hätte. Noch nie, fand Tuppence, hatte jemand so fröhlich ausgesehen wie Mrs. Copleigh. Aber sie hatte auch keine schrecklichen Träume gehabt.

# 9

Ehe Tuppence das Zimmer verließ, schrieb sie alle Namen und Begebenheiten auf, die sie am vergangenen Abend erfahren, aber wegen ihrer allzu großen Müdigkeit nicht mehr notiert hatte. Schauergeschichten aus der Vergangenheit, die vielleicht ein Körnchen Wahrheit bargen, im großen und ganzen aber aus Klatsch und Tratsch, Bosheit und wilden Phantastereien bestanden. Das schreckliche ist nur, dachte Tuppence, daß ich nun mittendrin stecke und nicht mehr aufhören kann.

Da sie den Verdacht hatte – er stellte sich als berechtigt heraus –, daß die erste Person, mit welcher sie zu tun bekommen würde, nur Miss Bligh sein konnte, die allgegenwärtige Gefahr von Sutton Chancellor, wich sie allen Hilfsangeboten aus und machte sich sofort auf den Weg nach Market Basing. Aber sie kam nicht weit, denn schon stürzte sich die gefürchtete Dame mit schrillem Rufen vor das Auto. Tuppence trat auf die Bremse und erklärte, daß sie eine dringende Verabredung habe. – Wann sie zurück sei? – Tuppence konnte es nicht sagen. – Zum Lunch vielleicht? – Das wäre sehr freundlich von Miss Bligh, aber Tuppence fürchtete ...

„Oh, dann kommen Sie zum Tee. Ich erwarte Sie um halb fünf." Das war schon fast ein Befehl. Tuppence lächelte, nickte, legte den Gang ein und fuhr davon.

Vielleicht, überlegte Tuppence, konnte sie von Nellie Bligh zusätzliche und nützliche Auskünfte erhalten. Sie gehörte zu den Frauen, deren Stolz darin liegt, alles über alle zu wissen. Das unangenehme war nur, daß sie ihrerseits entschlossen sein würde, Tuppence auszufragen.

„Mir wird schon was einfallen", sagte Tuppence und landete hinter der nächsten Kurve beinahe in einer Hecke, als sie einem wildgewordenen Traktor ausweichen wollte.

In Market Basing fuhr sie den Wagen auf den Parkplatz im Stadtzentrum, ging in das Postamt und betrat schnell eine Telefonzelle.

Albert meldete sich mit dem üblichen kurz angebundenen „Hallo", das tiefen Argwohn ausdrückte.

„Hören Sie, Albert. Ich komme morgen nach Hause. Ich bin zum Abendessen da, vielleicht auch schon früher. Mr. Beresford ist dann auch zurück; wenn er nicht kommt, ruft er an. Machen Sie uns was fertig, ja, am besten ein Hähnchen."

„Jawohl, Madam. Wo sind Sie zu ..."

Aber Tuppence hatte schon aufgelegt.

Anhand des Branchenverzeichnisses stellte sie fest, daß in Market Basing alle wichtigen Leute rund um den Marktplatz wohnten. Drei der vier Makler hatten ihre Büros am Platz. Der vierte war in der George Street. Tuppence schrieb sich die Namen auf. Sie begann mit

Messrs. Lovebody & Slicker. Offenbar war das die größte Firma.

Ein Mädchen mit Pickeln empfing sie.

„Ich möchte mich nach einem Haus erkundigen."

Das interessierte das Mädchen überhaupt nicht. Genausogut hätte Tuppence nach einem Einhorn fragen können.

„Nach einem *Haus*", wiederholte sie. „Sie sind doch eine Maklerfirma, oder nicht?"

„Häusermakler und Auktionatoren. Die Cranberry-Court-Auktion ist am Donnerstag, falls Sie sich dafür interessieren. Der Katalog kostet zwei Shilling."

„Die Auktionen interessieren mich nicht. Ich will mich nach einem Haus erkundigen."

„Möbliert?"

„Unmöbliert. Ich will es kaufen oder mieten."

Ihr Gesicht hellte sich auf. „Sie müssen mit Mr. Slikker sprechen."

Tuppence wollte Mr. Slicker nur zu gern sprechen. Gleich darauf saß sie einem jungen Mann in großkariertem Tweed gegenüber, der ihr viele Einzelheiten über reizvolle Häuser verriet und dazu Kommentare murmelte: „Mandeville Road - ein Architektenhaus, drei Schlafzimmer, amerikanische Küche ... Oh, nein, das ist schon weg. - Amabel Lodge, malerische Lage, vier Morgen - verbilligt bei Sofortkauf ..."

Tuppence unterbrach ihn gewaltsam. „Ich habe ein Haus gesehen, das mir sehr gefallen hat. In Sutton Chancellor - oder in der Nähe - bei einem Kanal ..."

„Sutton Chancellor?" Mr. Slicker sah sie zweifelnd an. „Da haben wir, glaube ich, im Augenblick nichts. Kennen Sie den Namen?"

„Ich weiß nicht, ob es einen festen Namen hat. Wahrscheinlich Wasserwiese oder Flußwiese. Es hieß mal Brückenhaus. Das Haus ist geteilt. Die eine Hälfte ist vermietet, aber die Mieter konnten mir nichts über die andere Hälfte sagen. Sie geht zum Kanal. Es ist die alte Frontseite. Sie ist nicht bewohnt."

Mr. Slicker bedauerte, Tuppence nicht helfen zu können, ließ sich aber herab, auf Messrs. Blodget & Burgess hinzuweisen, die sich vielleicht dazu in der Lage sähen. Aus seinem Tonfall war zu entnehmen, daß Messrs. Blodget & Burgess ein sehr unbedeutendes Unternehmen seien.

Tuppence begab sich zu den erwähnten Herren, die auf der anderen Seite des Platzes residierten - und deren Büro genau wie das der Messrs. Lovebody & Slikker aussah, nur daß die Haustür vor kurzem gallegrün gestrichen worden war.

Das Empfangskomitee war ebenso inkompetent, und Tuppence wurde an einen Mr. Sprig weitergeleitet, einen älteren, recht verzagt wirkenden Herrn. Sie erklärte ihr Anliegen zum zweitenmal. Mr. Sprig gab zu, von der Existenz des fraglichen Hauses zu wissen, war aber weder hoffnungsvoll noch sonderlich interessiert. „Es ist leider nicht auf dem Markt. Der Besitzer will nicht verkaufen."

„Wer ist der Besitzer?"

„Ich fürchte, das kann ich Ihnen nicht einmal sagen. Das Haus hat mehrfach den Besitzer gewechselt - einmal hieß es sogar, daß der Staat ein Enteignungsverfahren einleiten wollte."

„Und warum das?"

„Ach, Mrs." - er senkte den Blick auf den Notizblock, auf dem ihr Name stand - „Mrs. Beresford, wer das beantworten kann, dürfte ein Genie sein. Die Planungen der staatlichen Siedlungsverbände grenzen ans Geheimnisvolle. Die Rückseite des Hauses ist etwas instand gesetzt und zu einer sehr niedrigen Miete einem Ehepaar Perry vermietet worden. Der Besitzer des Hauses lebt im Ausland. Ich meine mich zu erinnern, daß es um eine Erbschaft ging, die durch die Testamentsvollstrecker geregelt wurde. Dabei kam es zu einer juristischen Streitfrage - Sie wissen, wieviel Geld Prozesse kosten, Mrs. Beresford. Ich glaube, der Besitzer läßt das Haus so stehen, wie es ist. Es wird nichts repariert - oder nur an dem Teil, in dem die Perrys wohnen. Das Land könnte natürlich einmal wertvoll werden, während die Instandhaltung eines baufälligen Hauses nie lohnend ist. Wenn Sie an einem derartigen Besitz interessiert sind, könnten wir Ihnen sehr viel lukrativere Angebote machen. Darf ich vielleicht fragen, was Sie gerade an diesem Haus so besonders anzieht?"

„Es hat mir gefallen", sagte Tuppence. „Ein schönes Haus. Ich habe es einmal vom Zug aus gesehen . . ."

„Aha!" Mr. Sprig verbarg hinter dieser einen Silbe den Satz: So etwas kann auch nur eine Frau sagen! Er erklärte besänftigend: „Ich würde es mir an Ihrer Stelle aus dem Kopf schlagen."

„Könnten Sie nicht an den Besitzer schreiben und anfragen, ob er an einem Verkauf interessiert ist? Oder mir die Adresse geben?"

„Wenn Sie darauf bestehen, können wir uns an die Anwälte des Besitzers wenden. Aber große Hoffnungen kann ich Ihnen nicht machen." Er zog die Schublade auf. „Hier ist ein Haus, Crossgates, zwei Meilen von Market Basing . . ."

Tuppence stand auf. „Nein, vielen Dank." Sie verabschiedete sich von Mr. Sprig und versuchte ihr Glück woanders.

Die dritte Firma war auf den Verkauf von Hühnerfarmen und Bauernhöfen spezialisiert.

Der letzte Besuch galt den Herren Roberts & Wiley in der George Street, einer kleinen, aber aufstrebenden Firma, die allerdings an Sutton Chancellor uninteressiert war und es darauf anlegte, moderne, noch nicht fertiggestellte Siedlungshäuser zu exorbitanten Preisen zu verkaufen. Eine Abbildung eines der Projekte ließ Tuppence erschaudern. Der tüchtige junge Mann, der sah, daß mit dieser Kundin kein Geschäft zu machen war, gab widerwillig zu, daß ein Dorf namens Sutton Chancellor existierte.

„Versuchen Sie es bei Blodget & Burgess auf dem Platz. Die haben da Häuser an der Hand. Aber es sind meistens heruntergekommene Altbauten."

„Ein sehr hübsches Haus liegt dort in der Nähe an einem Kanal. Ich habe es vom Zug aus gesehen. Warum steht das leer?"

„Ja, ich weiß, was Sie meinen. Wiesenhaus oder so. Ja, da will niemand wohnen. Es heißt, daß es in dem Haus spukt."

„Was? Reden Sie von - Geistern?"

„Ja, das wird erzählt. Nachts soll man Geräusche hören - und Stöhnen. Ich wette, es ist ein Klopfkäfer."

„Wie schade. Es liegt so einsam und ist so schön."

„Ich würde schon eher sagen, zu einsam. Denken Sie mal an das Hochwasser im Winter."

„An was ich alles denken soll!" murmelte Tuppence, als sie sich auf den Weg zum „Lamm" machte, wo sie Mittag essen wollte. „Hochwasser, Klopfkäfer, Geister, Kettengeklirr, abwesende Besitzer, Anwälte, Banken - und ein Haus, das keiner will oder das keinem gefällt - außer mir . . ."

Das Essen im „Lamm" war gut und reichlich - Hausmannskost für Bauern, keine französisierten Menüs für Touristen. Eine kräftige, gebundene Suppe, Schweinshaxe mit Apfelmus, Stiltonkäse oder zur Wahl Pflaumenkompott mit Pudding.

Nach einem kurzen Spaziergang holte Tuppence den Wagen und fuhr nach Sutton Chancellor zurück. Sie war mit dem Erfolg des Vormittags ganz und gar nicht zufrieden.

Als die Kirche von Sutton Chancellor vor ihr auftauchte, sah sie den Vikar gerade aus der Friedhofspforte kommen. Er wirkte schwerfällig und müde. Tuppence stoppte neben ihm.

„Haben Sie immer noch nach dem Grab gesucht?" fragte sie.

Der Vikar preßte eine Hand aufs Kreuz. „Ach, meine Augen sind zu schlecht. Viele von den Inschriften sind kaum zu entziffern. Und der Rücken tut mir weh. Die meisten Steine liegen flach auf der Erde. Manchmal, wenn ich mich so tief bücken muß, hab' ich Angst, nie wieder hochzukommen."

„Dann lassen Sie es doch", sagte Tuppence. „Wenn Sie im Kirchenbuch gesucht haben und auf dem Friedhof, dann haben Sie wirklich genug getan."

„Ich weiß, aber der arme Mann nahm es so ernst und wichtig. Ich wollte ihm so gern helfen. Jetzt fehlt nur noch das Stück von der Eibe bis zur Mauer – allerdings sind das fast alles Steine aus dem achtzehnten Jahrhundert. Wenn ich da noch gesucht habe, habe ich meine Pflicht getan und brauche mir nichts vorzuwerfen. Aber das muß bis morgen warten."

„Machen Sie nur nicht zuviel an einem Tag", sagte Tuppence. „Oder wissen Sie was? Ich bin zum Tee bei Miss Bligh, und danach sehe ich mich um. Von der Eibe bis zur Mauer, ja?"

„Oh, aber das kann ich doch nicht annehmen . . ."

„Sicher. Ich tue es gern. Und Sie müssen sich ausruhen."

„Ja, ich muß nämlich noch an meiner Predigt arbeiten. Sie sind wirklich sehr freundlich." Er strahlte sie an und verschwand im Pfarrhaus.

Tuppence sah auf die Uhr und fuhr zu Miss Bligh. Die

Haustür stand offen. Miss Bligh trug gerade eine Platte mit frisch gebackenen Hörnchen durch den Flur ins Wohnzimmer. „Oh, da sind Sie ja, Mrs. Beresford. Ich freue mich so, daß Sie kommen. Der Tee ist gleich fertig. Das Wasser ist schon aufgesetzt. Hoffentlich haben Sie gut eingekauft?" Sie richtete den Blick auf den offenkundig leeren Beutel, der an Tuppence' Arm hing.

„Ach, es hat nicht richtig geklappt", sagte Tuppence. „Manchmal ist es eben so, daß man einfach nicht das bekommen kann, was man sich in den Kopf gesetzt hat. Aber mir macht es Spaß, neue Städte kennenzulernen."

Aus der Küche erklang schrilles Pfeifen. Miss Bligh stürzte davon, um den Tee aufzugießen, und riß dabei einen Stapel Briefe vom Dielentisch.

Tuppence bückte sich, sammelte sie auf und sah dabei, daß der oberste Brief an eine Mrs. Yorke gerichtet war. Sie wohnte in einem Heim für ältere Damen in einem Ort in Cumberland.

Das verfolgt mich ja geradezu, dachte Tuppence. Als ob es nur noch Altersheime gäbe! Welch eine herrliche Aussicht für Tommy und mich!

Miss Bligh erschien mit der Teekanne. Die beiden Damen machten es sich bequem.

Miss Blighs Themen waren weniger blutrünstig als die von Mrs. Copleigh, und ihr Hauptstreben galt mehr dem Ausfragen als dem Vermitteln von Informationen.

Tuppence murmelte etwas von vielen Jahren im Ausland, den Personalkalamitäten, denen man in England begegnete, und sprach ausführlich über einen verheirateten Sohn und eine verheiratete Tochter und deren Kinder. Dann steuerte sie das Gespräch vorsichtig auf Miss Blighs vielseitige Tätigkeit in Sutton Chancellor. Sie erfuhr vom Frauenring, den Pfadfindergruppen, der Conservative Ladies Union, von Vorträgen, griechischer Kunst, der Zubereitung von Marmelade, dem Arrangieren von Blumen, vom Zeichenklub, den Freunden der Archäologie, von der Sorge um den Gesundheitszustand des Vikars und von seiner Geistesabwesenheit. Ferner gab es noch Meinungsverschiedenheiten im Kirchenvorstand.

Tuppence lobte das Gebäck, bedankte sich vielmals und erhob sich. „Sie haben eine fabelhafte Energie, Miss Bligh", sagte sie. „Wie Sie das nur alles schaffen! Ich muß gestehen, daß ich nach einer Einkaufstour das Bedürfnis nach einer Ruhepause habe. Eine halbe Stunde auf meinem Bett ... auf einem sehr bequemen Bett, übrigens. Ich möchte Ihnen bestens für die Empfehlung an Mrs. Copleigh danken."

„Sie ist eine ordentliche Frau, wenn sie auch zuviel redet."

„Ach, ich fand ihre Dorfgeschichten sehr hübsch."

„Sie redet ständig über Dinge, von denen sie nichts weiß. Bleiben Sie noch länger?"

„Nein, ich muß morgen wieder heim. Leider habe ich kein passendes Haus finden können. Ich hatte mir dieses malerische Haus am Kanal in den Kopf gesetzt."

„Oh, um Gottes willen! Das ist ja fast eine Ruine. Die Besitzer sind im Ausland. Wirklich ein Jammer!"

„Ich konnte nicht einmal erfahren, wem es gehört. *Sie* wissen es doch sicher? Sie kennen sich hier so gut aus."

„Ach, um das Haus habe ich mich wenig gekümmert. Es hat zu oft den Besitzer gewechselt. – Man kommt nicht mehr mit. Die Perrys wohnen in der einen Hälfte, und die andere Hälfte verkommt immer mehr."

Tuppence verabschiedete sich und fuhr zu Mrs. Copleigh. Das Haus war ganz still und offenbar leer. Tuppence ging in ihr Zimmer, wusch sich, puderte sich die Nase und schlich auf Zehenspitzen wieder hinaus.

Sie sah sich nach allen Seiten um, ließ den Wagen stehen, ging rasch um die nächste Ecke und fand einen Fußweg, der um das Dorf herumführte und beim Friedhof endete. Sie kletterte über das niedrige Mäuerchen. Im friedlichen Licht der Abendsonne begann sie, wie versprochen, mit der genauen Besichtigung der Grabsteine. Es war nichts als spontane Hilfsbereitschaft; der alte Vikar war ihr sympathisch, und es freute sie, ihm zu helfen und sein Gewissen zu entlasten. Sie hatte sich ein Notizbuch eingesteckt, um für ihn interessante Entdeckungen aufschreiben zu können. Die meisten Gräber in diesem Teil waren recht alt, aber wieder nicht alt genug, um interessante oder rührende Inschriften zu haben. Meistens handelte es sich um Gräber älterer Menschen. Dennoch ließ Tuppence sich Zeit und merkte sich viele Namen und Daten. Sie war schon bald an der hinteren Mauer. Hier befanden sich vernachlässigte, überwachsene Gräber. Um diesen Teil des Friedhofs schien sich niemand mehr zu kümmern. Viele Steine waren umgestürzt und lagen flach auf den Gräbern. Die Mauer war verwittert, baufällig und zum Teil schon eingestürzt. Da sie direkt hinter der Kirche lag, sah man sie von der Straße aus nicht – vermutlich trieben die Kinder deswegen hier ihren Unfug und richteten Schaden an. Sie beugte sich über eine der Steinplatten. Die alte Inschrift war nicht mehr lesbar, aber als Tuppence den Stein seitlich anhob, entdeckte sie eine ungelenk eingemeißelte Schrift, die bereits zu verwittern begann.

Sie beugte sich tiefer und verfolgte die Buchstaben mit dem Zeigefinger. Einzelne Worte konnte sie entziffern.

Wer ... ärgert ... dieser geringsten einen ... Mühlstein ... Mühlstein ... Und darunter stand ein Name.

*Hier liegt Lily Waters.*

Tuppence holte tief Luft. – Sie spürte plötzlich hinter sich einen Schatten. Aber ehe sie sich umdrehen konnte, traf etwas ihren Hinterkopf. Sie stürzte nach vorn auf den Grabstein und verlor sich in Schmerz und Finsternis.

# 10

„Na, Beresford", sagte Generalmajor Sir Josiah Penn, K.M.G., C.B., D.S.O. (Knight Commander of the St. Michael and St. George; Companion of the Bath; Distinguished Service Order), mit dem Gewicht, das den vielen Buchstaben hinter seinem Namen zukam, „was halten Sie von all dem Gewäsch?"

Tommy entnahm dieser Bemerkung, daß der Alte Josh, wie er hinter seinem Rücken überall genannt wurde, nicht sehr tief von den Konferenzen und den Vorträgen beeindruckt war, die sie gerade besucht hatten.

„Vorsichtig, vorsichtig, und nur niemandem auf den Schwanz treten!" fuhr Sir Josiah fort. „Es wird viel geredet und nichts gesagt. Ich weiß nicht, warum wir überhaupt gekommen sind. Das heißt, *ich* weiß es schon. Weil ich nichts zu tun habe. Wenn ich nicht zu diesen Tamtams ginge, müßte ich zu Hause bleiben. Und wissen Sie, was mir da passiert? Da werde ich herumkommandiert, Beresford. Von meiner Haushälterin und meinem Gärtner. Er ist ein alter Schotte, der mich nicht mal an meine eigenen Pfirsiche ranläßt. Deswegen komme ich her, spiele mich groß auf und mache mir selbst vor, eine wichtige Aufgabe zu erfüllen und die Sicherheit meines Landes zu gewährleisten! Alles Blödsinn und Quatsch!

Aber wieso kommen Sie? Sie sind ja noch verhältnismäßig jung. Wieso verplempern Sie hier Ihre Zeit? Es hört Ihnen doch keiner zu, selbst wenn Sie etwas Hörenswertes von sich geben."

Tommy grinste innerlich, weil er trotz seines Alters von Generalmajor Sir Josiah Penn noch als Jüngling betrachtet wurde. Er schüttelte den Kopf. Der General, rechnete Tommy nach, mußte weit über achtzig sein. Er war fast taub und hatte schweres Asthma, ließ sich aber von niemandem zum Narren halten.

„Wenn Sie nicht kämen, Sir, würde hier überhaupt nie etwas geschehen."

„Ich denke das auch gern", sagte der General. „Ich bin eine zahnlose Bulldogge, aber bellen kann ich noch. Wie geht es Mrs. Tommy? Ich habe Ihre Frau seit Ewigkeiten nicht gesehen."

Tommy berichtete, daß Tuppence gesund und sehr aktiv sei.

„Das war sie immer. Hat mich an eine Libelle erinnert. Schoß dauernd herum und jagte hinter verrückten Ideen her, die sich dann als gar nicht so verrückt herausstellten. Prima Kerl! Kann diese ernsten Frauen von heute nicht leiden. Haben alle eine AUFGABE. Na, und erst die Mädchen ..." Er schüttelte den Kopf. „Ach, früher, als ich jung war, waren sie ganz anders. Schön wie ein Bild. Und die hübschen Kleider! Eine Zeitlang trugen sie Glockenhüte. Erinnern Sie sich? Nein, da müssen Sie noch auf der Schule gewesen sein. Man mußte erst unter den Hutrand gucken, ehe man das Mädchen sehen konnte. Das war aufregend; und das wußten sie genau! Wenn ich an ... Warten Sie ... sie war eine Verwandte von Ihnen, eine Tante, nicht wahr? – Ada. Ada Fanshawe ..."

„Tante Ada?"

„Das schönste Mädchen, das ich je gekannt habe."

Tommy verbarg sein Erstaunen. Daß seine Tante Ada jemals als schön gegolten haben konnte, war nicht zu glauben. Aber der alte Josh schwärmte weiter.

„Ja, wie ein Bild! Und ein Wildfang! Lustig, voller Streiche. Ach, ich erinnere mich an unsere letzte Begegnung. Ich war ein kleiner Leutnant und gerade nach Indien versetzt worden. Wir waren bei einem Mondschein-Picknick am Strand ... Wir beide sind heimlich davongegangen. Wir saßen auf einem Felsen und schauten aufs Meer hinaus."

Tommy betrachtete ihn sehr interessiert. Er sah die vielen Kinnfalten, den kahlen Kopf, die buschigen Brauen und den enormen Bauch. Er dachte an Tante Ada mit dem Schnurrbart, dem grimmigen Lächeln, den grauen Haaren und den boshaften Augen. Zeit! dachte er. Was die Zeit den Menschen antut! Er versuchte, sich einen hübschen jungen Leutnant und ein hübsches Mädchen im Mondschein vorzustellen. Er konnte es nicht.

„Romantisch", stellte Sir Josiah Penn seufzend fest. „Ach, war das romantisch. Ich hätte ihr an dem Abend so gern einen Heiratsantrag gemacht, aber als kleiner Leutnant konnte man das nicht. Wir hätten fünf Jahre warten müssen, ehe wir heiraten konnten. Eine so lange Verlobungszeit konnte man keinem Mädchen zumuten. Und dann – Sie wissen ja, wie es dann weitergeht. Ich kam nach Indien, und es dauerte lange, bis ich wieder auf Urlaub kam. Wir schrieben uns anfangs, aber das schlief dann ein. Ich habe sie nie wiedergesehen. Aber vergessen habe ich sie auch nicht. Jahre danach hätte ich ihr fast geschrieben. Ich wollte fragen, ob ich sie besuchen dürfte. Aber dann kam mir das so dumm vor. Und ich wußte doch gar nicht, wie sie inzwischen aussah. – Später hat mal jemand von ihr gesagt, sie sei die häßlichste Frau, die er je gesehen habe. Vorstellen konnte ich mir das nicht, aber jetzt glaube ich doch, es war ein Glück, daß ich sie nicht wiedergesehen habe. – Was ist mit ihr? Lebt sie noch?"

„Nein, sie ist vor drei Wochen gestorben."

„Ach? Wirklich? Ja, sie muß ja wohl auch fünfundsiebzig oder sechsundsiebzig gewesen sein? Vielleicht sogar noch älter."

„Achtzig", sagte Tommy nicht ganz wahrheitsgetreu.

„Wenn man sich das vorstellt! Die dunkelhaarige, lebendige Ada! Wo ist sie gestorben? Hatte sie eine Pflegerin? Geheiratet hat sie doch nicht?"

„Nein, nie. Sie war in einem Heim. Sogar in einem sehr hübschen Heim. Haus Sonnenhügel."

„Von dem hab' ich gehört. Sonnenhügel. Ja, da war eine Bekannte meiner Schwester. Eine Mrs. ... Ach ja, Mrs. Carstairs? Ist Ihnen die mal über den Weg gelaufen?"

„Nein, aber ich hab' kaum jemanden dort gekannt. Ich habe immer nur meine Tante besucht."

„Ach, das ist ja schon schwierig genug. Ich meine, man weiß nie, was man mit ihnen reden soll."

„Tante Ada war mehr als schwierig", sagte Tommy. „Sie war ein Besen."

„Kann ich mir vorstellen." Der General grinste. „Schon als Mädchen konnte sie ein ausgemachter kleiner Teufel sein." – Er seufzte. „Tut mir leid, daß sie tot ist. Hab's nicht in der Zeitung gesehen. Hätte sonst Blumen geschickt. Einen Strauß Rosenknospen. Haben die Mädchen damals an ihren Abendkleidern getragen. Ein paar Rosenknospen auf der Schulter des Kleides. Hübsch war das. Ja, ich weiß schon", sagte er mit einem Blick auf Tommy, „Sie finden mich sicher urkomisch. Aber ich sage Ihnen, lieber Junge, wenn Sie mal so alt sind wie ich, dann werden Sie auch sentimental. Na, ich muß langsam los. Der letzte Akt dieser albernen Komödie fängt an. Empfehlungen an Mrs. Tommy, wenn Sie nach Hause kommen."

Tommy dachte am nächsten Tag im Zug an diese Unterhaltung und grinste vor sich hin, als er sich seine bösartige Tante und den wilden General in ihrer Jugend vorzustellen versuchte.

„Ich muß es Tuppence erzählen", murmelte er. „Mal sehen, was sie während meiner Abwesenheit getan hat."

Der treue Albert öffnete die Tür mit einem strahlenden Willkommenslächeln. „Ich freue mich, daß Sie wieder da sind, Sir."

„Ich auch." Tommy ließ sich den Koffer entreißen. „Wo ist meine Frau?"

„Noch nicht zurück, Sir."

„Wieso? Ist sie fort?"

„Schon seit zwei Tagen. Aber sie hat gestern angerufen und gesagt, sie käme heute zum Nachtessen."

„Was macht sie denn, Albert?"

„Das kann ich nicht sagen, Sir. Sie ist mit dem Wagen gefahren. Aber Kursbücher hat sie auch mitgenommen. Sie kann überall sein."

„Weiß der Himmel!" bestätigte Tommy. „Vielleicht hat sie in Kleinkleckersdorf auf der Marsch den letzten Anschluß verpaßt. Gott segne die Britische Eisenbahn. Gestern hat sie also angerufen? Von wo?"

„Das hat sie nicht gesagt."

„Und wann gestern?"

„Vormittags, vor dem Lunch. Sie hat nur gesagt, es sei alles in Ordnung. Sie wußte nicht genau, wann sie nach Hause kommen würde, aber bestimmt vor dem Nachtessen. Sie meinte, ein Hähnchen wäre richtig. Paßt Ihnen das, Sir?"

„Ja." Tommy sah auf die Uhr. „Na, jetzt müßte sie aber wirklich bald kommen."

„Ich halte das Hähnchen zurück", sagte Albert.

Tommy lachte. „Ja, gut. Halten Sie es am Schwanz fest. Wie geht's sonst, Albert? Alles gesund?"

„Wir glaubten, es wären Masern. Aber es waren keine. Nur ein Erdbeerausschlag."

„Fein." Tommy pfiff vor sich hin. Er wusch und rasierte sich und ging dann ins Schlafzimmer. Es sah so unbewohnt aus wie alle Schlafzimmer, deren Bewohner länger abwesend sind. Alles war blitzblank und tadellos aufgeräumt, aber kalt und unfreundlich. Kein verstreuter Puder, kein Buch, das verkehrt herum aufgeklappt auf dem Tisch lag.

„Sir." Albert war unter der Tür aufgetaucht.

„Ja?"

„Das Hähnchen macht mir Sorgen."

Tommy sah auf die Uhr. „Oje, es ist schon zwanzig vor neun."

„Ja, Sir. Und das Hähnchen ..."

„Dann nehmen Sie das Biest aus dem Ofen. Wir teilen es uns. Geschieht Tuppence ganz recht. Von wegen, rechtzeitig zum Essen!"

„Manche Menschen essen natürlich spät zu Abend", sagte Albert. „Ich war einmal in Spanien. Vor zehn Uhr abends bekam man nichts zu essen. Schandbar, sage ich Ihnen!"

„Hm", machte Tommy geistesabwesend. „Haben Sie denn keine Ahnung, wo sie die ganze Zeit gesteckt hat?"

„Mrs. Beresford? Nein. Ich würde sagen, sie rast herum. Wenn ich mich nicht irre, wollte sie erst mit dem Zug fahren. Sie hat ständig im Kursbuch geblättert."

„Jedem Tierchen sein Pläsierchen", sagte Tommy. „Ihres ist scheinbar die Eisenbahn. Trotzdem möchte ich wissen, wo sie ist."

„Sie hat doch gewußt, daß Sie heute wieder hier sind, Sir", sagte Albert. „Dann wird sie auch kommen."

Tommy erkannte, daß er einen Verbündeten hatte. Albert mißfiel es ebenso wie ihm, daß Tuppence über ihrer Eisenbahnbegeisterung die Rückkehr vergaß und nicht daran dachte, ihren heimkehrenden Gatten gebührend in Empfang zu nehmen.

Albert zog sich in die Küche zurück, um das Hähnchen vor dem endgültigen Feuertod im Backofen zu retten. Tommy, der ihm hatte folgen wollen, blieb stehen und starrte auf die Kaminwand. Er trat langsam zu dem Bild, das dort hing. Seltsam, daß sie so sicher gewesen war, gerade dieses Haus schon gesehen zu haben. Er wußte, daß er es nicht kannte.

Tommy stellte sich auf die Zehenspitzen. Er nahm das Bild von der Wand und trug es zur Lampe. Ja, ein ruhiges, schönes Haus. Der Maler hatte das Stück signiert. Der Name begann mit einem B, aber genau ließ er sich nicht entziffern. Bosworth – Bouchier? Er brauchte eine Lupe. Unten, in der Diele, erklang das muntere Geläut von Kuhglocken. Albert war von diesem Mitbringsel aus Grindelwald sehr entzückt gewesen. Er spielte virtuos auf dem kleinen Glockenspiel. – Also war das Essen serviert. Tommy begab sich ins Eßzimmer. Merkwürdig, dachte er, daß Tuppence immer noch nicht aufgetaucht ist. Sie müßte wissen, daß ich mich aufrege. Natürlich regte er sich in Wirklichkeit gar nicht auf – nicht wegen Tuppence. Tuppence passierte nie etwas.

Albert zerstörte diese innere Sicherheit. „Hoffentlich hat sie keinen Unfall gehabt", sagte er. Er bot Tommy eine Schüssel mit Kohl an und schüttelte finster den Kopf.

„Nehmen Sie das fort! Sie wissen doch, daß ich Kohl widerlich finde! Warum sollte sie einen Unfall gehabt haben? Es ist halb zehn."

„Diese Straßen sind die reinen Todesfallen", sagte Albert. „Jeder kann verunglücken."

In diesem Augenblick klingelte das Telefon. „Das ist sie“, sagte Albert. Er stellte die Kohlschüssel auf das Büfett und lief hinaus. Tommy ließ sein Hähnchen stehen und lief hinterher.

„Ja, Sir? Ja, Mr. Beresford ist im Haus. Einen Augenblick, Sir.“ Albert wandte sich zu Tommy um. „Ein Dr. Murray möchte Sie sprechen.“

„Dr. Murray?“ Tommy dachte einen Moment nach. Der Name kam ihm bekannt vor. Wenn Tuppence verunglückt war, dann . . . Er seufzte erleichtert auf, als ihm einfiel, daß Dr. Murray die alten Damen im Haus Sonnenhügel behandelt hatte. Sicher ging es um irgendwelche Formalitäten wegen Tante Adas Tod. Er mußte über sich selbst lachen. Es war typisch für diese Zeit, daß er sofort an ein Formular dachte, das er oder Dr. Murray hätte unterschreiben müssen, aber nicht unterschrieben hatte.

„Beresford“, sagte er.

„Oh, ich bin froh, daß ich Sie erreicht habe. Hoffentlich erinnern Sie sich an mich. Ich habe Miss Fanshawe behandelt.“

„Ja, ich erinnere mich. Kann ich Ihnen helfen?“

„Ich würde sehr gern mit Ihnen sprechen und wollte fragen, ob wir uns vielleicht mal in der Stadt treffen könnten.“

„Aber sicher. Das geht sehr gut. Ist es etwas, das Sie – nicht am Telefon besprechen möchten?“

„Ja. Es ist nicht so furchtbar eilig. Ich weiß auch nicht . . . aber ich würde mich doch gern mit Ihnen unterhalten.“

„Stimmt etwas nicht?“ fragte Tommy und wunderte sich, daß er seine Frage so formuliert hatte.

„Ach, wahrscheinlich mache ich aus einer Maus einen Elefanten. Aber im Sonnenhügel sind so merkwürdige Dinge vorgefallen.“

„Vielleicht in Verbindung mit Mrs. Lancaster?"

„Mit Mrs. Lancaster?" Der Arzt schien verwundert zu sein. „Nein, nein. Die ist vor einiger Zeit fortgezogen. Schon vor dem Tod Ihrer Tante, übrigens. Es geht um etwas ganz anderes."

„Ich war verreist und bin eben erst zurückgekommen. Kann ich Sie morgen am Vormittag anrufen?"

„Ja, gern. Ich gebe Ihnen meine Nummer. Ich bin bis um zehn Uhr in der Praxis zu erreichen."

„Schlechte Nachrichten?" fragte Albert, als Tommy wieder ins Eßzimmer kam.

„Nein, keine schlechten Nachrichten", sagte Tommy ärgerlich.

„Ich dachte nur, daß Mrs. Beresford ..."

„Um sie braucht man sich keine Sorgen zu machen, Albert. Sie kennen sie doch gut genug. Ich rege mich nicht mehr auf. – Nehmen Sie das Hähnchen weg. Sie haben es zu lange aufgewärmt. Es schmeckt schauderhaft. Bringen Sie mir Kaffee. Und dann gehe ich ins Bett."

„Morgen kommt bestimmt ein Brief oder ein Telegramm. Oder sie ruft an", sagte Albert tröstend.

Aber am nächsten Morgen kam kein Brief, kein Telegramm und kein Anruf.

Albert betrachtete Tommy, machte den Mund auf, klappte ihn wieder zu und schloß messerscharf, daß düstere Prophezeiungen ihm kein Lob einbringen würden.

Schließlich hatte Tommy Mitleid. Er schluckte den letzten Bissen Toast hinunter und trank einen Schluck Kaffee. „Na gut, Albert, dann fange ich an. *Wo ist sie?* Was ist mit ihr passiert? Und was tun wir?"

„Gehen wir zur Polizei, Sir?"

„Ich weiß nicht. Hören Sie, Albert ..."

„Wenn sie einen Unfall gehabt hat ..."

„Sie hat den Führerschein mit. Und andere Ausweise. Alle Krankenhäuser setzen sich sofort mit den Verwandten in Verbindung. Ich möchte nur nichts - überstürzen. Sie - sie würde das vielleicht nicht wollen. Haben Sie denn gar keine Ahnung, Albert, wohin sie gefahren ist? Hat sie nichts gesagt? Keine Namen genannt?"

Albert schüttelte den Kopf.

„Wie war sie denn? Fröhlich - aufgeregt - unglücklich - beunruhigt?"

Darauf antwortete Albert sofort. „Sie fieberte. Sie konnte gar nicht schnell genug fortkommen."

„Wie ein Hund, der eine Fährte aufgenommen hat?"

„Genauso, Sir. Sie wissen doch, wie sie ist . . ."

„Wenn sie was vorhat? Ja." Tommy dachte nach.

Irgend etwas war aufgetaucht. Sie war Hals über Kopf davongefahren. Vorgestern hatte sie angerufen und ihre Heimkehr angekündigt. Warum war sie dann nicht nach Hause gekommen?

Falls sie gerade einer Spur folgte, würde sie es ihm sehr übelnehmen, wenn er zur Polizei ginge. Er konnte Tuppence geradezu hören: „Wie konntest du das tun, Tommy! Ich kann sehr gut auf mich selbst aufpassen. Das solltest du eigentlich inzwischen wissen!" Konnte sie auf sich selbst aufpassen?

Wenn er bei der Polizei sagte, seine Frau sei nicht zu dem von ihr angegebenen Zeitpunkt zurückgekehrt . . . Wahrscheinlich würden sie ihn sehr taktvoll, aber innerlich grinsend, nach den Männerbekanntschaften seiner Frau fragen.

„Ich suche sie selbst", erklärte Tommy laut. „Irgendwo ist sie. Ich weiß nur nicht, in welcher Himmelsrichtung ich suchen muß. Wenn sie doch am Telefon bloß gesagt hätte, wo sie war!"

„Und wenn eine Verbrecherbande sie . . ."

„Albert! Wie alt sind Sie eigentlich? Wann nehmen Sie Vernunft an?"

„Was werden Sie tun, Sir?"

„Ich fahre nach London. Erst treffe ich mich in meinem Klub mit Dr. Murray zum Mittagessen. Er will etwas mit mir besprechen, was meine Tante betrifft. Vielleicht erfahre ich von ihm etwas Brauchbares. – Es hat schließlich alles in Haus Sonnenhügel angefangen. Und dann nehme ich das Bild mit, das im Schlafzimmer über dem Kamin hängt."

„Bringen Sie es zu Scotland Yard, Sir?"

„Nein. Nur in die Bond Street."

# 11

Tommy sprang aus dem Taxi, bezahlte und holte ein schlechtverpacktes Paket aus dem Auto, das unschwer als Bild zu erkennen war. Er nahm es unter den Arm und ging in die New-Athenian-Galerie, eine der ältesten und angesehensten Gemäldegalerien von London.

Tommy war kein großer Kunstkenner, und er war auch nur zur New-Athenian-Galerie gekommen, weil ein Freund von ihm dort tätig war.

Es herrschte eine Atmosphäre gedämpfter Stille, gemessener Höflichkeit und fast kirchlicher Würde. Ein blonder junger Mann tauchte auf und schritt ihm entgegen. Dann leuchtete sein Gesicht in plötzlichem Wiedererkennen auf.

„Oh, Tommy", sagte er. „Ich hab' dich lange nicht mehr gesehen. Was schleppst du denn da mit dir herum? Sag um Gottes willen nicht, daß du auf deine alten Tage unter die Maler gegangen bist! Das tun schon viel zu viele – und das Ergebnis ist meistens grauenvoll."

„Mit dem schöpferischen Künstlertum war es bei mir nie so weit her", sagte Tommy. „Aber neulich habe ich ein Buch entdeckt, in dem mit wenigen Worten erklärt wird, wie man Fünfjährigen das Aquarellmalen beibringen kann. Ich muß zugeben, daß mich das in Versuchung gebracht hat."

„Der Himmel stehe uns bei! Willst du Grandma Moses Konkurrenz machen?"

„Nein, Robert. Um ehrlich zu sein, ich wollte nur deine Hilfe als Kunstexperte in Anspruch nehmen. Ich wollte deine Meinung über dieses Bild hören."

Robert nahm Tommy das Bild ab, stellte es auf einen Stuhl und betrachtete es erst ganz aus der Nähe und dann aus einem Abstand von zwei Metern. Er sah Tommy an und fragte: „Was ist damit? Was willst du wissen? Hast du vor, es zu verkaufen?"

„Nein", sagte Tommy. „Das will ich nicht. Zuerst möchte ich wissen, wer es gemalt hat."

„Wenn du es verkaufen willst", sagte Robert, „ist das übrigens kein schlechter Zeitpunkt. Vor zehn Jahren wäre es ungünstig gewesen, aber jetzt wird Boscowan geradc wieder Mode."

„Boscowan?" Tommy sah ihn fragend an. „Heißt so der Maler? Ich habe gesehen, daß der Name mit einem B anfängt, konnte ihn aber nicht entziffern."

„Es ist ganz bestimmt Boscowan. Vor fünfundzwanzig Jahren hatte er einen großen Namen, es gab viele Ausstellungen, und er hat sehr viel verkauft. Dann ist er, wie das häufig so geht, nach einiger Zeit in Vergessenheit geraten. Keiner fragte mehr nach seinen Bildern. Aber neuerdings ist er wieder im Kommen."

„Boscowan", wiederholte Tommy.

„B-o-s-c-o-w-a-n", buchstabierte Robert.

„Malt er noch?"

„Nein. Er ist tot. Er ist vor ein paar Jahren gestorben.

Jung war er nicht mehr, sicher schon fünfundsechzig. Er war sehr fleißig, und es gibt viele Bilder von ihm. Wir bereiten übrigens gerade eine Ausstellung vor. Sie kommt in ein paar Monaten, und wir versprechen uns viel davon. Warum interessierst du dich so für ihn?"

„Das kann ich dir jetzt nicht erzählen. Die Geschichte ist zu lang. Du mußt bald mal mit mir im Klub essen. Jetzt möchte ich nur etwas über diesen Boscowan erfahren und vor allem, ob du zufällig weißt, wo sich das Haus auf dem Bild befindet."

„Das kann ich dir auf Anhieb nicht sagen. Er hat immer solche Häuser gemalt. Kleine Landhäuser in einsamer Landschaft, manchmal ein Bauernhaus mit ein oder zwei Kühen im Hintergrund. Es sind immer stille, ländliche Szenen. Nie etwas Aufregendes. Die Bildoberfläche ist bei ihm oft wie emailliert. Das war eine besondere Technik von ihm, die den Käufern gefiel. Er hat viel in Frankreich gemalt, meistens in der Normandie. Auch viele Kirchen. Ein Kirchenbild hab' ich hier. Warte."

Er lief zum Treppenabsatz und rief etwas nach unten. Nach kurzer Zeit kam er mit einem kleinen Bild wieder.

„Siehst du? ‚Kirche in der Normandie'."

„Ja", bestätigte Tommy. „Es ist in der Art ganz ähnlich. Meine Frau hat gesagt, das Haus auf unserem Bild hätte leer gestanden. Ich verstehe jetzt, was sie damit gemeint hat. Die Kirche sieht auch nicht so aus, als hätte jemals in ihr ein Gottesdienst stattgefunden."

„Ja, da hat deine Frau recht. Ruhige, stille Häuser ohne Bewohner. Er hat selten Menschen gemalt. Hin und wieder ist eine Figur in der Landschaft, aber eben nur selten. Ich finde, das gibt den Bildern einen besonderen Reiz. Ein Gefühl der Isolierung. Als hätte er die Menschen entfernt, um die Friedlichkeit der Landschaft zu erhöhen. Vielleicht wird er deswegen wieder modern. Heute gibt es zu viele Menschen, zu viele Autos, zuviel Lärm und Betrieb."

„Was für ein Mann war er?"

„Ich hab' ihn nicht mehr gekannt. Ich war zu jung. Er soll recht eingebildet gewesen sein. Wahrscheinlich hat er seine Qualitäten als Maler etwas überschätzt. Sonst war er aber freundlich und liebenswert. Er hielt viel von schönen Frauen."

„Und du hast keine Ahnung, wo das Bild gemalt sein könnte? Vermutlich doch wohl in England?"

„Doch, das glaube ich auch. Soll ich es für dich feststellen?"

„Kannst du das denn?"

„Man müßte am besten seine Frau fragen. Er war mit der Bildhauerin Emma Wing verheiratet. Sie macht große, monumentale Skulpturen. Du könntest zu ihr gehen. Sie wohnt in Hampstead. Ich kann dir die Adresse geben. Wir haben in letzter Zeit mit ihr wegen der Ausstellung korrespondiert. Von ihr nehmen wir auch einige kleinere Arbeiten auf."

Er trat zum Schreibtisch, blätterte in einem großen Kassenbuch und schrieb etwas auf einen Zettel.

„Hier, Tommy. Ich weiß ja nicht, was für ein Geheimnis dahintersteckt, aber Geheimnisse waren schon immer deine Spezialität. Dein Boscowan-Bild ist sehr gut. Du könntest es uns für die Ausstellung zur Verfügung stellen. Ich werde dir schreiben, wenn es soweit ist."

„Du kennst nicht zufällig eine Mrs. Lancaster?"

„So aus dem Kopf weiß ich das nicht. Ist sie eine Malerin?"

„Ich glaube kaum. Sie ist eine alte Dame, die in den letzten Jahren in einem Altersheim gelebt hat. Sie hat mit dieser Sache zu tun, weil sie das Bild einer Tante von mir geschenkt hat."

„Nein, ich kann den Namen nicht unterbringen. Am besten sprichst du mit Mrs. Boscowan."

„Wie ist sie?"

„Sie muß viel jünger gewesen sein als er. Eine ausgeprägte Persönlichkeit." Er nickte ein paarmal vor sich hin. „Ja, eine wirkliche Persönlichkeit. Aber das wirst du schon sehen. - Kommst du mit zum Lunch?"

„Kann ich nicht. Ich hab' mich im Klub mit einem Arzt verabredet."

„Bist du etwa krank?"

„Ganz im Gegenteil. Mein Blutdruck ist so gut, daß jeder Arzt enttäuscht ist, dem ich in die Finger gerate."

„Und was willst du dann mit einem Arzt?"

„Ach", sagte Tommy fröhlich, „den muß ich nur wegen einer Leiche sprechen. - Vielen Dank, Robert. Auf Wiedersehen."

Tommy begrüßte Dr. Murray voller Neugier und konnte sich um die Welt nicht vorstellen, warum er den Grund seines Besuchs am Telefon nicht hatte erwähnen wollen. Er bot dem Arzt einen Platz an und bestellte Getränke. Als die beiden Männer es sich bequem gemacht hatten, begann Dr. Murray das Gespräch.

„Ich habe Sie sicher neugierig gemacht", sagte er. „Aber im Sonnenhügel ist etwas Merkwürdiges passiert. Es ist eine verwirrende und schwierige Situation entstanden, mit der Sie im Grunde nichts zu tun haben. Ich habe gar kein Recht, Sie damit zu behelligen, aber es besteht die vage Möglichkeit, daß Sie etwas wissen, was mir weiterhilft."

„Oh, ich bin Ihnen gern in jeder Weise behilflich. Hat diese Sache etwas mit meiner Tante zu tun?"

„Direkt nicht, nein, nur ganz am Rande. Können Sie unser Gespräch vertraulich behandeln, Mr. Beresford?"

„Selbstverständlich. Es geht also um Schwierigkeiten im Sonnenhügel?“

„Ja. Vor nicht langer Zeit ist eine unserer Patientinnen gestorben. Eine Mrs. Moody. Ich weiß nicht, ob Sie sie kennengelernt haben oder ob Ihre Tante sie erwähnt hat.“

„Mrs. Moody? Nein, ich glaube nicht. Ich kann mich wenigstens nicht erinnern.“

„Sie war noch gar nicht so alt. Noch keine siebzig. Und auch nicht ernsthaft krank. Sie war alleinstehend und hatte niemanden, der sich um sie kümmerte. Sie gehörte in die Kategorie der Patientinnen, die ich privat ‚Hühner‘ nenne. Frauen, die, je älter sie werden, immer mehr Ähnlichkeiten mit Hennen bekommen. Sie gakkern. Sie rennen hin und her. Sie vergessen alles. Sie geraten in Schwierigkeiten. Sie sind ständig besorgt. Im Grunde aber haben sie gar nichts. Man kann auch nicht sagen, daß sie geistig gestört sind.“

„Aber sie gackern eben vor sich hin?“

„Ja, Mrs. Moody hat gegackert. Sie hat die Schwestern in Atem gehalten; trotzdem war sie bei ihnen beliebt. Sie geriet immer über die Mahlzeiten in Verwirrung. Dann machte sie Theater, behauptete, sie hätte ihr Mittagessen nicht bekommen, obwohl sie es gerade mit Genuß verzehrt hatte.“

Tommy ging plötzlich ein Licht auf. „Mrs. Kakao!“

„Wie bitte?“

„Entschuldigung. Aber so haben meine Frau und ich sie genannt. Einmal, als wir gerade durch den Flur gingen, rief sie nach Schwester Jane und ihrem Kakao. Sie sah übrigens sehr nett aus. Aber wir haben damals beide sehr über sie gelacht. Ach, und die ist also gestorben?“

„Ja. Kurz vor Ihrer Tante. Ich wäre normalerweise über ihren Tod nicht besonders überrascht gewesen“, sagte Dr. Murray. „Es ist ganz unmöglich zu prophezeien, wann ein älterer Mensch sterben wird. Frauen, denen man nach einer gründlichen Untersuchung oft kein Jahr mehr gibt, leben manchmal noch zehn Jahre. Andere, die noch recht gesund sind und denen man noch viele Jahre gibt, sterben unerwartet schnell an einer Grippe oder Bronchitis. Ich kann nur sagen, daß mich als Arzt, der ein Heim für alte Damen betreut, ein unerwarteter Todesfall nicht besonders überrascht. Der Fall von Mrs. Moody war allerdings anders. Sie starb im Schlaf, ohne zuvor krank gewesen zu sein. Lassen Sie mich das sagen, was Shakespeare seinen Macbeth sagen läßt, als er von dem Tod seiner Frau erfährt: *Sie hätte später sterben können.*"

„Ja, ich erinnere mich, daß ich den Sinn nicht ganz verstand. Aber dann habe ich einmal eine Aufführung gesehen, in der Macbeth in der Szene mit dem Arzt sehr stark durchblicken ließ, daß es besser wäre, er würde Lady Macbeth los. Wahrscheinlich hat der Arzt die Andeutung verstanden. Erst dann, nach dem Tod seiner Frau, fühlte Macbeth sich von ihrem Gerede und ihrem sich steigernden Wahnsinn nicht mehr bedroht. Erst dann konnte er seiner Trauer Ausdruck geben: ‚Sie hätte später sterben können.'"

„Ja. Genauso ist es mir bei Mrs. Moody gegangen", bestätigte Dr. Murray. „Ich hatte auch das Gefühl, daß sie später hätte sterben können."

Tommy sah den Arzt fragend an.

„Wenn sich ein Arzt über die Todesursache eines Patienten nicht klar ist, gibt es nur eine Lösung: die Obduktion. Meistens sind die Angehörigen dagegen, und wenn der Arzt dann darauf besteht, und es stellt sich heraus - was sehr leicht vorkommen kann -, daß die Todesursache ganz natürlich war oder daß der Patient an einer nichterkannten Krankheit gestorben ist, dann kann das der Karriere des Arztes sehr schädlich sein."

„Das kann ich mir denken."

„In diesem Fall waren die Angehörigen entfernte Kusinen. Ich habe mich um ihre Genehmigung bemüht und rein medizinische Interessen vorgeschoben. So konnte ich die Sache weitgehend vertuschen. Glücklicherweise war es den Verwandten ganz egal. Ich war beruhigt, denn nach der Obduktion konnte ich mit gutem Gewissen einen Totenschein ausstellen . . ."

Dr. Murray verstummte plötzlich. Tommy bewegte die Lippen, um eine Frage zu stellen, preßte sie dann aber wieder zusammen. Dr. Murray nickte.

„Ja, Mr. Beresford. Sie wissen vielleicht, worauf ich hinauswill. Der Tod erfolgte durch eine Überdosis Morphium."

„Um Gottes willen!" Tommy starrte ihn an.

„Ja. Es kam mir selbst unglaublich vor, aber die Analyse war einwandfrei. Nun geht es um die Frage: Wie ist ihr das Morphium eingegeben worden? Als Medikament bekam sie es nicht, denn sie hatte keine schmerzhaften Krankheiten. Es gibt drei Möglichkeiten. Sie kann es aus Versehen genommen haben. Das ist sehr unwahrscheinlich. Sie hätte irrtümlich die Medizin einer anderen Patientin nehmen können. Aber man gibt Patienten keine größeren Mengen Morphium zur freien Verfügung, und das Heim nimmt keine Rauschgiftsüchtigen auf, die derartige Vorräte mitbringen könnten. Es mag sich um einen Selbstmord handeln, aber das erscheint mir fast ausgeschlossen. Bei aller Erregbarkeit war Mrs. Moody ein heiterer Mensch; ich bin sicher, daß sie nie an Selbstmord gedacht hat. Die dritte Möglichkeit ist, daß ihr die tödliche Dosis absichtlich gegeben wurde. Aber von wem und warum? Natürlich hat Miss Packard Morphium und andere Drogen. Als ausgebildete Krankenschwester und Leiterin des Heims ist sie dazu berechtigt. Sie hält diese Dinge unter

Verschluß. Es kommt vor, daß Ischias und rheumatoide Arthritis derart starke Schmerzen hervorrufen, daß gelegentlich Morphium gegeben wird. Wir hatten die Hoffnung, auf irgendeinen Umstand zu stoßen, durch den Mrs. Moody versehentlich an dieses Morphium gelangt sein könnte, aber wir haben nicht eine einzige Möglichkeit entdecken können. Als nächstes haben wir – Miss Packard hat das vorgeschlagen, und ich habe ihr zugestimmt – alle Todesfälle im Haus Sonnenhügel während der letzten zwei Jahre nachgeprüft. Glücklicherweise waren es nicht viele. Insgesamt nur sieben, und das ist bei so vielen betagten Menschen eine völlig normale Zahl. Zwei Fälle von Bronchitis und zwei Grippefälle. Das sind typische Krankheiten, denen geschwächte ältere Frauen im Winter zum Opfer fallen können. Es blieben drei Fälle mit anderen Todesursachen."

Dr. Murray machte eine Pause und sagte dann: „Mr. Beresford, über diese drei Todesfälle mache ich mir Gedanken, besonders über zwei von ihnen. Sie waren möglich und auch keineswegs unerwartet, aber ich würde doch sagen, man konnte nicht mit ihnen rechnen. Je mehr ich mich damit befasse, um so weniger leuchten sie mir ein. Man muß die Möglichkeit in Betracht ziehen, daß, so unwahrscheinlich das klingen mag, im Sonnenhügel ein geistesgestörter Mörder lebt. Ein absolut unverdächtiger Mörder oder eine Mörderin."

Es blieb eine ganze Weile still. Tommy seufzte.

„Ich bezweifle nichts von dem, was Sie mir erzählt haben", sagte er, „aber es klingt zu unglaubhaft. So etwas kann doch gar nicht sein."

„O doch", sagte Dr. Murray finster. „Es kann schon sein. Lesen Sie mal psychiatrische Krankengeschichten: Eine Frau arbeitet als Hausangestellte und Köchin in einer Reihe von Haushalten. Sie war nett und freundlich; sie war zuverlässig und kochte gut. Sie fühlte sich bei der Familie wohl. Aber früher oder später passierte es. Meistens war es eine Platte mit belegten Broten, manchmal der Picknickkorb. Ohne jeden erkennbaren Grund vergiftete sie zwei oder drei Sandwiches mit Arsen. Der schiere Zufall diktierte, wer das vergiftete Brot nahm. Es handelte sich nicht um persönliche Rachsucht. Manchmal passierte gar nichts. Die Frau war drei oder vier Monate in einer Stelle; niemand wurde krank. Dann wechselte sie die Stelle, und dort starben innerhalb von drei Wochen zwei Familienmitglieder, nachdem sie zum Frühstück Schinken gegessen hatten. Da diese Vorfälle sich in verschiedenen Gegenden Englands und in unregelmäßigen Abständen ereigneten, dauerte es lange, bis die Polizei ihr auf die Spur kam."

„Und warum hat sie es getan?"

„Ich glaube, das hat nie jemand herausgefunden. Es gab verschiedene Theorien, und es könnte sein, daß sie aus einem religiösen Wahn heraus an den göttlichen Befehl glaubte, die Welt von gewissen Personen befreien zu müssen.

Dann gab es diese Französin, Jeannc Gebron, sie wurde Gnadenengel genannt. Sie war voller Mitleid, wenn die Kinder ihrer Nachbarn krank wurden, und kam sofort, um sie zu pflegen. Sie wich nicht vom Krankenbett. Auch hier hat es einige Zeit gedauert, bis entdeckt wurde, daß die Kinder, die sie pflegte, nie gesund wurden. *Sie starben alle.* Wiederum: warum das? Es stimmt, daß ihr Kind starb, als sie noch jung war. Sie war verzweifelt vor Kummer. Vielleicht war das die Ursache für die späteren Verbrechen. Wenn ihr Kind starb, sollten auch die Kinder anderer Frauen sterben. Es kann aber auch sein – diese Theorie gab es ebenfalls –, daß ihr Kind ihr erstes Opfer war."

„Ich bekomme eine Gänsehaut", sagte Tommy.

„Ich nehme nur die eklatantesten Fälle", sagte der Arzt. „Es könnte viel einfacher sein. Erinnern Sie sich an den Fall Armstrong? Jeder, der ihn beleidigt oder gekränkt hatte - und es genügte auch, daß er das nur glaubte -, wurde zum Tee eingeladen und mit Arsen-Brötchen bewirtet. Seine ersten Verbrechen geschahen noch aus reiner Gewinnsucht. Er wollte Geld erben. Er mußte eine Frau beseitigen, um eine andere heiraten zu können.

Dann der Fall der Schwester Warriner, die ein privates Altersheim leitete. Die alten Leutchen setzten sie als Erbin ein, und dafür wurde ihnen ein geruhsames Heim bis zu ihrem Tode versprochen. Nur ließ der Tod nie lange auf sich warten. Schwester Warriner half mit Morphium nach. - Sie war eine sehr freundliche Frau, hatte aber gar keine Skrupel. Sie hat sich, glaube ich, selbst als Wohltäterin gesehen."

„Haben Sie gar keine Ahnung - falls Ihre Vermutung über diese Todesfälle richtig ist -, wer es sein könnte?"

„Nein. Es gibt nicht einen Fingerzeig. Wenn man annimmt, daß die Mörderin geistesgestört ist, muß man bedenken, daß geistige Erkrankungen manchmal kaum zu erkennen sind. Ist es jemand, der alte Menschen verabscheut oder dem ein älterer Mensch etwas angetan hat, oder ist es jemand, dessen Leben durch einen älteren Menschen ruiniert worden ist? Ist es möglicherweise jemand, der aus Gnade tötet, weil er glaubt, jeder Mensch über sechzig müßte vom Leben erlöst werden? Es kann jeder sein. Eine Patientin? Eine Krankenschwester? Einer der übrigen Angestellten?

Ich habe das in aller Ausführlichkeit mit Millicent Packard besprochen. Sie ist eine kluge, sehr tüchtige Frau, die alle Heiminsassen und alle Angestellten sehr genau einschätzt und kennt. Sie sagt, sie könne keinen

Verdacht äußern, und sie habe auch nicht einen einzigen Hinweis. Das glaube ich ihr."

„Aber warum sind Sie zu mir gekommen? Was kann ich tun?"

„Ihre Tante, Miss Fanshawe, hat einige Jahre im Heim gelebt – sie war eine sehr kluge Frau, obwohl sie das oft nicht erkennen ließ. Es machte ihr einfach Spaß, sich als senile alte Frau auszugeben. Von Ihnen, Mr. Beresford, möchte ich, daß Sie und Ihre Frau genau darüber nachdenken, ob Miss Fanshawe jemals etwas gesagt oder angedeutet hat, was uns einen Hinweis geben könnte. – Etwas, das sie gesehen, bemerkt oder gehört hat. Etwas, das ihr seltsam vorkam. Alte Damen sehen und bemerken viel. Und so gescheite Frauen wie Miss Fanshawe wissen erstaunlich genau über alles Bescheid, was in einem Heim wie im Sonnenhügel vor sich geht. Sie haben ja sonst nichts zu tun; an Zeit fehlt es ihnen nicht."

Tommy schüttelte den Kopf. „Ich weiß, was Sie meinen ... Aber ich kann mich an nichts erinnern."

„Könnte es sein, daß Ihre Frau etwas bemerkt hat, was Ihnen entgangen ist?"

„Ich werde sie fragen, aber ich bezweifle es." Er zögerte und faßte dann einen Entschluß. „Es gab etwas, was meine Frau beunruhigt hat. Es hatte mit einer der alten Damen zu tun, mit Mrs. Lancaster."

„Ja?"

„Meine Frau bildet sich ein, daß Mrs. Lancaster ganz plötzlich von irgendwelchen Verwandten fortgeholt worden ist. Mrs. Lancaster hatte meiner Tante ein Bild geschenkt; und meine Frau hielt es für richtig, Mrs. Lancaster das Bild wieder zurückzugeben. Sie versuchte, mit ihr in Kontakt zu kommen."

„Das war natürlich sehr freundlich."

„Ja, aber sie konnte sie eben nicht erreichen. Sie hatte

die Adresse des Hotels, in dem die alte Dame mit den Verwandten wohnen sollte. Aber dort war niemand dieses Namens bekannt."

„Ach? Das ist eigentlich merkwürdig."

„Ja. Das fand Tuppence auch. Sie hatten im Sonnenhügel keine weitere Adresse hinterlassen. Wir haben alles versucht, uns mit Mrs. Lancaster oder ihrer Verwandten, Mrs. Johnson, in Verbindung zu setzen. Aber es war erfolglos. Eine Anwaltskanzlei hat Mrs. Lancasters Rechnungen bezahlt und alle Verhandlungen mit Miss Packard geführt. Wir haben mit einem Anwalt dieser Kanzlei gesprochen, aber nur eine Bankadresse von ihm bekommen. Und Banken", fügte Tommy hinzu, „geben bekanntlich keine Auskünfte."

„Nein, nicht wenn ihre Kunden das nicht wollen."

„Meine Frau hat über die Bank an Mrs. Lancaster und Mrs. Johnson geschrieben, aber keine Antwort erhalten."

„Das ist sonderbar. Aber manche Leute beantworten Briefe nun mal nicht. Vielleicht sind sie im Ausland."

„Ja. Mich hat das auch nicht beunruhigt, wohl aber meine Frau. Sie scheint fest daran zu glauben, daß Mrs. Lancaster etwas zugestoßen ist. Während meiner Abwesenheit wollte sie sogar auf eigene Faust Nachforschungen anstellen. Ich weiß nicht, was sie eigentlich vorhatte."

Dr. Murray betrachtete ihn höflich, aber mit einer Spur von Langeweile. „Was hat sie denn befürchtet?"

„Daß Mrs. Lancaster sich in Gefahr befindet. Daß etwas mit ihr passiert ist."

Der Arzt zog die Brauen hoch. „Wirklich? Das scheint mir . . ."

„Vielleicht kommt Ihnen das verrückt vor", sagte Tommy, „aber meine Frau hat angerufen. Sie wollte gestern abend wieder zurück sein . . . Aber sie ist nicht gekommen."

„Und das halten Sie für höchst ungewöhnlich?“ Dr. Murray betrachtete Tommy jetzt sehr aufmerksam.

„Ja. Es paßt überhaupt nicht zu Tuppence. Wenn sie ihre Pläne geändert hätte oder zurückgehalten worden wäre, würde sie angerufen oder telegrafiert haben.“

„Und Sie machen sich Sorgen um sie?“

„Ja“, sagte Tommy.

„Hm. Waren Sie bei der Polizei?“

„Nein. Was sollte die Polizei davon halten? Verstehen Sie, wenn sie einen Unfall gehabt hätte und im Krankenhaus wäre, dann hätte man mich doch sofort benachrichtigt, nicht wahr?“

„Ja, das möchte ich annehmen.“ Dr. Murray legte die Stirn in Falten.

Tommy sprach hastig weiter: „Und jetzt kommen Sie. – Und fangen mit dieser Sache vom Haus Sonnenhügel an. – Von Leuten, die gestorben sind, als sie nicht hätten sterben sollen. – Nehmen wir mal an, diese alte Dame hat etwas herausbekommen, etwas gesehen oder vermutet. – Sie hat darüber geredet. – Irgendwie mußte sie zum Schweigen gebracht werden. Sie ist Hals über Kopf abtransportiert und an einem Ort versteckt worden, wo sie niemand findet. Ich kann mir nicht helfen, ich habe das Gefühl, daß das alles irgendwie zusammengehört ...“

„Ja, es ist seltsam. Sehr seltsam sogar. Was meinen Sie, was nun geschehen soll?“

„Ich werde mich selbst auf die Suche machen. – Zuerst versuche ich es bei den Anwälten. – Sie brauchen ja gar nichts damit zu tun zu haben, aber ich möchte sie mir doch selbst gern mal ansehen und meine eigenen Schlüsse ziehen.“

# 12

Von der gegenüberliegenden Straßenseite aus betrachtete Tommy das Büro der Messrs. Partingdale, Harris, Lockeridge und Partingdale.

Es machte einen ungeheuer respektablen und ehrwürdigen Eindruck. Das Messingschild war abgenutzt, aber blank poliert. Tommy steuerte entschlossen auf die Pendeltür zu. Das gedämpfte Klappern von Schreibmaschinen begrüßte ihn.

Er trat an ein Schiebefenster zu seiner Rechten, auf dem AUSKÜNFTE stand. Dahinter war ein kleiner Raum, in dem drei Frauen maschineschrieben und zwei Männer sich über ihre Schreibtische beugten und Urkunden kopierten. Alles war ein wenig staubig und roch nach Kanzlei.

Eine nicht mehr ganz junge Dame mit strenger Miene, verblaßtem blondem Haar und einem Zwicker erhob sich. „Kann ich Ihnen helfen?"

„Ich würde gern Mr. Eccles sprechen."

Die Dame wurde womöglich noch strenger. „Sind Sie angemeldet?"

„Leider nein. Ich bin auf der Durchreise in London."

„Ich fürchte, Mr. Eccles ist sehr beschäftigt. Vielleicht könnte Sie einer der anderen Herren ..."

„Nein, ich möchte gerade mit Mr. Eccles sprechen, denn ich habe schon mit ihm korrespondiert."

„Ach so. Dürfte ich Sie um Ihren Namen bitten?"

Tommy gab Namen und Adresse an, und die blonde Frau zog sich zu ihrem Schreibtisch und dem Telefon zurück. Nach kurzem halblautem Gemurmel erschien sie wieder. „Wenn Sie einen Augenblick im Wartezimmer Platz nehmen wollen, Sir. Mr. Eccles ist in etwa zehn Minuten frei."

Tommy wurde ins Wartezimmer geführt. In einem Bücherschrank standen alte juristische Wälzer, und auf dem runden Tisch lagen Finanzblätter aus. Tommy setzte sich und überdachte noch einmal seinen Plan. Er war auf Mr. Eccles gespannt. Als er endlich in das Büro gebeten wurde und Mr. Eccles sich hinter seinem Schreibtisch erhob, stellte er fest, daß er ihn, ohne es begründen zu können, unsympathisch fand. Mr. Eccles war zwischen vierzig und fünfzig. Er hatte graue Haare, die an den Schläfen zurückwichen. Sein Gesicht war schmal, hart und unbeweglich, die Augen blickten klug, und hin und wieder zerbrach ein freundliches Lächeln die traurige Maske.

„Mr. Beresford?"

„Ja. Es geht nur um eine Kleinigkeit, aber meine Frau ist darüber etwas besorgt. Ich glaube, sie hat Ihnen geschrieben; möglicherweise hat sie auch telefoniert, um Sie nach der Adresse einer Mrs. Lancaster zu fragen."

„Mrs. Lancaster", sagte Mr. Eccles und verzog keine Miene. Es war nicht einmal eine Frage. Er ließ den Namen in der Luft hängen.

Er ist ein vorsichtiger Mann, dachte Tommy. Aber als Anwalt ist es ihm wahrscheinlich zur zweiten Natur geworden, vorsichtig zu sein. Dann fuhr er laut fort: „Sie hat bis vor kurzem in einem Haus Sonnenhügel gewohnt, einem sehr renommierten Altersheim für Damen. Übrigens hat dort auch eine Tante von mir gelebt, die sehr zufrieden war und sich wohl gefühlt hat."

„Oh, natürlich. Ja, jetzt erinnere ich mich. Mrs. Lancaster. Soviel ich weiß, wohnt sie nicht mehr dort."

„Nein."

„Im Augenblick kann ich mich nicht entsinnen ..." Er griff nach dem Telefon. „Ich muß mein Gedächtnis auffrischen."

„Oh, da kann ich Ihnen helfen", unterbrach ihn Tommy. Er berichtete kurz von dem Bild und Tuppence' Wunsch, es Mrs. Lancaster zurückzugeben.

„Aha", sagte Mr. Eccles. „Das ist aber sehr freundlich und entgegenkommend von Ihrer Gattin."

Tommy lächelte liebenswürdig. „Ach, man weiß bei alten Menschen doch nie genau, wie sehr sie an etwas hängen. Das Bild hat keine nähere Bezeichnung. Es ist ein Haus in einer Landschaft. Vielleicht befindet es sich im Besitz der Familie von Mrs. Lancaster."

„Ja, ja." Mr. Eccles nickte. „Aber ich glaube nicht ..."

Es wurde geklopft. Ein Angestellter kam herein und breitete einige Papiere vor Mr. Eccles aus. Mr. Eccles senkte den Blick. „Ah ja. Jetzt erinnere ich mich." Er sah auf Tommys Karte. „Mrs. Beresford hat kurz mit mir telefoniert. Ich riet ihr, sich an die Southern-Counties-Bank in Hammersmith zu wenden. Das ist die einzige Adresse, die ich kenne. Briefe an Mrs. Richard Johnson, zu Händen der Bank, werden weitergeleitet. Mrs. Johnson ist eine Nichte oder eine entfernte Kusine von Mrs. Lancaster. Und Mrs. Johnson hat auch alle Abmachungen über die Unterbringung von Mrs. Lancaster im Haus Sonnenhügel mit mir getroffen. Sie hat mich gebeten, genauere Auskünfte über das Heim einzuholen. Das haben wir natürlich sehr gründlich getan. Es gilt als ausgezeichnet und bestens geführt. Meines Wissens hat Mrs. Lancaster dann auch mehrere Jahre sehr zufrieden dort gelebt."

„Sie ist aber plötzlich von dort abgereist."

„Ja, das war wohl so. Ich glaube, Mrs. Johnson ist ganz unerwartet aus Ostafrika zurückgekommen. Sie haben sich hier wieder niedergelassen und sahen sich in der Lage, ihre alte Verwandte bei sich aufzunehmen. Leider kann ich Ihnen aber nicht sagen, wo Mrs. Johnson zur Zeit ist. Sie hat ihr Konto ausgeglichen und mir mitgeteilt, daß ich sie über ihre Bank erreichen könnte. Im Augenblick habe sie noch keinen festen Wohnsitz. – Es tut mir leid, Mr. Beresford, daß ich Ihnen nicht mehr sagen kann."

Sein Tonfall ließ erkennen, daß er das Thema für beendet hielt. Etwas freundlicher fügte er hinzu: „Ich würde mir keine Gedanken machen, Mr. Beresford. Mrs. Lancaster ist eine sehr alte Dame und sicherlich vergeßlich. Wahrscheinlich weiß sie längst nichts mehr von dem Bild."

„Kennen Sie sie persönlich?"

„Nein. Ich habe sie nie gesehen."

„Aber Mrs. Johnson kennen Sie?"

„Sie war gelegentlich hier, als wir diese Abmachungen trafen. Sie wirkte sehr freundlich und tüchtig." Er erhob sich. „Es tut mir leid, daß ich Ihnen nicht weiterhelfen kann, Mr. Beresford."

Das war eine höfliche, aber sehr entschiedene Verabschiedung.

Tommy sah sich auf der Straße nach einem Taxi um. Sein Paket war zwar nicht schwer, aber doch etwas unbequem. Er betrachtete einen Augenblick das Haus, aus dem er gerade gekommen war. Alt, ehrwürdig, angesehen. Nichts war gegen die Herren Partingdale, Harris, Lockeridge und Partingdale einzuwenden. Auch gegen Mr. Eccles war nichts zu sagen. Er wirkte weder erschrokken noch beunruhigt, ausweichend oder befremdet. In einem Roman, dachte Tommy, hätte er bei der Erwähnung von Mrs. Lancaster oder Mrs. Johnson zusammenfahren müssen, um erkennen zu lassen, daß etwas nicht in Ordnung war. Im wirklichen Leben geschieht so etwas nicht. Mr. Eccles hat allenfalls wie ein Mann ausgesehen, der zu höflich ist, um zu zeigen, daß es ihm um die verschwendete Zeit leid tut.

Trotzdem: *Ich mag Mr. Eccles nicht.* Tommy dachte an

andere Leute, die er nicht gemocht hatte. Sehr oft hatten sich diese plötzlichen Eingebungen – etwas anderes war es nie gewesen – als richtig herausgestellt. Vielleicht war es aber auch viel einfacher: Wenn man mit vielen Menschen zu tun hat, bekommt man ein Gefühl für sie, ebenso wie ein Antiquitätenhändler instinktiv eine Fälschung erkennt, ehe sie von Kunstexperten bewiesen wird.

Alles hört sich vernünftig an, dachte Tommy, er selbst wirkt vernünftig ... und dennoch ... Er winkte wild einem Taxi zu, das aber nur das Tempo beschleunigte und an ihm vorbeiraste. „Verdammter Kerl!" murmelte Tommy.

Auf der Straße waren nun ziemlich viele Menschen. Manche hatten es eilig, manche bummelten; auf der anderen Straßenseite studierte ein Mann ein Firmenschild. Nach einiger Zeit drehte er sich um. Tommy riß die Augen auf. *Das* Gesicht kannte er! Er beobachtete, wie der Mann die Straße hinunterging, wartete, kehrtmachte und wieder zurückkam. Jemand verließ hinter Tommys Rücken das Haus. Und in diesem Augenblick beschleunigte der Mann auf der anderen Straßenseite das Tempo und hielt Schritt mit dem Mann, der aus der Tür der Herren Partingdale, Harris, Lockeridge und Partingdale gekommen war. Tommy stellte mit einem Blick auf die sich entfernende Gestalt fest, daß es zweifellos Mr. Eccles war. Im selben Augenblick rollte in gemächlicher Fahrt ein Taxi heran. Tommy hob die Hand. Das Taxi hielt.

Tommy zögerte, betrachtete sein Paket und faßte einen raschen Entschluß. „Lyon Street, Nummer 14."

Nach einer Viertelstunde hatte er sein Ziel erreicht. Er klingelte und fragte nach Mr. Ivor Smith. Als er dann ein Zimmer im zweiten Stock betrat, fuhr der Mann, der an einem Tisch am Fenster saß, plötzlich herum und sagte leicht erstaunt: „Hallo, Tommy. Daß du dich mal wieder sehen läßt! Was tust du? Machst du Besuche bei deinen alten Freunden?“

„Nein, ganz so edel ist die Absicht nicht, Ivor.“ Tommy setzte sich auf den Stuhl, der ihm zugeschoben wurde, nahm eine Zigarette und sagte:

„Ich wollte nur mal hören – es müßte ein Zufall sein –, ob du jemals etwas Nachteiliges über einen Eccles gehört hast, einen Anwalt in der Kanzlei Messrs. Partingdale, Harris, Lockeridge und Partingdale.“

„Na, na, na!“ Mr. Ivor Smith zog die Brauen hoch. Sie eigneten sich sehr gut zum Hochziehen. Von der Nasenwurzel strebten sie steil in die Höhe und fielen dann schräg ab. Er sah aus, als hätte er einen Schock erlitten. In Wirklichkeit aber war es sein normaler Ausdruck. „Ist dir Eccles in die Quere gekommen?“

„Das dumme ist, daß ich nichts über ihn weiß“, sagte Tommy.

„Und du möchtest etwas über ihn wissen?“

„Ja.“

„Hm. Und warum bist du zu mir gekommen?“

„Weil ich Anderson vor der Tür gesehen habe. Trotz der langen Zeit habe ich ihn wiedererkannt. Er hat jemanden beobachtet, und zwar jemanden, der in dem Haus war, aus dem ich gerade kam. Dort gibt es zwei Sozietäten von Anwälten und einen Wirtschaftsprüfer. Natürlich kann er jeden x-beliebigen Menschen in diesem Haus beobachtet haben, aber ein Mann, der gleich nach mir das Haus verließ, sah von hinten Eccles sehr ähnlich. Und nun überlege ich, ob es vielleicht ein glücklicher Zufall will, daß Anderson hinter meinem Mr. Eccles her ist?“

„Hm“, brummte Ivor Smith. „Du warst schon immer ein Schnellmerker, Tommy.“

„Und wer *ist* Eccles?“

„Weißt du das nicht? Hast du gar keine Ahnung?"

„Nicht die Spur von einer Idee", gestand Tommy. „Um es in Stichworten zu sagen: Ich war bei ihm, um mich nach einer alten Dame zu erkundigen, die vor kurzem aus einem Altersheim fortgezogen ist. Der Anwalt, der alle ihre Angelegenheiten geregelt hat, war Mr. Eccles. Ich wollte ihre derzeitige Adresse von ihm haben. Er sagt, er habe sie nicht. Möglich, daß er sie wirklich nicht hat ... aber ich weiß nicht recht. Er ist der einzige Mensch, der mir helfen könnte, sie zu finden."

„Und du willst sie unbedingt finden."

„Ja."

„Ich fürchte, da werde ich dir nicht viel helfen können. Eccles ist ein sehr geachteter, fähiger Anwalt, der viel Geld verdient, viele, sehr angesehene Klienten hat, für den Landadel arbeitet, für höhere Beamte, für pensionierte Offiziere, für Generäle und Admirale, na, du weißt schon. Er hat einen einwandfreien Ruf. Und nach dem, was du sagst, scheint er sich ja durchaus korrekt verhalten zu haben."

„Aber du ... interessierst dich für ihn?" fragte Tommy.

„Ja, wir interessieren uns für Mr. James Eccles." Er seufzte. „Schon mindestens seit sechs Jahren. Aber bisher sind wir nicht viel weiter gekommen."

„Sehr interessant", sagte Tommy. „Ich frage dich noch einmal: Wer ist dieser Mr. Eccles?"

„Du meinst: In welchem Verdacht steht er? Um es mit einem Satz zu sagen: Wir vermuten, daß er der Kopf einer der größten Verbrecherorganisationen ist, die es im Land gibt."

„Verbrechen?" Tommy sah ihn überrascht an.

„Ja, genau das. Es geht weder um Romantik noch um Spionage, sondern um organisiertes Verbrechen. Soweit wir das feststellen können, hat er noch nie im Leben etwas Ungesetzliches getan. Er hat nichts gestohlen und nichts gefälscht. Er hat keinen Betrug begangen, und wir haben nicht einen Beweis gegen ihn. Und trotzdem: Wann immer wir auf einen großen, gründlich vorbereiteten Raubüberfall stoßen, finden wir irgendwo im Hintergrund Mr. Eccles, der ein tadelloses Leben führt."

„Sechs Jahre", sagte Tommy nachdenklich.

„Möglicherweise noch länger. Es hat eine Weile gedauert, bis wir hinter das System kamen. Banküberfälle, Juwelendiebstahl bei Privatleuten, lauter Unternehmungen, in denen viel Geld steckt. Und alle diese Fälle hatten ein ähnliches Schema. Man hatte immer das Gefühl, daß sich das ein bestimmtes Gehirn ausgedacht hat. Die leitenden und ausführenden Leute hatten nie etwas mit der Planung zu tun. Sie gingen, wohin sie geschickt wurden; sie taten, was man ihnen befohlen hatte; sie brauchten über nichts nachzudenken. Jemand anders dachte für sie."

„Und wie seid ihr auf Eccles gekommen?"

Ivor Smith schüttelte langsam den Kopf. „Das zu erzählen würde jetzt zu lange dauern. Er ist ein Mann mit vielen Freunden und Bekannten. Es gibt Leute, die mit ihm Golf spielen, seinen Wagen betreuen, Effektengeschäfte für ihn abschließen oder einwandfreie Firmen leiten, in denen er Geld investiert hat. Der generelle Plan wird klarer, aber nicht die Rolle, die er dabei spielt, es sei denn, daß er zu gewissen Zeiten sehr offensichtlich nicht anwesend ist. Es gibt einen großen, sorgfältig vorbereiteten Bankraub. Und wo ist Mr. Eccles, wenn es passiert? In Monte Carlo, in Zürich oder beim Lachsfischen in Norwegen. Du kannst sicher sein, daß Mr. Eccles nie in der Nähe ist, wenn ein Verbrechen geschieht."

„Aber ihr verdächtigt ihn?"

„Ja. Ich bin meiner Sache sicher. Aber ob wir ihn jemals schnappen werden, weiß ich nicht. Der Mann, der den Tunnel gegraben hat, der, der den Nachtwächter

k. o. geschlagen hat, der Kassierer, der von Anfang an dabei war, und der Bankdirektor, von dem alle Auskünfte stammen, kennen Eccles nicht und haben ihn wahrscheinlich nie gesehen. Es ist eine lange Kette - und jeder kennt immer nur das nächste Glied."

„Also das gute alte System der Zelle?"

„Ja, darauf läuft es hinaus, aber es steckt ein Planer dahinter. Eines Tages werden wir vielleicht Glück haben. Jemand, der nichts wissen dürfte, weiß vielleicht etwas. Nur eine dumme Lappalie, aber vielleicht ist diese Lappalie unser Beweis."

„Ist er verheiratet - hat er Familie?"

„Nein, auf solche Risiken hat er sich nie eingelassen. Er lebt allein, hat eine Haushälterin, einen Gärtner und Butler. Er führt ein angenehmes, geselliges Leben."

„Und wer wird reich? Niemand?"

„Das ist eine kluge Frage, Thomas. Jemand müßte reich werden. Es müßte gesehen werden, daß jemand reich wird. Aber alles ist sehr geschickt arrangiert. Große Wettgewinne, Spekulationsgewinne an der Börse - ganz normale Vorgänge, nur eben riskant genug, um plötzlichen Reichtum zu erklären. Viel Geld ist ins Ausland geflossen. Es ist ein großer, verzweigter Konzern, der Geld macht - und das Geld ist immer im Umlauf - es fließt hin und her."

„Na, dann viel Glück", sagte Tommy. „Ich wünsche dir, daß du ihn schnappst."

„Eines Tages werde ich ihn haben. Es gäbe eine Hoffnung, wenn man ihn aus der Routine bringen könnte."

„Und wie das?"

„Durch Gefahr. Er müßte das Gefühl haben, in Gefahr zu sein. Er müßte glauben, daß ihm jemand auf die Spur gekommen ist. Dann wird er unruhig. Und wer beunruhigt ist, kann Fehler machen. Nimm den schlausten Burschen, den es gibt, der nie einen falschen Schritt macht. Wenn du ihn aus der Ruhe bringst, stolpert er. Darauf hoffe ich. - So, und nun pack mal aus. Vielleicht weißt du etwas, das wir brauchen können."

Tommy erzählte und entschuldigte sich nicht, daß er nur Belangloses berichten konnte. Er wußte sehr gut, daß Ivor auch Belangloses wichtig nahm. Als er fertig war, griff Ivor sofort den wichtigsten Punkt auf.

„Deine Frau ist also verschwunden?"

„Ja, und das paßt nicht zu ihr."

„Das ist ernst, Tommy."

„Für mich auf jeden Fall."

„Das kann ich mir vorstellen. Ich hab' deine Frau nur einmal getroffen. Die läßt sich nichts vormachen."

„Nein. Sie ist wie ein Spürhund."

„Und du warst nicht bei der Polizei?"

„Nein."

„Warum nicht?"

„Weil ich mir nicht vorstellen kann, daß ihr was passiert ist. Tuppence passiert nie etwas. Vielleicht hat sie nur der Jagdeifer gepackt, und sie kommt nicht dazu, uns Nachricht zu geben."

„Hm. Mir gefällt das nicht. Sie sucht nach einem Haus, sagst du? Das könnte interessant sein, weil eine der vielen Spuren, die wir ergebnislos verfolgt haben, mit Häusermaklern zu tun hatte."

Tommy sah ihn überrascht an. „Mit Häusermaklern?"

„Ja, mit ordentlichen, kleinen Maklern in kleinen Provinzstädten, die alle nicht sehr weit von London entfernt sind. Mr. Eccles macht oft Geschäfte mit Maklern oder für Makler. Er tritt für die Verkäufer oder für die Käufer auf. Wir würden gern wissen, warum er das tut. Viel einzubringen scheint es ihm nicht ..."

„Aber du glaubst, daß es eine Bedeutung hat?"

„Erinnere dich mal an den Überfall auf die London-

Southern-Bank vor einigen Jahren. Da spielte ein Haus auf dem Land eine Rolle - ein einsames Haus. Es war der Treffpunkt der Bankräuber. Sie traten wenig in Erscheinung, deponierten und versteckten dort aber ihre Beute. Die Leute in der Nachbarschaft redeten über das Haus und über die Männer. Autos kamen mitten in der Nacht und fuhren wieder fort. Die Leute auf dem Land interessieren sich für ihre Nachbarn. Schließlich tauchte die Polizei auf. Sie fand einen Teil der Beute und drei Männer, von denen einer identifiziert werden konnte."

„Und das hat euch auch nicht weitergeholfen?"

„Leider nicht. Die Männer machten den Mund nicht auf. Sie hatten gute Verteidiger. Alle bekamen lange Zuchthausstrafen, waren aber nach anderthalb Jahren wieder draußen. Ihre Flucht war glänzend vorbereitet worden."

„Ich erinnere mich, davon gelesen zu haben."

„Wir glauben, daß der Mann, der hinter dieser Organisation steckt, erkannt hat, daß es ein Fehler war, ein bestimmtes Haus so lange zu behalten, bis es bei den Nachbarn Verdacht erweckte. Man kam auf die Idee, daß es besser wäre, Mittelsleute in etwa *dreißig* Häusern, in *verschiedenen* Gegenden einzusetzen. Sagen wir, eine Mutter mit Tochter sucht ein Haus oder eine Witwe oder ein pensionierter Beamter mit Frau. Lauter angenehme, stille Menschen. Sie lassen ein paar Reparaturen machen; und dann, nach ein oder zwei Jahren, ändern sich ihre Lebensumstände. Sie verkaufen das Haus und ziehen ins Ausland. Während sie dort wohnten, hat das Haus sehr merkwürdigen Zwecken gedient. Aber niemand hat Verdacht geschöpft. Innerhalb von sechs Monaten hat es vielleicht fünf größere Einbrüche gegeben, aber die jeweilige Beute ist nicht in einem Haus untergebracht oder versteckt worden, sondern in fünf Häusern in fünf verschiedenen Grafschaften. Das ist natürlich nur eine Mutmaßung, Tommy, aber wir befassen uns damit. Und nehmen wir nun an, deine alte Dame verschenkt das Bild eines Hauses; und gerade dieses Haus ist wichtig. Und nehmen wir weiterhin an, daß es das Haus ist, das deine Frau wiedererkannt hat und das sie sucht, um es sich genauer anzusehen. Wenn es nun jemandem nicht paßt, daß das Haus genauer angesehen wird ... Es könnte was dran sein!"

„Es ist sehr weit hergeholt ..."

„Ja, das gebe ich zu. Aber in unserer Zeit geschehen nun einmal unglaubliche – und sehr weit hergeholte – Dinge."

Ziemlich müde stieg Tommy zum viertenmal an diesem Tag aus einem Taxi. Er betrachtete mit Wohlgefallen die kleine Sackgasse in Hampstead Heath. Kein Haus glich dem anderen, und das, vor dem er stand, hatte einen großen Atelierraum mit Deckenfenster, an den – wie ein Auswuchs – an einer Seite drei kleinere Räume angeklebt zu sein schienen. Tommy öffnete das Gartentor, ging zum Haus und benutzte den Türklopfer, weil er keine Klingel fand. Es rührte sich nichts. Er wartete eine Weile und hämmerte diesmal etwas lauter.

Die Tür wurde so plötzlich aufgerissen, daß er fast nach hinten fiel. Eine Frau stand auf der Schwelle. Auf den ersten Blick hatte Tommy das Gefühl, selten eine so unscheinbare Frau gesehen zu haben. Sie hatte ein großes, flaches Pfannkuchengesicht, große Kuhaugen, von denen eins grün und eins braun war, und über die breite Stirn fiel eine wilde Haarmähne. Sie trug einen lila Kittel mit Lehmflecken. Dann fiel ihm auf, daß die Hand, die die Tür hielt, ganz ungewöhnlich schön geformt war.

„Oh", sagte sie mit einer tiefen, angenehmen Stimme. „Was wünschen Sie? Ich habe keine Zeit."

„Mrs. Boscowan?"
„Ja. Was ist?"
„Mein Name ist Beresford. Ich würde sehr gern einen Augenblick mit Ihnen sprechen."
„Muß das sein? Ich weiß nicht ... Um was geht es? Um ein Bild?" Ihre Blicke ruhten auf dem Paket unter seinem Arm.
„Ja. Es geht um ein Bild Ihres Mannes."
„Wollen Sie es verkaufen? Ich habe genug Bilder von ihm. Ich brauche sie nicht zu kaufen. Wenden Sie sich doch an eine Galerie. - Aber Sie sehen nicht so aus, als ob Sie es nötig hätten, Bilder zu verkaufen."
„Nein, ich will auch kein Bild verkaufen." Tommy fand es sehr schwierig, mit dieser Frau in ein Gespräch zu kommen. Ihre Augen, wenn auch verschiedenfarbig, waren sehr schön. Und gerade jetzt blickten sie über seine Schulter, als sähen sie am Ende der Straße, in der Ferne, etwas sehr Interessantes. „Bitte", sagte Tommy, „darf ich ins Haus kommen? Es ist so schwer zu erklären ..."
„Wenn Sie Maler sind, möchte ich nicht mit Ihnen reden", sagte Mrs. Boscowan. „Maler langweilen mich immer sehr."
„Ich bin kein Maler."
„Sie sehen auch nicht so aus." Ihre Augen glitten prüfend auf und ab. „Sie sehen wie ein Beamter aus", stellte sie abfällig fest.
„Darf ich hineinkommen, Mrs. Boscowan?"
„Ich weiß noch nicht. Warten Sie."
Sie machte plötzlich die Tür zu. Tommy wartete. Nachdem vielleicht vier Minuten verstrichen waren, öffnete sich die Tür wieder. „Gut", sagte sie, „kommen Sie herein."
Sie führte ihn über eine schmale Treppe in das große Atelier. In einer Ecke stand eine große Figur. Werkzeug

lag herum, und ein Tonkopf war aufgebaut. Der Raum sah aus, als hätten die Vandalen in ihm gehaust. „Hier ist nie Platz zum Sitzen“, beklagte sich Mrs. Boscowan. Sie räumte einen Holzstuhl für Tommy frei. „Nehmen Sie den, setzen Sie sich und reden Sie!“

„Es ist sehr freundlich, daß Sie mich hereingelassen haben.“

„Ja, das ist wahr. Aber Sie machen sich doch über etwas Sorgen, nicht wahr?“

„Ja.“

„Das dachte ich mir. Über was?“

„Über meine Frau“, sagte Tommy und überraschte sich mit dieser Antwort selbst.

„Das ist nichts Besonderes. Männer machen sich immer Sorgen um ihre Frauen. Was ist mit ihr? Ist sie durchgebrannt?“

„Nein, nein. Das nicht.“

„Stirbt sie? Hat sie Krebs?“

„Nein“, sagte Tommy. „Aber ich weiß nicht, wo sie ist.“

„Und Sie glauben, ich könnte es wissen? Dann sollten Sie mir ihren Namen sagen und mir etwas von ihr erzählen.“

„Gott sei Dank!“ sagte Tommy. „Ich dachte, es würde viel schwieriger sein, mit Ihnen zu reden.“

„Was hat das Bild damit zu tun? Es ist doch ein Bild?“

Tommy packte es aus. „Es ist ein Bild, das Ihr Mann signiert hat. Ich möchte gern alles wissen, was Sie mir darüber sagen können.“

„Aha. Und was wollen Sie nun wissen?“

„Wann es gemalt worden ist und wo.“

Mrs. Boscowan sah ihn zum erstenmal mit einer Spur von Interesse an. „Das kann ich Ihnen sagen. Es ist etwa fünfzehn Jahre alt, nein, noch älter. Es ist ein ziemlich frühes Bild von ihm. Ich schätze, es ist zwanzig Jahre alt.“

„Und wissen Sie, wo es ist? Wo das Haus ist, meine ich?“

„O ja, ich kann mich genau erinnern. Es ist ein gutes Bild, ich mochte es immer schon. Das ist die kleine Bogenbrücke. Und das Haus. Das nächste Dorf heißt Sutton Chancellor. Es ist sieben oder acht Meilen von Market Basing entfernt.“

Sie trat dicht an das Bild heran, beugte sich darüber und betrachtete es aus der Nähe. „Komisch“, murmelte sie, „das ist merkwürdig. Ich möchte ja nur wissen ...“

Tommy achtete nicht auf sie. „Wie heißt das Haus?“ fragte er.

„Ich erinnere mich nicht mehr. Es ist mehrmals umbenannt worden. Ich weiß auch nicht mehr, was mit dem Haus war. Ich glaube, es gab da irgendwelche tragischen Geschichten. Und die neuen Besitzer gaben ihm einen anderen Namen. Kanalhaus oder so ähnlich. Früher hieß es Brückenhaus, dann Flußwiese, glaube ich.“

„Und wer hat dort gewohnt oder wohnt jetzt dort? Wissen Sie das?“

„Niemand, den ich kenne. Als ich zum erstenmal da war, haben ein Mädchen und ein Mann dort gewohnt. Sie kamen nur zum Wochenende. Sie war Tänzerin oder Schauspielerin. Sehr schön, aber dumm. Fast unterbelichtet. William hatte eine Schwäche für sie, das weiß ich noch.“

„Hat er sie gemalt?“

„Nein. Er hat fast nie Porträts gemalt. Aber er hatte eine Vorliebe für kleine Mädchen.“

„Diese Leute also wohnten dort, als Ihr Mann das Haus malte?“

„Anfangs wenigstens. Dann hat es irgendeinen Krach gegeben, und er ist fortgegangen und hat sie sitzenlassen oder umgekehrt. Ich war damals nicht dabei. Danach war dann wohl nur noch eine Gouvernante mit dem Kind im Haus. Ich weiß nicht, wem die Kleine gehörte und wo sie herkam, aber die Gouvernante hat sich um sie gekümmert. Und dann ist, meine ich, mit dem Kind etwas gewesen. Entweder ist die Gouvernante mit ihm fortgezogen, oder es ist gestorben. Aber was wollen Sie über Leute wissen, die vor zwanzig Jahren in diesem Haus gelebt haben?"

„Ich möchte soviel wie möglich über das Haus erfahren", sagte Tommy. „Es ist nämlich so, daß meine Frau fortgefahren ist, um das Haus zu suchen. Sie behauptet, es von einem Zugfenster aus gesehen zu haben."

„Das stimmt", sagte Mrs. Boscowan, „die Schienen sind auf der anderen Seite der Brücke. Man muß das Haus von der Bahn aus sehr gut sehen können. Aber warum wollte sie das Haus wiederfinden?"

Tommy gab ihr einen stark gekürzten Bericht. Sie maß ihn mit einem zweifelnden Blick.

„Sie kommen nicht zufällig aus einer Nervenklinik? Sie haben nicht zufällig Urlaub auf Ehrenwort oder wie man das nennt?"

„Ich kann mir vorstellen, daß sich das so anhört", gab Tommy zu. „Aber es ist wirklich ganz einfach. Ich vermute, daß meine Frau das Haus gefunden hat. Vielleicht ist sie zu diesem Chancellor gefahren. – Auf jeden Fall hat sie angerufen und gesagt, sie käme nach Hause, aber sie ist nicht gekommen. Und ich nehme nun an, daß sie etwas über das Haus erfahren wollte und vielleicht – in eine gefährliche Situation geraten ist."

„Was sollte daran gefährlich sein?"

„Das weiß ich nicht", antwortete Tommy. „Ich habe an keine Gefahr gedacht, aber meine Frau schon."

„Telepathie?"

„Möglich. Sie ist so; sie hat manchmal Eingebungen. Haben Sie damals zufällig eine Mrs. Lancaster gekannt oder von ihr gehört? Damals oder auch in neuerer Zeit?"

„Mrs. Lancaster? Nein, ich glaube nicht. Das ist ein Name, den man eigentlich behalten müßte. Was ist mit ihr?“

„Ihr hat das Bild gehört. Sie hat es einer Tante von mir geschenkt. Dann verließ sie ganz plötzlich das Altersheim. Ihre Verwandten haben sie fortgeholt. Ich habe versucht, sie zu finden, aber das ist nicht einfach.“

„Wer hat nun die viele Phantasie, Sie oder Ihre Frau?“

„Ich rege mich auf, ohne einen Grund zu haben. Das meinen Sie doch, nicht? Es stimmt auch.“

„Nein“, sagte Mrs. Boscowan. Ihre Stimme klang auf einmal anders. „Ich würde nicht sagen, daß Sie keinen Grund haben.“

Tommy sah sie bestürzt an.

„Mit dem Bild stimmt etwas nicht“, sagte sie. „Ich erinnere mich sehr genau. Ich erinnere mich an alle Bilder Williams, obwohl er so viele gemalt hat.“

„Wissen Sie, an wen es verkauft worden ist?“

„Nein, tut mir leid. Aber es ist verkauft worden, das weiß ich.“

„Ich bin dankbar, daß Sie mir so viel gesagt haben.“

„Sie haben mich nicht gefragt, warum ich meine, daß mit diesem Bild etwas nicht stimmt.“

„Ist es etwa nicht von Ihrem Mann?“

„Doch. Es ist das Bild, das William gemalt hat. ‚Haus am Kanal‘ hieß es in seinem Katalog. Aber es war anders. Etwas an dem Bild ist verändert . . .“

„Was?“

Mrs. Boscowan deutete mit einem lehmverkrusteten Finger auf eine Stelle unter der Brücke. „Da!“ sagte sie. „Sehen Sie das? Unter der Brücke ist doch ein Boot festgemacht?“

„Ja“, bestätigte Tommy verwundert.

„Das Boot war nicht da, als ich das Bild zum letztenmal sah. William hat es nicht gemalt. Es war nie ein Boot auf dem Bild.“

„Das hieße, daß ein anderer das Boot später dazugefügt hat?“

„Ja. Seltsam. Ich möchte wissen, warum. Ich möchte wissen, wer.“

Tommy konnte ihr keine Erklärung geben. Er sah Mrs. Boscowan an. Sie gehörte zu den Menschen, die viel mehr wußten, als sie preiszugeben bereit waren. Hatte sie ihren Mann geliebt? War sie eifersüchtig gewesen? Hatte sie ihn verachtet? Weder aus ihrem Wesen noch aus ihren Worten war darüber etwas zu entnehmen. Aber er spürte, daß das kleine Boot, das jemand unter die Brücke gemalt hatte, sie beunruhigte. Es war ihr unangenehm, daß es dort war. Plötzlich fragte er sich, ob ihre Behauptung überhaupt stimmte. Konnte sie wirklich nach so langen Jahren noch wissen, ob Boscowan ein Boot unter die Brücke gemalt hatte oder nicht? Es war doch eine so kleine und scheinbar unbedeutende Einzelheit. Er sah sie wieder an und begegnete ihrem Blick. Ihre merkwürdigen Augen ruhten nicht abweisend, sondern gedankenvoll auf ihm, sehr gedankenvoll.

„Was werden Sie jetzt tun?“ fragte sie.

Das war leicht zu beantworten. Tommy wußte es genau. „Ich werde heute abend nach Hause fahren, um zu hören, ob Nachricht von meiner Frau gekommen ist. Wenn nicht, fahre ich morgen nach Sutton Chancellor. Ich hoffe, sie dort zu finden.“

Mrs. Boscowan murmelte: „Das hängt davon ab . . .“

„Wovon hängt es ab?“ fragte Tommy scharf.

Mrs. Boscowan runzelte die Stirn. „Ich möchte wissen, wo sie ist.“

„Wer?“

Mrs. Boscowan hatte den Blick abgewandt. Jetzt sah

sie ihn wieder an. „Ich sprach von Ihrer Frau. Hoffentlich geht es ihr gut."

„Warum sollte es ihr nicht gutgehen, Mrs. Boscowan? Stimmt mit diesem Dorf etwas nicht?"

„Mit Sutton Chancellor?" Sie überlegte.

„Ich hatte an das Haus am Kanal gedacht."

„Das Haus", sagte sie leise. „Es war ein gutes Haus. Es war für Liebespaare gedacht."

„Haben denn Liebespaare dort gewohnt?"

„Manchmal. Aber nicht oft genug. Wenn ein Haus für ein Liebespaar gebaut ist, sollten auch Liebespaare darin wohnen. Man darf ein Haus nicht mißbrauchen. Häuser mögen das nicht."

„Wissen Sie etwas über die Leute, die es in der letzten Zeit bewohnt haben?"

Sie schüttelte den Kopf. „Nein. Nein, ich weiß überhaupt nichts über das Haus. Wissen Sie, für mich war es nie von Bedeutung."

„Aber Sie denken an etwas oder an jemanden?"

„Ja", sagte die Frau. „Sie haben recht. Ich habe an jemanden gedacht."

„Und Sie können mir nichts über diesen Menschen sagen?"

„Es gibt nichts zu sagen. Manchmal ist es nur so, daß man an jemanden denkt und sich fragt, wo dieser Mensch nun ist, wie sich sein Leben entwickelt hat . . ." Sie fuhr mit der Hand durch die Luft. Dann fragte sie plötzlich: „Möchten Sie einen Hering?"

„Einen Hering?"

„Ach, ich hab' zufällig ein paar Heringe. Und ich dachte, Sie sollten was essen, ehe Sie zum Bahnhof fahren. Waterloo ist übrigens der Bahnhof für Sutton Chancellor. Man mußte in Market Basing umsteigen. Das wird sich nicht geändert haben."

Tommy spürte, daß er entlassen war.

# 13

Tuppence blinzelte. Sie sah wie durch einen Schleier. Sie versuchte, den Kopf vom Kissen zu heben, zuckte aber unter dem stechenden Schmerz zusammen. Sie ließ den Kopf wieder sinken und schloß die Augen. Bald darauf machte sie sie wieder auf und blinzelte mehrmals.

Mit dem Gefühl der Genugtuung erkannte sie ihre Umgebung. Sie war in einem Krankenhaus, und ihr Kopf tat ihr weh. Warum er weh tat und warum sie im Krankenhaus war, wußte sie nicht. Unfall? überlegte sie.

Krankenschwestern hantierten an Betten. Das war wohl natürlich. Tuppence machte die Augen zu und dachte vorsichtig nach. Das verschwommene Bild eines älteren Geistlichen tauchte vor ihr auf. Hieß er „Pater"? Sie konnte sich nicht erinnern.

Aber wieso bin ich krank in einem Krankenhaus? dachte Tuppence. Wenn ich als Schwester in einem Lazarett arbeite, müßte ich eine Tracht tragen, Schwesterntracht.

Sie seufzte tief auf.

Sofort erschien eine Schwester neben ihrem Bett. „Na, geht's uns besser?" fragte sie mit falsch klingender Fröhlichkeit. „Das ist fein."

Tuppence war sich nicht klar, ob es fein war. Die Schwester sprach von einer feinen Tasse Tee.

„Soldaten", sagte Tuppence. „Schwestern. Natürlich, ich bin Schwester in einem Lazarett."

Die Schwester brachte ihr Tee in einer Schnabeltasse und stützte sie beim Trinken. Wieder fuhr der stechende Schmerz durch ihren Kopf. „Klar, ich bin Schwester im Lazarett", sagte Tuppence laut.

Die Krankenschwester sah sie begriffsstutzig an.

„Mein Kopf tut weh", sagte Tuppence und lieferte damit Tatsachen.

„Es wird bald bessergehen." Die Schwester nahm die Tasse fort und sagte beim Hinausgehen zu einer anderen Schwester: „Nummer 14 ist wach. Aber ich glaube, sie ist ein bißchen wirr."

„Hat sie etwas gesagt?"

„Unverständliches Zeug."

Tuppence lag benommen in ihrem Bett. Kurze Gedanken huschten in unordentlicher Folge durch ihren Kopf. Jemand müßte dasein, das wußte sie, jemand, den sie gut kannte. Dieses Lazarett war so seltsam. Es war nicht das, an das sie sich erinnerte und in dem sie selbst gepflegt hatte. Da waren nur Soldaten gewesen ... Sie machte die Augen auf und sah sich noch einmal um. Nein, diesen Raum kannte sie nicht.

„Ich möchte wissen, wo das hier ist", sagte sie. Sie versuchte, sich an Namen zu erinnern. Es fielen ihr nur zwei ein: London und Southampton.

Die Oberschwester stand plötzlich neben ihrem Bett. „Ich hoffe, es geht Ihnen besser."

„Danke, es geht", sagte Tuppence. „Was ist mit mir?"

„Sie haben eine Kopfverletzung. Es muß ziemlich schmerzhaft sein."

„Es tut weh", stellte Tuppence fest. „Wo bin ich?"

„Im *Royal Hospital* in Market Basing."

Tuppence überdachte diese Auskunft. Sie sagte ihr gar nichts. Dann verkündete sie: „Ein alter Geistlicher."

„Wie bitte?"

„Ach nichts, ich meinte nur."

„Wir konnten Ihren Namen noch nicht eintragen ..." sagte die Oberschwester. Sie hatte einen Kugelschreiber gezückt und sah Tuppence forschend an.

„Meinen Namen?"

„Ja. Für unser Krankenblatt."

Tuppence grübelte nach. Ihr Name. Was für einen Namen hatte sie? – Wie dumm! sagte sie zu sich selbst. Ich muß ihn vergessen haben. Aber ich muß doch einen Namen haben! Plötzlich überkam sie ein Gefühl der Erleichterung. Wieder tauchte das Gesicht des Geistlichen vor ihr auf. Sie sagte: „Natürlich. Prudence."

„P-r-u-d-e-n-c-e?"

„Jawohl."

„Das ist Ihr Vorname. Und der Familienname?"

„Cowley. C-O-W-L-E-Y."

„Wie gut, daß wir das nun wissen", sagte die Oberschwester. Sie entfernte sich mit zufriedenem Gesicht. Ihr Krankenblatt stimmte.

Tuppence war ebenfalls zufrieden mit sich. Prudence Cowley; sie pflegte im Lazarett; und ihr Vater war Geistlicher in irgendeiner Gemeinde, und es war Krieg. „Komisch", murmelte sie. „Als ob es vor langer Zeit passiert wäre." Dann sagte sie: „War es Ihr armes Kind?"

Die Schwester war schon wieder da. „Ich brauche noch Ihre Adresse, Miss Cowley. Oder Mrs. Cowley? Haben Sie eben nach einem Kind gefragt?"

„War es Ihr armes Kind?"

„Ich glaube, Sie sollten jetzt ein wenig schlafen", sagte die Schwester sanft und entfernte sich wieder. Kurz darauf sprach sie mit dem Arzt: „Sie ist bei Bewußtsein, Herr Doktor. Sie sagt, sie hieße Prudence Cowley. Aber an eine Adresse kann sie sich anscheinend nicht erinnern. Sie hat von einem Kind gesprochen."

„Ach", der Arzt winkte ab, „lassen wir ihr noch mal vierundzwanzig Stunden Zeit. So eine Gehirnerschütterung hat es in sich."

Tommy steckte den Schlüssel ins Schloß. Doch bevor er ihn umdrehen konnte, öffnete sich die Tür. Albert stand vor ihm.

„Ist sie zurück?"
Albert schüttelte langsam den Kopf.
„Nichts? Kein Anruf, kein Brief? Kein Telegramm?"
„Leider nichts, Sir. Gar nichts. Auch sonst nichts. Sie warten jetzt ab, Sir. Aber sie haben sie. Ich bin ganz sicher: sie haben sie."
„Zum Teufel, was soll das? Sie haben sie? Albert, was reden Sie eigentlich? Wer hat sie?"
„Aber Sie wissen doch, Sir! Die Bande . . ."
„Was für eine Bande?"
„Vielleicht eine Messerstecher-Bande. Oder internationale Gangster . . ."
„Schluß mit dem Blödsinn! Wissen Sie, was ich finde?"
Albert sah ihn fragend an.
„Daß es sehr rücksichtslos von ihr ist, uns hier ohne jede Nachricht sitzenzulassen."
„Aha", sagte Albert. „Ich verstehe. Ja, das könnte man vielleicht sagen. Wenn es ein Trost wäre." Er nahm Tommy das Paket ab. „Sie haben das Bild wieder mitgebracht."
„Ja, das verdammte Bild ist wieder da", knurrte Tommy. „Ich hätte es auch hierlassen können."
„Dann haben Sie nichts erfahren?"
„Ich habe schon etwas erfahren, aber ob es von Nutzen ist, weiß ich nicht. Dr. Murray hat wohl nicht angerufen? Oder Miss Packard vom Altersheim Sonnenhügel?"
„Niemand hat angerufen, nur der Gemüsemann. Er hat Auberginen. Er weiß, daß Madam Auberginen mag, und sagt ihr immer Bescheid. Ich habe erklärt, im Augenblick könnten wir sie nicht brauchen. – Übrigens habe ich Ihnen zum Abendessen ein Hähnchen gebraten."
„Fällt Ihnen eigentlich nie etwas anderes ein?" fragte Tommy unfreundlich.
„Es ist nicht groß", sagte Albert, „und mager."

Das Telefon klingelte. Tommy sprang auf und lief ins Nebenzimmer. „Hallo? Hallo?"

Eine dünne ferne Stimme fragte: „Nehmen Sie eine Voranmeldung für Mr. Thomas Beresford an? Von Invergashly?"

„Ja."

„Warten Sie bitte." Tommy wartete. Die Erregung legte sich allmählich. Dann ertönte eine frische, lebhafte und wohlbekannte Stimme. Die Stimme seiner Tochter. „Hallo, bist du das, Papa?"

„Deborah!"

„Ja. Du sprichst so gehetzt? Bist du gerannt?"

Töchter, dachte Tommy, merken alles.

„Ich bin alt und kurzatmig", sagte er. „Wie geht's, Deborah?"

„Oh, mir geht es gut. Hör mal, Paps. Ich hab' was in der Zeitung entdeckt. Vielleicht hast du's auch schon gesehen. Es kommt mir so komisch vor. Eine Notiz über jemanden, der nach einem Unfall ins Krankenhaus eingeliefert wurde."

„Ja und? Was ist damit? Ich hab' nichts gelesen. Warum?"

„Na, es klingt nicht sehr ernst. Ich dachte, es wäre ein Autounfall oder so was. Es heißt, daß eine ältere Frau einen Unfall hatte. Sie behauptet, Prudence Cowley zu heißen. Aber man kennt ihre Adresse nicht."

„Prudence Cowley! Meinst du . . ."

„Ja, aber – ich wußte doch nicht. Das ist doch Mutters Mädchenname . . ."

„Ja, natürlich."

„Ich fand das komisch. Kann es vielleicht jemand aus ihrer Verwandtschaft sein?"

„Möglich", sagte Tommy. „Wo war es denn?"

„In Market Basing. Weißt du, ich komme mir ganz dumm vor, gleich anzurufen. Es gibt sicher eine Menge

Leute, die Cowley heißen. Und ein paar mit dem Vornamen Prudence werden auch dabeisein. Aber ich wollte euch doch anrufen, um mich zu vergewissern, daß Mutter nichts passiert ist und daß sie zu Hause ist."

„Ja", sagte Tommy. „Ich verstehe schon."

„Nun sag doch, Paps, ist sie da?"

„Nein", gestand Tommy. „Sie ist nicht da, und ich weiß nicht, wo sie ist."

„Was heißt das?" fragte Deborah. „Was macht sie denn? Du bist ja wohl in London gewesen, bei deinen verstaubten geheimnistuerischen Freunden, die immer noch alte Zeiten spielen."

„Ja", gab Tommy zu. „Ich bin gestern abend zurückgekommen."

„Und Mutter war nicht da? Nun erzähl doch endlich! Du machst dir Sorgen. Das kann ich dir anhören. Was hatte sie denn vor? Wenn sie in ihrem Alter doch nur mal Vernunft annehmen würde!"

Tommy erklärte: „Sie war wegen etwas beunruhigt, das mit dem Tod deiner Großtante Ada zusammenhängt."

„Was ist ‚etwas'?"

„Na, eine von den alten Damen aus dem Heim hat ziemlich viel erzählt, und über eine ihrer Bemerkungen hat sich deine Mutter beunruhigt. Als wir Tante Adas Sachen abholten, wollten wir mit der Dame sprechen, aber sie war ganz plötzlich aus dem Heim fortgezogen."

„Was ist daran so beunruhigend?" fragte Deborah. „Was hat Mutter damit zu tun?"

„Sie bildet sich ein, daß der alten Dame etwas passiert sein könnte."

„Und du meinst, Mutter ist ausgezogen, um sie zu suchen?"

„Ja. Und sie wollte vor zwei Tagen zurück sein, ist aber nicht gekommen."

„Und du hast nichts von ihr gehört?“

„Nein.“

„Himmel, kannst du denn nicht auf sie aufpassen!“ Deborah sagte es sehr streng.

„Das hat noch keiner von uns geschafft. Du auch nicht, Deborah! – Das Krankenhaus in Market Basing, ja?“ fragte Tommy.

„In Melfordshire. Das muß mit dem Zug etwa anderthalb Stunden von London sein.“

„Deborah“, rief Tommy, „ich rufe das Krankenhaus an. Ich hab' das Gefühl, daß es Mutter ist. Bei Gehirnerschütterungen kommt es vor, daß sich die Menschen erst an ihre Jugend erinnern und nur langsam zur Gegenwart zurückfinden. Sie hat an ihren Mädchennamen gedacht. Vielleicht war es ein Autounfall, aber es würde mich gar nicht wundern, wenn ihr jemand einen Schlag über den Kopf gegeben hat. Bei deiner Mutter ist das durchaus möglich. Solche Sachen passieren ihr. Ich rufe dich an, wenn ich was erfahre.“

Vierzig Minuten später legte Tommy Beresford den Hörer auf. Er warf einen Blick auf die Uhr und seufzte müde. Albert erschien auf der Bildfläche.

„Was ist mit Ihrem Dinner, Sir? Sie haben noch nicht gegessen. Und ich muß leider gestehen, daß ich das Hähnchen vergessen habe. Es ist verkohlt.“

„Ich will nichts essen. Ich brauche etwas zu trinken. Einen doppelten Whisky, Albert.“

„Sofort, Sir.“

Nach ein paar Augenblicken kam er mit dem Glas wieder. Er trug es zu dem alten, zerschlissenen, aber sehr bequemen Sessel, in den Tommy gesunken war.

„Und jetzt wollen Sie sicher alles hören“, sagte Tommy.

„Wenn man's genau nimmt“, erklärte Albert leicht beschämt, „weiß ich das meiste schon. Wo es doch um

Madam ging und wir uns solche Sorgen um sie machten, war ich so frei, im Schlafzimmer mitzuhören. Ich dachte, Sie würden nichts dagegen haben, Sir, weil es sich doch um Madam handelt."

„Ich habe nichts dagegen", beruhigte ihn Tommy. „Ich bin sogar froh. Sonst müßte ich jetzt alles erklären . . ."

„Market Basing! Keinen Ton hat sie gesagt, daß sie dort im Krankenhaus sein würde."

„Das war vermutlich auch nicht ihre Absicht. Wahrscheinlich ist sie an irgendeinem einsamen Platz niedergeschlagen worden. Dann hat sie jemand mit dem Auto zur Straße gebracht und an den Straßenrand gelegt, damit es wie ein Unfall aussehen sollte." Tommy gähnte. „Wecken Sie mich morgen um halb sieben. Ich will früh fahren."

„Es tut mir außerordentlich leid, daß das Hähnchen verbrannt ist."

„Schon gut. Begraben Sie den Leichnam morgen früh pietätvoll im Garten."

„Sir, sie steht doch nicht auf der Schwelle des Todes, wenn ich fragen darf?"

„Dämpfen Sie bitte Ihren Hang zum Melodramatischen! Wenn Sie gut genug gelauscht hätten, wüßten Sie, daß sie bei Bewußtsein ist, daß sie weiß, wer sie ist, daß sie weiß, wo sie ist, und daß die Leute mir geschworen haben, auf sie aufzupassen, bis ich da bin, um sie selbst zu bewachen."

„Da Sie gerade von der Arbeit eines Detektivs sprachen, Sir . . .", sagte Albert zögernd.

„Ich habe nicht davon gesprochen und will es auch nicht. Vergessen Sie's, Albert. Lernen Sie Buchführung oder Balkonblumenzucht oder sonst etwas."

„Na ja, ich dachte nur . . . ich meine, wegen der Spuren . . ."

„Wegen welcher Spuren?"

„Ich habe nachgedacht."

„Nachdenken ist die Wurzel allen Übels."

„Wegen der Spuren", beharrte Albert. „Das Bild da, das ist doch auch eine Spur, nicht wahr?"

Tommy stellte fest, daß Albert das Bild an die Wand gehängt hatte.

„Wenn es eine Spur ist", fuhr Albert fort, „wohin führt sie dann Ihrer Meinung nach?" Er errötete etwas über seine Dreistigkeit. „Ich - ich meine, um was geht es? - Entschuldigen Sie, wenn ich das erwähne . . ."

„Na, nun reden Sie doch, Albert!"

„Also, ich - ich habe an den Schreibtisch gedacht."

„Schreibtisch?"

„Ja, an den, der mit den anderen Sachen gekommen ist. Familienerbstücke. Sagten Sie nicht so, Sir?"

„Er hat meiner Tante gehört."

„Aber das meine ich doch die ganze Zeit, Sir. Und da muß man nach Spuren suchen. In alten Sekretären."

„Ja, vielleicht", murmelte Tommy.

„Mich geht es ja nichts an, das weiß ich. Und ich hätte sicher nicht einfach drangehen dürfen, Sir. Aber Sie waren ja fort, und da konnte ich nicht widerstehen, ihn mir anzusehen."

„Wen? Den Sekretär?"

„Ja, um nach einer möglichen Spur zu suchen. Solche Schreibtische haben doch immer Geheimfächer . . ."

„Möglich wäre das."

„Eben. Und in dem Geheimfach könnte eine Spur verborgen sein."

„Ein angenehmer Gedanke", sagte Tommy. „Aber warum sollte meine Tante Ada etwas in einem Geheimfach verstecken?"

„Alte Damen sind unberechenbar. Die verstecken gern etwas, wie Dohlen oder Elstern. Es könnte doch ein geheimes Testament dasein oder ein Brief, der mit unsichtbarer Tinte geschrieben ist, oder vielleicht ein Schatz."

„Ich fürchte, ich muß Sie enttäuschen, Albert. Ich bin überzeugt davon, daß nichts dergleichen in unserem guten, alten Familienstück versteckt ist. Er hat meinem Onkel William gehört, der mürrisch, stocktaub und bösartig war."

„Aber nachsehen könnte man ja mal", sagte Albert. „Er müßte nämlich sowieso mal richtig saubergemacht werden."

Tommy zögerte. Er erinnerte sich, mit Tuppence flüchtig alle Schubladen durchgesehen zu haben. Sie hatten die Papiere in zwei große Umschläge gesteckt und den Inhalt der unteren Schubladen – Kopfkissenbezüge, alte Strickjanker, Wollreste und eine schwarze Samtstola – ausrangiert. Die Papiere hatten sie dann zu Hause sortiert. Es war nichts Interessantes dabeigewesen.

„Wir haben schon alles nachgesehen, Albert. Es waren nur alte Briefe da, ein paar Kochrezepte, Lebensmittelkarten aus dem Krieg und ähnliches Zeug."

„Ach das", sagte Albert abfällig, „ist nur gewöhnlicher Papierkram. Das findet man in jedem Schreibtisch. Ich meine Geheimnisse. Als ich jung war, habe ich ein halbes Jahr bei einem Antiquitätenhändler gearbeitet. Ich habe ihn bei seinen Fälschungen unterstützt. Seither kenne ich mich mit Geheimfächern aus. Die haben immer ein bestimmtes System. Es gibt nur ein paar Methoden, und die sind selten abgewandelt. Wollen Sie nicht selbst mal nachsehen, Sir? Ich möchte das nicht ohne Sie machen." Er betrachtete Tommy mit bettelndem Hundeblick.

„Na, dann kommen Sie, Albert", gab Tommy nach.

Als er vor Tante Adas Erbstück stand, dachte er: Er ist wirklich schön. Und so gut gearbeitet. Heute kann das keiner mehr. „So, nun zeigen Sie mal, was Sie können. Aber gehen Sie sanft mit ihm um!"

„Oh, Sir, ich würde nie mit einem Messer herumstochern, nie. Erst machen wir die Klappe auf und ziehen diese beiden Stäbe heraus. Auf ihnen liegt die Klappe. Ihre Tante Ada hatte einen wunderschönen Löscher aus Perlmutt. Ich habe ihn in der linken Schublade gefunden."

„Da sind nur diese beiden Fächer", sagte Tommy. Er zog zwei von zierlichen Säulen verdeckte, senkrechte Fächer heraus.

„Ach, die. Ja, die sind für Schreibpapier, aber Geheimfächer sind das nicht. Der üblichste Platz ist hier das Mittelfach - unter dem Boden ist ein Hohlraum. Man schiebt den Boden zurück und hat darunter eine Vertiefung. Aber es gibt andere Möglichkeiten. Dieser Sekretär gehört zu der Sorte, in der unten eine Art Mulde ist."

„Die ist aber auch nicht sehr geheim. Man schiebt doch nur die Leiste zurück."

„Ja, und dann glaubt man, man hätte alles entdeckt. Aber das ist noch längst nicht alles. Sehen Sie diesen kleinen Holzblock, der wie eine Kante aussieht? Den kann man hochziehen!"

„Ja", sagte Tommy. „Und jetzt ziehen Sie ihn mal hoch."

„Und dahinter haben Sie ein Geheimfach."

„In dem nichts ist."

„Ich gebe zu, es sieht enttäuschend aus", sagte Albert. „Aber wenn Sie die Hand hineinschieben und nach rechts oder links fassen, dann finden Sie auf jeder Seite eine kleine Schublade. Aus dem oberen Rand ist ein kleiner Halbkreis herausgeschnitten, durch den man den Finger steckt und nach vorn zieht ..." Während Albert dies sagte, verdrehte sich sein Handgelenk wie das eines Schlangenmenschen. „Sie klemmen manchmal. Warten Sie . . . So. Jetzt."

Alberts gekrümmter Zeigefinger zog eine kleine Schublade vor. Er nahm sie heraus und legte sie vor Tommy nieder. Er sah wie ein Hund aus, der seinem Herrn einen Knochen bringt.

„Warten Sie, Sir, in der ist ein Umschlag. Ich will jetzt noch die andere Seite probieren."

Diesmal vollführte er den Schlangenmenschentrick mit der anderen Hand. Dann stand die zweite Schublade vor Tommy.

„In der ist auch etwas", sagte Albert. „Noch zwei versiegelte Umschläge. Natürlich habe ich keinen geöffnet. Das würde ich nie tun!" Er sprach im Brustton der Überzeugung. „Sie müssen sie öffnen!"

Tommy nahm zuerst einen versiegelten Umschlag, der der Länge nach gerollt und mit einem Gummiband umwickelt war. Das Gummiband fiel bei der ersten Berührung ab.

„Sieht wertvoll aus", murmelte Albert.

Auf dem Umschlag stand: *Geheim.*

„Na bitte", frohlockte Albert. „‚Geheim'. Das ist eine Spur!"

Tommy öffnete den Umschlag. In ihm war ein Notizbuchblatt, das mit einer sehr krakeligen, stark verblaßten Handschrift beschrieben war. Tommy drehte das Blatt hin und her, Albert beugte sich schnaufend über seine Schulter.

„Mrs. MacDonalds Rezept für Lachscreme", las Tommy. „Ein besonderer Gunstbeweis. - Man nehme zwei Pfund in mittelgroße Stücke geschnittenen Lachs, einen halben Liter Jersey-Sahne, ein Weinglas Brandy und eine frische Gurke." Er brach ab. „Tut mir leid, Albert. Aber diese Spur führt direkt in die gute Küche."

Albert gab traurige und enttäuschte Geräusche von sich.

„Macht nichts", sagte Tommy. „Jetzt kommt der nächste Versuch."

Der zweite versiegelte Umschlag schien nicht ganz so alt zu sein. Er trug zwei blaßgraue Wachssiegel, auf denen eine Heckenrose zu erkennen war.

„Hübsch", sagte Tommy. „Für Tante Ada sehr romantisch. Vermutlich lernen wir jetzt, wie man Rinderpastete macht."

Er öffnete den Umschlag und zog erstaunt die Brauen hoch. Zehn sauber gefaltete Fünfpfundnoten fielen heraus.

„Die sind aber schön", sagte Tommy. „Sie sind noch aus dem Krieg. Gutes Papier. Wahrscheinlich längst ungültig."

„Geld!" murrte Albert. „Was wollte sie mit dem Geld?"

„Ach, das ist der Notgroschen einer alten Dame. Tante Ada hatte immer einen Notgroschen. Vor vielen Jahren hat sie mir erklärt, jede Dame brauche immer fünfzig Pfund in kleinen Scheinen für eventuelle Notfälle."

„Na, brauchen kann man das immer."

„Möglicherweise sind sie gar nicht wertlos. Ich muß mal mit meiner Bank sprechen", sagte Tommy.

„Wir haben noch einen Brief. Den aus der anderen Schublade." Albert gab die Hoffnung nicht auf.

Er war dick und trug drei feierliche rote Siegel. Auf der Vorderseite stand in spitzer Schrift: „Im Falle meines Todes soll dieser Umschlag ungeöffnet an meinen Anwalt, Mr. Rockbury von Rockbury & Tomkins, oder an meinen Neffen Thomas Beresford geschickt werden."

Es waren mehrere eng beschriebene Blätter. Die Handschrift war schlecht, sehr dünn und manchmal unleserlich. Tommy las stockend vor:

*„Ich, Ada Maria Fanshawe, schreibe hier Dinge auf,*

*welche mir von Menschen erzählt worden sind, die in dem Altersheim Haus Sonnenhügel wohnen. Ich kann nicht beschwören, daß die Beobachtungen der Wahrheit entsprechen, aber es scheint mir eine begründete Annahme, daß hier verdächtige – möglicherweise kriminelle – Geschehnisse stattgefunden haben oder noch stattfinden. Elizabeth Moody, eine törichte Frau, die ich aber nicht für eine Lügnerin halte, behauptet, hier im Haus eine Verbrecherin erkannt zu haben. Es ist möglich, daß eine Giftmörderin bei uns ihr Unwesen treibt. Ich lasse mich nicht leicht beeinflussen, werde aber die Augen offenhalten. Ich habe mir vorgenommen, alle Tatsachen, die ich erfahre, hier niederzuschreiben. Die ganze Angelegenheit kann auch eine Phantasterei sein. Mein Anwalt oder mein Neffe Thomas Beresford mögen sich damit befassen.“*

„Was habe ich gesagt!“ rief Albert triumphierend. „Ich hab's Ihnen doch gesagt! EINE SPUR!“

# 14

„Ich meine, wir müssen darüber nachdenken“, sagte Tuppence.

Nach einem glücklichen Wiedersehen im Krankenhaus war sie ehrenvoll entlassen worden. Jetzt saß das wiedervereinigte Paar im Salon der besten Suite des „Lamms“ in Market Basing.

„Du denkst nicht nach!“ befahl Tommy. „Du weißt, was der Arzt gesagt hat, ehe er dich gehen ließ: keine Aufregungen, weder geistige noch physische Anstrengungen! Du solltest ein wenig kürzertreten.“

„Tue ich das etwa nicht?“ fragte Tuppence. „Ich habe die Beine hochgelegt; ich habe zwei Kissen unter dem Kopf. Und was das Denken betrifft, das braucht doch keine Anstrengung zu sein. Ich betreibe keine Mathematik und studiere nicht Finanzwissenschaft. Denken ist nichts anderes als gemütlich im Sessel sitzen und warten, bis etwas Interessantes oder Wichtiges vorbeikommt. Ist es dir nicht lieber, daß ich hier friedlich ruhe und denke, statt etwas zu unternehmen?"

„Schlag dir den Gedanken an irgendwelche Unternehmungen aus dem Kopf", sagte Tommy streng. „Das ist aus und vorbei, hörst du! Du bleibst schön hier. Und ich werde dich nicht aus den Augen lassen, weil ich dir nicht traue."

„Gut. Ende des Vortrags", sagte Tuppence. „Jetzt laß uns nachdenken. Wir denken gemeinsam nach. Du mußt nichts auf das Gerede der Ärzte geben."

„Kümmere dich nicht um die Ärzte, kümmere dich um das, was ich sage."

„Schon gut. Ich bin im Moment auch gar nicht unternehmungslustig. Wir müssen vergleichen, was wir haben. Wir haben eine ganze Menge, aber es sieht aus wie Kraut und Rüben."

„Was meinst du mit ‚haben'?"

„Tatsachen. Lauter verschiedene und viel zu viele Tatsachen. Aber nicht nur das, sondern auch Klatsch, Andeutungen, Überlieferungen. Wir müssen sortieren."

„Bitte schön", sagte Tommy.

„Wenn ich nur wüßte, ob du mich auf den Arm nehmen willst oder ob du es ernst meinst." Tuppence seufzte. „Stimmst du wenigstens mit mir überein, daß wir zu viel haben? Wir wissen nicht, wo wir anfangen sollen."

„Ich schon", sagte Tommy.

„Also gut. Wo fängst du an?"

„Mit der Tatsache, daß du einen Schlag auf den Kopf bekommen hast."

Tuppence dachte einen Moment nach. „Warum soll

das ein Ansatzpunkt sein? Damit hat doch alles aufgehört. Es ist ein Endpunkt."

„Für mich beginnt es damit", sagte Tommy. „Ich hab' es nicht gern, wenn man meine Frau niederschlägt. Und ich fange damit an, weil es nichts Eingebildetes ist. Es ist tatsächlich passiert."

„Ich kann dir nur wärmstens zustimmen, Tommy. Es ist passiert. Ich hab' es auch nicht vergessen. Seit ich wieder dazu in der Lage bin, habe ich darüber nachgedacht."

„Hast du eine Ahnung, wer es war?"

„Leider nein. Ich habe mich über den Grabstein gebeugt – und bums!"

„Wer könnte es gewesen sein?"

„Vermutlich jemand aus Sutton Chancellor. Aber es kommt mir so unwahrscheinlich vor. Wen kenne ich denn?"

„Den Vikar?"

„Der kann es nicht gewesen sein. Erstens ist er ein netter alter Herr, und zweitens ist er nicht stark genug. Drittens hat er Asthma und keucht. Er konnte sich nicht heranschleichen, ohne daß ich ihn gehört hätte."

„Wenn du den Vikar streichst ..."

„Du denn nicht?"

„Ja, doch", sagte Tommy. „Ich auch. Du weißt ja, ich war bei ihm. Er ist seit langen Jahren hier, und jeder kennt ihn. Ein Erzbösewicht kann vielleicht acht Tage lang die Rolle des freundlichen alten Pfarrers spielen, aber nicht zehn oder zwölf Jahre."

„Gut, dann wäre die nächste verdächtige Person Miss Bligh. Nellie Bligh. Warum aber? Sie kann nicht geglaubt haben, ich wollte einen Grabstein stehlen."

„Glaubst du, daß sie es sein könnte?"

„Eigentlich nicht. Tüchtig genug wäre sie allerdings. Und sie war unmittelbar in der Nähe; im Haus oder vor dem Haus. Wenn sie sich herangeschlichen hätte, während ich einen Grabstein untersuchte, dann hätte sie mich mit einer der Metallvasen erschlagen können. Aber aus welchem Grund?"

„Wer noch, Tuppence? Mrs. Cockerell, heißt sie so?"

„Mrs. Copleigh. Nein. Die kommt nicht in Frage."

„Wieso bist du davon so überzeugt? Sie wohnt in Sutton Chancellor. Sie hätte dich aus dem Haus gehen sehen und dir folgen können."

„Ja, schon, aber sie redet zuviel."

„Was hat das damit zu tun?"

„Wenn du ihr einen Abend lang zugehört hättest, wüßtest du Bescheid. Es ist ganz ausgeschlossen, daß sie in meine Nähe gekommen wäre, ohne ununterbrochen zu reden."

Tommy überlegte. „So etwas kannst du gut beurteilen, Tuppence. Streichen wir Mrs. Copleigh. Wen haben wir noch?"

„Amos Perry", sagte Tuppence. „Das ist der Mann aus dem Kanalhaus. Ich nenne es Kanalhaus, weil es so viele Namen hat und ich mich auf einen festlegen muß. Er ist der Mann der freundlichen Hexe. Ein bißchen merkwürdig; beschränkt, aber sehr stark, und er könnte jeden niederschlagen. Ich kann mir vorstellen, daß er es manchmal gern tun würde. Warum aber gerade mich, weiß ich nicht. Trotzdem paßt er mir besser als Miss Bligh. Sie ist nur eine von diesen anstrengenden, übertüchtigen Frauen, die alles erledigen und ihre Nase in alles stecken. Aber sie ist nicht der Typ, der gewalttätig wird; es sei denn, es ginge um tiefe Gefühle. Aber Amos Perry" – Tuppence zog schaudernd die Schultern zusammen –, „der hat mir angst gemacht, als ich ihn zum erstenmal sah. Ich dachte damals, daß ich ihn nicht gern zum Feind hätte und ihm nicht gern allein im dunklen Wald begegnete ..."

„Dann ist Amos Perry also Nummer eins", sagte Tommy.

„Und seine Frau", fügte Tuppence langsam hinzu. „Die freundliche Hexe. Sie war nett; ich mochte sie. – Ich möchte nicht, daß sie es war. Aber sie ist in irgend etwas verwickelt. Es muß mit dem Haus zu tun haben. Und das ist der springende Punkt, Tommy: Wir wissen nicht, um was es geht. Ich bin jedenfalls inzwischen sicher, es dreht sich alles um dieses Haus. Das Bild. Das Bild muß doch eine Bedeutung haben!"

„Ja", sagte Tommy.

„Ich bin gekommen, um Mrs. Lancaster zu finden, aber niemand scheint je von ihr gehört zu haben. Ich habe schon überlegt, ob ich es nicht falsch gesehen habe und Mrs. Lancaster in Gefahr geraten ist – wovon ich immer noch überzeugt bin –, *weil sie das Bild besaß*. Ich glaube nicht, daß sie in Sutton Chancellor gewesen ist – aber entweder hat sie das Bild dieses Hauses geschenkt bekommen oder gekauft. Und das Bild *bedeutet* etwas – für irgend jemanden muß es eine Gefahr bedeuten."

„Mrs. Kakao – Mrs. Moody hat Tante Ada gesagt, sie hätte eine Verbrecherin erkannt. Ich glaube, daß diese Verbrechen mit dem Bild und dem Haus am Kanal zu tun haben und mit dem Kind, das vielleicht dort getötet wurde."

„Tante Ada hat Mrs. Lancasters Bild bewundert, und Mrs. Lancaster hat es ihr geschenkt. Und vielleicht hat sie darüber geredet, woher sie es hatte, von wem und wo das Haus ist."

„Mrs. Moody ist umgebracht worden, weil sie eine Verbrecherin erkannt hat."

„Erzähl noch einmal genau, was Dr. Murray gesagt hat", forderte Tuppence ihn auf. „Nachdem er dir das von Mrs. Moody berichtet hatte, sprach er von bestimmten Mördertypen und zählte als Beispiel echte Fälle auf. So von einer Frau, die ein Altersheim leitete. Ich erinnere mich vage, davon gelesen zu haben, mir fällt aber der Name nicht mehr ein. Es ging darum, daß die alten Leute sie in ihrem Testament einsetzten und dafür bis zu ihrem Tode gut versorgt werden sollten. Es ging ihnen auch sehr gut, nur daß sie meistens schon nach einem Jahr starben. – Die Frau wurde verurteilt. Aber sie hatte kein schlechtes Gewissen und hat immer behauptet, die alten Menschen erlöst zu haben."

„Ja, das stimmt so", sagte Tommy.

„Und dann hat er noch einen Fall erwähnt. Von einer Haushälterin oder Köchin. Sie wechselte ständig die Stellungen. Manchmal geschah gar nichts, und manchmal gab es eine Massenvergiftung."

„Sie hat belegte Brote gemacht", erklärte Tommy. „Wenn mehrere Leute vergiftet wurden, war auch sie krank. Vermutlich hat sie das gespielt. So trieb sie es ein paar Jahre lang."

„Stimmt. Niemand hat begriffen, warum sie es tat. War es eine Sucht? Hat es ihr Spaß gemacht? Offenbar hatte sie keine persönliche Abneigung gegen ihre Opfer. War sie nicht ganz richtig im Kopf?"

„Das ist anzunehmen."

Nach einer Pause fuhr Tommy fort: „Der dritte Fall war noch verrückter. Die Frau war Französin. Sie hatte entsetzlich unter dem Tod ihres Mannes und ihres Kindes gelitten. Sie war der Gnadenengel . . ."

„Ja, ich weiß. Sie hieß der Engel von Givon oder so ähnlich. Sie pflegte alle kranken Nachbarn, besonders aber die Kinder. Nach einer anfänglichen Besserung starben sie jedoch. Sie weinte tagelang, und die Leute sagten –"

„Warum willst du das alles wiederkäuen, Tuppence?"

„Weil ich wissen möchte, ob Dr. Murray einen Grund hatte, gerade diese Fälle zu erwähnen."

„Meinst du, er sah eine Verbindung . . .?"

„Ich denke mir, daß er diese drei klassischen, wohlbekannten Fälle nahm, um sie jemandem im Haus Sonnenhügel anzupassen wie einen Handschuh. Auf Miss Packard könnte der erste Fall zutreffen. Die tüchtige Leiterin des Altersheims."

„Bist du nicht etwas voreingenommen gegen die arme Frau? Ich fand sie immer recht sympathisch."

„Es wird viele Leute geben, die einen Mörder gern haben", sagte Tuppence nüchtern. „Schwindler und Gauner sehen auch immer so ehrlich aus. Warum sollen Mörder nicht besonders nett und gutmütig wirken? - Immerhin: Miss Packard ist sehr tüchtig und hat jede Gelegenheit, ganz natürliche Todesfälle zu liefern, ohne Verdacht zu erwecken. Nur jemand wie unsere Mrs. Kakao konnte sie verdächtigen, und zwar deshalb, weil sie selbst nicht ganz normal war und Sinn für anormale Leute hatte - oder weil sie sie schon kannte."

„Ich glaube nicht, daß Miss Packard finanzielle Vorteile vom Tod ihrer Schützlinge haben könnte."

„Das weißt du nicht. Es wäre schlau, nicht aus allen Todesfällen Nutzen zu ziehen. Wenn sie ein oder zwei besonders reiche Frauen dazu bringt, ihr Geld zu vermachen, dann braucht sie immer noch einige ganz natürliche Todesfälle, von denen sie nicht profitiert. Könnte es nicht so sein, daß Dr. Murray - ich sage *könnte* - an Miss Packard gedacht hat? Der zweite Fall paßt vielleicht auf eine Köchin, ein Hausmädchen oder sogar auf eine Krankenschwester. Eine tüchtige, nicht mehr junge Frau mit einem Tick. Vielleicht hatten sie einige der alten Damen geärgert. Aber dazu kennen wir niemanden gut genug."

„Und der dritte Fall?"

„Der ist am kompliziertesten", gab Tuppence zu. „Jemand, der mitleidet, der verzweifelt ist ..."

„Vielleicht hat er den aus gutem Grund erwähnt. Ich muß an die irische Schwester denken."

„Die nette, der wir die Stola geschenkt haben?“

„Ja, die, die Tante Ada so gern hatte. Sie hatte alle so gern; sie war traurig, wenn sie starben. Als wir mit ihr sprachen, war sie beunruhigt. Du hast es erwähnt, weißt du noch, Tuppence? Sie ging fort, hat uns aber nicht gesagt, warum.“

„Ach, vielleicht war sie zu zart besaitet. Schwestern sollen nicht zu mitfühlend sein. Das ist nicht gut für die Patienten. Sie sollen kühl und tüchtig sein und Vertrauen erwecken.“

„Schwester Tuppence spricht aus Erfahrung!“ Tommy grinste.

„Um auf das Bild zurückzukommen“, sagte Tuppence, „ich finde interessant, was du von Mrs. Boscowan erzählt hast.“

„Sie war auch interessant“, sagte Tommy. „Die interessanteste Frau, die uns bisher in dieser Sache über den Weg gelaufen ist. Sie scheint Dinge zu wissen, ohne sie zu denken. Sie weiß zum Beispiel offenbar etwas über dieses Dorf, was wir nicht wissen.“

„Diese komische Sache mit dem Boot! Daß früher kein Boot auf dem Bild gewesen sein soll. Warum ist jetzt ein Boot da?“

„Ich weiß es nicht“, sagte Tommy.

„Stand auf dem Boot ein Name? Ich kann mich nicht erinnern. Aber ich habe es auch nie so genau angesehen.“

„Doch, *Waterlily* steht drauf.“

„Warte, woran erinnert mich das?“

„Keine Ahnung.“

„Oh“, rief Tuppence, „es gibt noch eine Möglichkeit. Ich meine, wer mich überfallen haben könnte. Ein Außenseiter - jemand, der mir von Market Basing gefolgt ist, um herauszubekommen, was ich vorhatte. Ich habe doch so viele Fragen gestellt. Ich war bei allen

Häusermaklern. Alle haben Ausflüchte gemacht und mir keine konkreten Antworten gegeben. Das war schon nicht mehr normal. Es war genauso wie damals, als wir überall nach Mrs. Lancaster fragten. Rechtsanwälte, Banken, ein Besitzer, den man nicht erreichen kann, weil er im Ausland ist. Tommy, immer dasselbe Muster! Jemand folgt mir; er will wissen, was ich tue – und dann bekomme ich einen Schlag über den Schädel. Und damit sind wir beim Grabstein auf dem Friedhof. Warum durfte ich diesen alten Grabstein nicht genauer ansehen?"

„Waren die Worte gemalt oder eingraviert?"

„Ich glaube, sie waren eingemeißelt. Von jemandem, der nichts davon verstand. Nur der Name: Lily Waters – und das Alter – sieben Jahre. Das war noch lesbar, aber dann kamen nur Bruchstücke: ‚Wer', glaube ich ... ‚geringsten einen' und ‚ärgert' ... und dann ‚Mühlstein'..."

„Das kommt mir bekannt vor."

„Es ist bestimmt aus der Bibel. Aber der, der es geschrieben hat, konnte sich vielleicht nicht genau an den Text erinnern."

„Das Ganze ist sehr merkwürdig."

„Wen kann ich gestört haben? Ich wollte doch nur dem Vikar helfen; und dem armen Mann, der nach seinem Kind suchte. – So, da wären wir wieder bei dem verlorenen Kind. Mrs. Lancaster hat von einem armen Kind gesprochen, das hinter dem Kamin eingemauert war; und Mrs. Copleigh hatte es mit eingemauerten Nonnen und mit einer Mutter, die ihr Baby umgebracht hat, mit einem Geliebten, einem unehelichen Kind und einem Selbstmord. – Es ist alles Tratsch und Klatsch, ein fürchterliches Schauermärchen. Trotzdem, Tommy, eine Tatsache gibt es, die nichts mit Gerede und Spukgeschichten zu tun hat."

„Und die wäre?“

„Daß im Kamin des Kanalhauses diese alte Puppe gelegen hat. Und zwar schon lange; denn sie war voller Ruß und Staub und Mörtel.“

„Schade, daß wir sie nicht haben“, sagte Tommy.

„Ich habe sie.“ Tuppence triumphierte.

„Hast du sie mitgenommen?“

„Ja. Ich wollte sie mir genauer ansehen. Es war doch keiner da, der sie haben wollte. Die Perrys hätten sie einfach in die Mülltonne geworfen. Hier ist sie.“ Sie stand vom Sofa auf und holte aus dem Koffer ein Päckchen, das mit Zeitungspapier umwickelt war.

Tommy packte das Wrack einer Puppe aus. Die Arme und Beine pendelten lose am Körper, und Fetzen des Kleides fielen ab, als er es berührte. Der Balg aus dünnem Handschuhleder mußte ehemals fest mit Sägemehl gestopft gewesen sein, war jetzt aber schlaff und zusammengeschrumpft. Das Leder war an verschiedenen Stellen aufgeplatzt. Obwohl Tommy sehr vorsichtig zufaßte, brach der Puppenkörper plötzlich auf, Sägemehl rieselte heraus und mit ihm einige kleine Steinchen, die über den Fußboden rollten. Tommy sammelte sie sorgfältig auf. Großer Gott, dachte er. Großer Gott!

„Wie komisch“, sagte Tuppence, „lauter Steine. Glaubst du, daß die auch aus dem Kamin stammen?“

„Nein. Sie waren in der Puppe.“

Er hatte sie alle aufgesammelt und steckte nun den Finger in den Puppenkörper und holte noch ein paar heraus. Er trug sie auf der Handfläche zum Fenster und drehte sie hin und her.

Tuppence beobachtete ihn verständnislos.

„Komisch, eine Puppe mit Steinchen zu füllen ...“

„Diese Steinchen haben es in sich“, sagte Tommy. „Ich kann mir denken, daß diese Füllung einen besonderen Grund hatte.“

„Wie meinst du das?"

„Sieh sie dir an. Nimm sie mal in die Hand."

Sie streckte verblüfft die Hand aus. „Steinchen", sagte sie dann, „nichts als kleinere und größere Steinchen. Worüber regst du dich so auf?"

„Weil mir ein Licht aufgeht, Tuppence. Ich begreife allmählich. Dies sind keine Steinchen, meine Liebe, es sind Diamanten!"

# 15

„Diamanten?" Tuppence schnappte nach Luft. Sie starrte auf die Steinchen, die sie immer noch in der Hand hielt, und sagte: „Diese staubigen Dinger? *Diamanten*?"

Tommy nickte. „Jetzt endlich kommt in die ganze Angelegenheit Sinn, Tuppence. Es paßt alles zusammen. Das Kanalhaus, das Bild. Warte nur, was Ivor Smith sagt, wenn er von der Puppe hört. Du bekommst den größten Blumenstrauß deines Lebens . . ."

„Wofür?"

„Dafür, daß er mit deiner Hilfe einer Verbrecherorganisation das Handwerk legt."

„Ach, dieser Ivor Smith! Da hast du also in der letzten Woche gesteckt, als du mich in dem traurigen Krankenhaus allein ließest, wo ich dich so nötig gehabt hätte."

„Ich war an jedem Abend zur Besuchszeit bei dir."

„Du hast mir aber sehr wenig erzählt."

„Dieser Drachen von Schwester hat es verboten. Du solltest nicht aufgeregt werden. Aber übermorgen kommt Ivor, und wir veranstalten im Pfarrhaus ein geselliges Beisammensein."

„Wer ist gesellig beisammen?"

„Mrs. Boscowan, einer der örtlichen Großgrundbesitzer, deine Freundin Nellie Bligh, der Vikar natürlich, dann du und ich ..."

„Und Mr. Ivor Smith. Wie heißt der denn wirklich?"

„Soweit ich weiß, Ivor Smith."

Tuppence lachte plötzlich. „Du bist immer so vorsichtig ... Ich hätte dich wirklich gern beobachtet, als du mit Albert die Geheimfächer in Tante Adas Schreibtisch gesucht hast."

„Das war Alberts Verdienst. Er hat mir sogar eine Vorlesung darüber gehalten."

„Und ausgerechnet Tante Ada legt ein versiegeltes Dokument in ein Geheimfach! Dabei hat sie nichts gewußt; sie konnte nur vermuten. Ob sie jemals an Miss Packard gedacht hat?"

„Auf die Idee bist bisher nur du gekommen."

„Es ist eine sehr gute Idee, wenn wir nach einer Verbrecherbande suchen. Die brauchen einen Platz wie den Sonnenhügel: gut renommiert, gut geleitet – von einer hochbegabten Kriminellen, von einer Frau, die jederzeit an alle rezeptpflichtigen Medikamente kommt, die sie braucht ..."

„Das hast du dir alles sehr hübsch zurechtgelegt, aber angefangen hat es damit, daß du Miss Packard verdächtigt hast, weil ihre Zähne dir nicht gefielen."

„Damit ich dich besser fressen kann", sagte Tuppence nachdenklich. „Und nun noch was, Tommy. Stell dir mal vor, daß das Bild – das Bild vom Kanalhaus – Mrs. Lancaster nie gehört hat ..."

„Aber das wissen wir doch genau." Tommy starrte sie an.

„Nein, eben nicht. Wir wissen, daß Miss Packard das behauptet hat. Miss Packard hat gesagt, Mrs. Lancaster hätte es Tante Ada geschenkt."

„Aber warum sollte sie ..." Tommy verstummte.

„Vielleicht mußte Mrs. Lancaster deswegen fort - damit sie uns nicht sagen konnte, daß es ihr nicht gehörte und sie es Tante Ada nie geschenkt hat."

„Ist das nicht etwas abwegig?"

„Vielleicht. Aber das Bild ist in Sutton Chancellor gemalt worden. Das Haus auf dem Bild gehört zu Sutton Chancellor. Wir haben Grund zu der Vermutung, daß das Haus von einer Verbrecherbande als Versteck gebraucht wurde - oder wird. Mr. Eccles soll der Kopf dieser Bande sein. Mr. Eccles aber hat Mrs. Johnson geschickt, um Mrs. Lancaster fortzubringen. Ich glaube nicht, daß Mrs. Lancaster jemals in Sutton Chancellor oder im Kanalhaus war oder ein Bild von ihm hatte. Wahrscheinlich aber hat sie jemanden im Sonnenhügel davon reden gehört. Mrs. Kakao vielleicht? Sie fing an zu plappern - das war gefährlich -, also mußte sie entfernt werden. Aber eines Tages werde ich sie finden!"

„Das hohe Ziel der Mrs. Thomas Beresford!"

„Sie sehen erstaunlich gut aus, Mrs. Tommy", sagte Mr. Ivor Smith.

„Ich fühle mich auch gut", erklärte Tuppence. „Aber es war natürlich sehr dumm, daß ich mich habe niederschlagen lassen."

„Dafür verdienen Sie einen Orden - und erst für die Puppe! Ich weiß nicht, wie Sie immer auf so etwas stoßen."

„Sie ist ein Jagdhund", sagte Tommy. „Sie setzt die Nase auf eine Spur und rennt los."

„Wollen Sie mich etwa heute abend von dieser Gesellschaft ausschließen?" fragte Tuppence voller Argwohn.

„Aber nein. Inzwischen hat sich ja schon einiges geklärt. Ich kann Ihnen gar nicht sagen, wie dankbar ich Ihnen beiden bin. Endlich kommen wir an diese Bande heran, die uns seit sechs Jahren mit ihren Einbrüchen zum Narren gehalten hat. Ich hab' es Tommy bereits gesagt, als er kam, um sich nach unserem Freund, Mr. Eccles, zu erkundigen: Verdächtigt haben wir ihn schon lange, aber er ist ein Mann, gegen den keiner gern aussagt. Er ist viel zu vorsichtig und versteckt sich hinter einem normalen Anwaltsberuf, in dem er ganz normal für ganz normale Klienten arbeitet.

Und einer der wenigen Ansatzpunkte waren diese vielen Häuser. Ordentliche Häuser, in denen ordentliche Leute wohnen - nur, daß sie nie lange dort wohnten. Sie zogen bald wieder aus.

Und nun haben wir - und das verdanken wir allein Ihnen, Mrs. Tommy - zum erstenmal wirklich eins dieser Häuser gefunden. Ein Haus, in dem ein Teil der Beute versteckt war. Es ist wirklich ein gutes System, Geld oder Schmuck in Rohdiamanten umzutauschen und diese zu verstecken. Wenn dann Gras über die Sache gewachsen ist, kann man das Zeug im Flugzeug oder mit einem Fischerboot ins Ausland schaffen."

„Und was ist mit den Perrys? Haben die etwas damit zu tun? - Hoffentlich nicht."

„Das kann man jetzt noch nicht sagen", erklärte Mr. Smith. „Aber ich fürchte doch, daß wenigstens Mrs. Perry etwas weiß - oder früher gewußt hat."

„Sie meinen, sie könnte zu der Bande gehören?"

„Das muß sie nicht unbedingt. Aber es könnte sein, daß diese Leute sie in der Hand haben."

„Warum?"

„Was ich Ihnen jetzt sage, ist streng vertraulich. Bitte sprechen Sie nicht darüber: Unsere Polizei vermutet seit langem, daß Amos Perry für mehrere Kindermorde verantwortlich ist, die hier vor vielen Jahren begangen wurden. Er ist nicht normal. Die Ärzte halten es für möglich, daß er aus einem Zwang heraus Kinder umbringen könnte. Man hat ihm nie etwas nachweisen können, aber seine Frau bemühte sich etwas zu sehr, ihm immer hieb- und stichfeste Alibis zu verschaffen. Wenn nun skrupellose Verbrecher davon erfahren – möglicherweise auch etwas wissen –, haben sie die Frau in der Hand. Vielleicht haben sie sie gezwungen, das Haus zu mieten. Aber Sie kennen das Ehepaar ja, Mrs. Tommy. Was halten Sie von den Leuten?"

„Die Frau mochte ich", sagte Tuppence. „Sie war – na, ich habe sie eine freundliche Hexe genannt. Wenn sie zaubern kann, zaubert sie Gutes und nicht Böses."

„Und er?"

„Vor ihm hatte ich Angst. Nicht ständig, aber manchmal. Er wurde plötzlich groß und furchteinflößend. Ein oder zwei Minuten lang hatte ich Angst, ohne zu wissen, aus welchem Grund. Vielleicht, weil ich spürte, daß er nicht normal ist."

Mr. Smith sagte: „Es gibt viele solche Menschen. Meistens sind sie ganz harmlos. Aber man weiß es eben nicht, und man kann nie ganz sicher sein."

„Und warum gehen wir heute abend ins Pfarrhaus zu Besuch?"

„Um Fragen zu stellen, Leute zu sehen und Dinge herauszufinden, die für uns wichtig sind."

„Wird Major Waters dasein? Der Mann, der dem Vikar wegen seiner Tochter geschrieben hat?"

„Den scheint es nicht zu geben! In dem Grab, an dem der alte Grabstein gestanden hat, war ein Bleisarg, ein Kindersarg. Er war mit Juwelen gefüllt, die von einem Einbruch in der Nähe von St. Albans stammten."

„Oh, meine Liebe! Ich bin zutiefst bekümmert." Der Vikar kam Tuppence mit ausgestreckten Armen entgegen. „Es hat mich so erschüttert, daß Ihnen das geschehen mußte, wo Sie mir doch aus reiner Freundlichkeit geholfen haben. Ich war – ja, ich war schuldbewußt. Ich hätte Sie nicht allein nach Grabsteinen suchen lassen sollen. Aber wie konnten wir auch darauf kommen, daß junge Rowdies ..."

„Nun beruhigen Sie sich doch, Herr Vikar", sagte Miss Bligh, die plötzlich neben ihm auftauchte. „Mrs. Beresford weiß ganz bestimmt, daß Sie nichts dafürkönnen. Und es war wirklich sehr freundlich, daß sie Ihnen helfen wollte, aber das ist nun doch alles vorbei. Und es geht ihr wieder gut, nicht wahr, Mrs. Beresford?"

„Ja, natürlich", sagte Tuppence. Sie war ein wenig verärgert, daß Miss Bligh so sicher über ihr Wohlbefinden verfügte.

„Kommen Sie, setzen Sie sich. Ich schiebe Ihnen ein Kissen hinter den Rücken", offerierte Miss Bligh.

„Ich brauche kein Kissen", sagte Tuppence und machte einen Bogen um den Stuhl, den Miss Bligh ihr anbot. Sie setzte sich auf einen hohen, sehr unbequemen Stuhl auf der anderen Seite des Kamins.

An der Haustür wurde so energisch geklopft, daß alle Gäste zusammenfuhren. Miss Bligh eilte zur Tür. „Lassen Sie nur, Herr Vikar", rief sie, „ich gehe schon."

Aus der Diele hörte man leises Stimmengemurmel, dann kam Miss Bligh zurück. Ihr folgten eine große Dame im Brokatkleid und ein sehr knochiger Mann, der wie ein lebendiger Leichnam aussah. Tuppence starrte ihn an. Um die Schultern trug er einen schwarzen Umhang, und sein asketisches Gesicht schien aus einem anderen Jahrhundert, aus einem Gemälde von El Greco, zu stammen.

„Ich freue mich sehr", sagte der Vikar und drehte sich ihnen zu. „Darf ich bekannt machen, Sir Philip Starke, Mr. und Mrs. Beresford, Mr. Ivor Smith. Oh, Mrs. Boscowan! Wie viele Jahre ist es her, seit wir uns gesehen haben? – Mr. und Mrs. Beresford."

„Mr. Beresford kenne ich schon", sagte sie und

musterte Tuppence. „Guten Tag, ich freue mich, Sie kennenzulernen. Ich habe gehört, daß Sie einen Unfall hatten."

„Ja, aber jetzt geht es mir wieder gut."

Tuppence war plötzlich sehr müde. Das geschah jetzt öfter als früher, vermutlich war es eine Folge der Gehirnerschütterung. Sie saß ganz still, hielt die Augen halb geschlossen und beobachtete dennoch alle Anwesenden sehr aufmerksam. Sie achtete nicht auf das Gespräch, sondern sah sich nur um. Es kam ihr vor, als seien sie alle Akteure eines Dramas, die eine bestimmte Szene probten. Langsam ging es dem Höhepunkt entgegen. Durch die Ankunft von Sir Philip Starke und Mrs. Boscowan waren zwei bisher unbekannte Hauptdarsteller hinzugekommen. Sie waren auch vorher dagewesen, aber im Hintergrund. Und nun standen sie plötzlich im Mittelpunkt. Sie waren an diesem Abend gekommen – warum? Hatte man sie herbeordert? Ivor Smith? Hatte er ihr Kommen verlangt oder sie nur höflich darum gebeten?

Es hat am Sonnenhügel angefangen, dachte Tuppence, aber das ist nicht der zentrale Punkt. Der war und ist hier in Sutton Chancellor. Hier ist alles geschehen. Nicht erst vor kurzem, nein, schon vor langer Zeit. Es sind Dinge, die nichts mit Mrs. Lancaster zu tun haben – aber Mrs. Lancaster ist darin verstrickt, ohne es zu wissen. Wo ist Mrs. Lancaster jetzt? – Ein Schaudern überlief sie. – Ich glaube, sie ist tot.

Tuppence ließ den Blick zu Sir Philip Starke wandern. Sie wußte nur das von ihm, was Mrs. Copleigh in ihrem Monolog über die Bewohner des Ortes erzählt hatte. Ein stiller Gelehrter, Botaniker und Industrieller. Also ein reicher Mann – ein Mann, der Kinder sehr liebte. Und da war sie wieder bei den Kindern. Das Haus am Kanal, der Vogel im Kamin. Aus dem Kamin war eine

Puppe gefallen. Eine Puppe, in der eine Handvoll Diamanten gewesen war - die Beute eines Verbrechens. Aber es hatte schwerere Verbrechen gegeben als Raub. Mrs. Copleigh hatte gesagt: „Ich habe immer das Gefühl gehabt, daß er es gewesen sein könnte."

Sir Philip Starke - ein Mörder? Mit halbgeschlossenen Augen betrachtete Tuppence ihn. Sie war sich genau bewußt, daß sie feststellen wollte, ob sie ihn sich als Mörder vorstellen konnte - und zwar als Kindesmörder.

Wie alt mochte er sein? Mindestens siebzig, vielleicht älter. Ein müdes Asketengesicht. Ja, asketisch, vom Leid gezeichnet. Diese großen, dunklen Augen. El-Greco-Augen. Der ausgemergelte Körper. Warum war er heute abend gekommen?

Ihre Augen richteten sich auf Miss Bligh. Sie rückte mal ein Tischchen näher zu einem der Gäste, bot Kissen an, schob eine Zigarettenschachtel oder Streichhölzer hin und her. Unruhig, befangen. Sie sah Sir Philip Starke an. Jedesmal, wenn sie still saß, ruhte ihr Blick auf ihm.

Hündische Ergebenheit, dachte Tuppence. Sie muß ihn mal sehr geliebt haben. Nein, sie liebt ihn immer noch. Man hört nicht auf, jemanden zu lieben, nur weil man alt wird. Junge Leute wie Derek und Deborah denken das. Aber ich glaube, daß sie immer noch in ihn verliebt ist. Sie liebt ihn hoffnungslos und voller Hingabe. Wer hat denn gesagt, daß Miss Bligh in ihrer Jugend seine Sekretärin war und daß sie sich immer noch um seine Angelegenheiten kümmert? Der Vikar? Mrs. Copleigh?

Sekretärinnen verlieben sich oft in ihre Chefs. Nehmen wir also an, Gertrude Bligh hat Philip Starke geliebt. Hat das als Tatsache eine Bedeutung? Hat Miss Bligh gewußt, daß sich hinter diesem stillen Asketengesicht ein entsetzlicher Wahnsinn verbarg? *Er hat Kinder so gern.*

Wenn man kein Psychiater ist, dachte Tuppence, weiß man so wenig über die Motive verrückter Mörder. Warum müssen sie Kinder ermorden? Woher kommt dieser Zwang? Bereuen sie hinterher? Sind sie entsetzt, verzweifelt, unglücklich?

In diesem Augenblick merkte sie, daß er sie ansah. Er sah ihr gerade in die Augen, und sein Blick schien ihr etwas mitzuteilen.

Du denkst über mich nach, sagten die Augen. Ja, das, was du denkst, ist wahr. Ich bin ein Gejagter.

Sie zwang sich, den Blick abzuwenden, und sah nun den Vikar an. Sie hatte ihn gern. Er war ein guter Mensch. Wußte er etwas? Vielleicht, aber es mochte auch sein, daß er inmitten eines bösen Gespinstes lebte, von dem er nichts ahnte. Vielleicht geschah um ihn herum Böses, das er nicht erkannte, weil er im Zustand reiner Unschuld lebte.

Mrs. Boscowan? Mit Mrs. Boscowan kannte man sich nicht so leicht aus. Eine Frau in mittleren Jahren – eine Persönlichkeit, hatte Tommy gesagt –, aber das drückte nicht genug aus. Als hätte Tuppence sie dazu veranlaßt, erhob sich Mrs. Boscowan plötzlich und sagte: „Ich würde gern mal eben nach oben gehen."

„Ach, ja!" Miss Bligh sprang auf.

„Oh, ich kenne mich hier aus", sagte Mrs. Boscowan. „Lassen Sie nur – Mrs. Beresford? Kommen Sie mit? Ich zeige Ihnen den Weg."

So gehorsam wie ein Kind stand Tuppence auf. Sie wußte, daß sie einen Befehl erhalten hatte. Wenn Mrs. Boscowan befahl, gehorchte man. Als sie so weit gedacht hatte, war Mrs. Boscowan schon in der Diele, und Tuppence folgte ihr. Mrs. Boscowan stieg die Treppe hinauf. Tuppence ebenfalls.

„Das Gästezimmer ist gleich oben auf dem Treppenabsatz", sagte Mrs. Boscowan. „Es ist immer in Ordnung, und es hat ein Bad." Sie öffnete die Tür und knipste Licht an.

„Ich bin sehr froh, Sie hier getroffen zu haben. Ich hatte darauf gehofft. Ich war Ihretwegen beunruhigt. Hat Ihr Mann Ihnen das gesagt?"

„Doch, ich habe ihn so verstanden."

„Ja, ich habe mir Sorgen gemacht." Sie schloß die Tür, als sei dies ein Privatraum für Privatunterhaltungen, was er damit auch wurde. „Ist Ihnen eigentlich aufgegangen", fragte Emma Boscowan, „daß Sutton Chancellor ein gefährlicher Ort ist?"

„Für mich war es bereits gefährlich."

„Ja, ich weiß. Ein Glück, daß es nicht schlimmer gekommen ist, aber schließlich ... ich verstehe es."

„Sie wissen etwas", sagte Tuppence. „Sie wissen etwas über all diese Dinge, nicht wahr?"

„Einerseits ja", antwortete Mrs. Boscowan, „andererseits nein. Es gibt Instinkte und Ahnungen ... Und wenn sie sich als richtig herausstellen, dann ist das beunruhigend. Die Sache mit der Verbrecherbande ist so unglaublich. Sie scheint auch nichts mit ..." Sie brach mitten im Satz ab. „Na, ich meine, so etwas hat es schon immer gegeben, nur ist heute alles so gut organisiert wie – wie ein Geschäftsbetrieb. Und eigentlich ist nichts Gefährliches dabei. Das *andere* ist gefährlich. Es geht darum, daß man weiß, wo die Gefahr ist und wie man sich vor ihr schützt. Sie müssen vorsichtig sein, Mrs. Beresford. Sie gehören zu den Menschen, die in alles hineinrennen, und das sollten Sie nicht. Nicht hier."

Tuppence sagte langsam: „Meine alte Tante – oder vielmehr Tommys alte Tante – hat in dem Altersheim, in dem sie auch gestorben ist, von jemandem gehört, daß es eine Mörderin im Haus gäbe."

Emma nickte vor sich hin.

„Es gab zwei Todesfälle, die dem Arzt merkwürdig vorkamen."

„Hat das den Anstoß für Sie gegeben?"

„Nein", sagte Tuppence. „Das war schon früher."

„Können Sie mir erzählen – so schnell wie es geht, weil wir gestört werden könnten –, was in diesem Altersheim passiert ist und was Sie auf die Spur gebracht hat?"

„Ja, natürlich." Tuppence begann sofort.

„Aha", sagte Emma Boscowan endlich. „Und Sie wissen nicht, wo diese alte Dame, diese Mrs. Lancaster, jetzt ist?"

„Nein."

„Glauben Sie, daß sie tot ist?"

„Ich halte es für möglich."

„Weil sie etwas gewußt hat?"

„Ja. Sie hat etwas gewußt. Über einen Mord. Vielleicht über einen Mord an einem Kind."

„Ich glaube, daß Sie sich da irren. Das Kind ist zufällig hineingeraten. Ihre alte Dame muß das Kind mit einem anderen Fall verwechselt haben oder mit einem anderen Mord."

„Das ist natürlich möglich. Alten Leuten passiert das. Aber hier hat es Kindesmorde gegeben, das stimmt doch? Die Frau, bei der ich gewohnt habe, hat es erzählt."

„Ja, in der Gegend wurden mehrere Kinder ermordet. Aber das ist schon lange her. Ich weiß nichts Genaues darüber. Der Vikar wahrscheinlich auch nicht. Er war damals noch nicht hier. Aber Miss Bligh, die muß hiergewesen sein. Sie war damals sicher noch jung."

Plötzlich fragte Tuppence: „War sie eigentlich schon immer in Sir Philip verliebt?"

„Haben Sie es bemerkt? Ja, ich glaube schon. Sie ist ihm so ergeben, daß es an Götzendienerei grenzt. Uns fiel es schon bei unserem ersten Besuch auf. William und mir, meine ich."

„Warum sind Sie hergekommen? Haben Sie im Kanalhaus gewohnt?"

„Nein, gewohnt haben wir da nie. Er hat es gern gemalt. Mehrmals sogar. Was ist aus dem Bild geworden, das Ihr Mann mir gezeigt hat?"

„Er hat es wieder nach Hause gebracht. Er hat mir die Sache von dem Boot erzählt, das Ihr Mann nicht gemalt hat. Das Boot mit dem Namen *Waterlily* . . ."

„Er hat es tatsächlich nicht gemalt. Als ich das Bild zum letztenmal sah, war kein Boot darauf. Irgend jemand hat es später gemalt."

„Und *Waterlily* getauft. Und ein Mann, den es nicht gibt – ein Major *Waters* –, hat in einem Brief nach einem Kindergrab gefragt. Nach einem Kind namens Lilian. – Aber in dem Grab war kein Kind, sondern nur ein Kindersarg mit der Beute aus einem großen Einbruch. Das Boot auf dem Bild muß als Botschaft gedient haben – als Hinweis auf das Versteck . . ."

„Es scheint so, ja . . . Aber man kann nicht wissen –" Emma Boscowan verstummte schlagartig. Sie flüsterte rasch: „Sie sucht uns. Gehen Sie ins Bad . . ."

„Wer?"

„Nellie Bligh. Rasch! Schließen Sie ab!"

„Sie glaubt nur, sich um alles kümmern zu müssen", sagte Tuppence unter der Badezimmertür.

„Wenn es nur das wäre . . ."

Miss Bligh öffnete die Tür und kam lebhaft und eifrig herein. „Hoffentlich haben Sie alles gefunden? Sind genug Handtücher da? Und Seife? Mrs. Copleigh putzt ja für den Herrn Vikar, aber ich muß doch immer aufpassen, daß alles in Ordnung ist."

Mrs. Boscowan und Miss Bligh gingen zusammen nach unten. Tuppence folgte ihnen. Als sie ins Zimmer trat, erhob sich Sir Philip Starke, rückte ihr den Stuhl zurecht und setzte sich neben sie. „Sitzen Sie auch bequem, Mrs. Beresford?"

„Oh, danke, ausgezeichnet."

„Es tut mir leid, daß Sie diesen Unfall hatten", sagte er. Seine Stimme klang angenehm, wenn auch merkwürdig resonanzlos.

Seine Augen erforschten ihr Gesicht. Er prüft mich ebenso gründlich, wie ich ihn geprüft habe, dachte Tuppence. Sie warf einen Seitenblick auf Tommy, aber Tommy sprach mit Emma Boscowan.

„Wie sind Sie eigentlich gerade nach Sutton Chancellor gekommen, Mrs. Beresford?"

„Ach, wir suchen so ein bißchen herum. Wir möchten demnächst aufs Land ziehen. Mein Mann war ein paar Tage verreist, da habe ich die Gelegenheit genutzt, mir die Gegend hier anzusehen und mich nach Häusern und Preisen zu erkundigen."

„Ich habe gehört, daß Sie auch das Haus am Kanal besichtigt haben."

„Ja. Ich habe es früher einmal vom Zug aus gesehen, und es hat mir schon damals so gut gefallen. Von außen wenigstens."

„Ja. Ich fürchte nur, daß sogar die Reparatur der Außenseite viel Geld kosten wird. Allein schon das Dach. Die Rückseite ist enttäuschend, finden Sie nicht auch?"

„Ja. Es ist ja wohl auch eine seltsame Idee, ein Haus so zu teilen."

„Menschen haben oft seltsame Ideen."

„Haben Sie jemals in dem Haus gewohnt?" fragte Tuppence.

„Nein, nie. Mein Haus ist vor vielen Jahren abgebrannt. Ein kleiner Teil steht noch. Sie haben es sicher gesehen. Es liegt oberhalb des Pfarrhauses auf dem

Berg. Schön war es nie. Mein Vater hat es in den neunziger Jahren gebaut. Viel Gotik und ein Hauch Balmoral. Heute finden die Architekten das wieder schön, aber vor vierzig Jahren schlugen sie die Hände über dem Kopf zusammen. Es war alles da, was damals zu einem herrschaftlichen Haus gehörte." Seine Stimme wurde ironisch. „Ein Billardzimmer, ein Frühstückszimmer, ein Boudoir, ein riesiger Speisesaal, ein großer Saal für Bälle, vierzehn Schlafzimmer – und eben auch vierzehn Dienstboten."

„Es hört sich an, als hätten Sie das Haus nie sehr gern gehabt."

„Das habe ich auch nicht. Ich war für meinen Vater eine Enttäuschung. Er war ein erfolgreicher Industrieller und hoffte, ich würde in seine Fußstapfen treten. Und das habe ich nicht getan. Er hat es mir nicht übelgenommen. Er hat mich reichlich mit Geld ausgestattet und mich meine eigenen Wege gehen lassen."

„Ich habe gehört, daß Sie Botaniker sind."

„Ja, das ist eine sehr entspannende Nebenbeschäftigung. Ich habe Wildblumen gesammelt, besonders auf dem Balkan. Waren Sie jemals auf dem Balkan? Es ist eine herrliche Gegend zum Botanisieren."

„Schon die Vorstellung ist verlockend. Haben Sie zwischen Ihren Reisen hier gewohnt?"

„Schon seit vielen Jahren nicht mehr, seit dem Tod meiner Frau."

„Oh", murmelte Tuppence ziemlich verlegen, „entschuldigen Sie ..."

„Es ist schon lange her. Sie ist vor dem Krieg gestorben, 1938." Dann fügte er hinzu: „Sie war eine sehr schöne Frau."

„Haben Sie Bilder von ihr in Ihrem Haus?"

„Nein. Das Haus steht leer. Ich habe nur noch ein Schlafzimmer, ein Wohnzimmer und ein Büro für meinen Verwalter oder für mich, wenn ich kommen muß, um mich um den Besitz zu kümmern."

„Haben Sie denn nie etwas davon verkauft?"

„Nein. Es wird zwar jetzt von einem Besiedlungsplan gesprochen, aber ich weiß nicht ... Nicht daß ich irgendwelche Bindungen an das Land hätte. Mein Vater träumte von einer Art Feudalbesitz, der auf mich und meine Kinder übergehen sollte. Aber Julia und ich haben nie Kinder gehabt."

Tuppence nickte stumm.

„Es zieht mich nichts hierher. Ich komme deshalb auch fast nie. Was geschehen muß, erledigt Nellie Bligh für mich."

Er lächelte ihr zu. „Sie ist eine ganz ungewöhnlich gute Sekretärin gewesen, und sie arbeitet immer noch für mich."

„Und Sie kommen nie, wollen aber trotzdem nicht verkaufen?" fragte Tuppence verwundert.

„Ach, dafür gibt es einen guten Grund." Ein leichtes Lächeln glitt über sein strenges Gesicht. „Vielleicht habe ich doch etwas vom Geschäftssinn meines Vaters geerbt. Das Land ist ungeheuer im Wert gestiegen, und es ist eine bessere Vermögensanlage als alles Bargeld, das ich beim Verkauf bekommen hätte. Wer weiß, vielleicht entsteht hier eines Tages eine große Wohnsiedlung."

„Und dann sind Sie reich?"

„Dann bin ich noch reicher als jetzt", sagte Sir Philip, „und dabei bin ich schon reich genug."

„Und womit beschäftigen Sie sich?"

„Ich reise; ich habe geschäftlich in London zu tun. Übrigens habe ich dort eine Bildergalerie. Ich bin nebenbei Kunsthändler. All das beschäftigt mich und vertreibt mir die Zeit, bis sich eines Tages eine Hand auf meine Schulter legt und jemand ‚Komm!' sagt."

„Oh, lassen Sie das", sagte Tuppence. „Das klingt ... ich bekomme ja direkt eine Gänsehaut."

„Das braucht man aber nicht. Ich glaube, daß Sie lange und glücklich leben werden, Mrs. Beresford."

„Ach, im Moment bin ich glücklich", sagte Tuppence. „Aber wahrscheinlich steht mir all das bevor, was das Alter so mit sich bringt: Ich werde taub und blind werden und Arthritis und andere Krankheiten bekommen."

„Und wahrscheinlich werden Sie nicht so darunter leiden, wie Sie jetzt glauben. Wenn Sie mich nicht für taktlos halten, möchte ich sagen, daß Sie und Ihr Mann ein glückliches Leben zu führen scheinen."

„Das tun wir", bestätigte Tuppence. „Doch, wir sind glücklich." Sie lachte. „Es geht eben nichts über eine gute Ehe."

In der nächsten Sekunde bereute sie bitter, dies gesagt zu haben. Sie sah den Mann vor sich, der so lange Jahre getrauert hatte und vielleicht immer noch trauerte. Sie war wütend auf sich selbst.

# 16

Ivor Smith und Tommy unterbrachen ihr Gespräch, wechselten einen Blick und betrachteten Tuppence. Tuppence starrte auf den Kamin. Sie war weit fort.

„Wo bist du?" fragte Tommy.

Mit einem Seufzer kehrte Tuppence aus Gedankenfernen in die Gegenwart zurück. „Es ist immer noch alles so verwickelt. Was sollte eigentlich diese Gesellschaft gestern abend?" Ihr Blick richtete sich auf Ivor Smith. „Für Sie und Tommy hat sie anscheinend einen Sinn gehabt. Wissen Sie denn jetzt, woran wir sind?"

„Das möchte ich nicht gerade behaupten", sagte er.

„Aber wir suchen ja auch nach verschiedenen Dingen, oder nicht?"

„Doch."

Die beiden Männer sahen sie fragend an.

„Schön", sagte Tuppence. „Ich bin eine Frau mit einer fixen Idee. *Ich suche Mrs. Lancaster!* Ich will sicher sein, daß es ihr gutgeht."

„Dann mußt du zuerst Mrs. Johnson finden", sagte Tommy.

„Mrs. Johnson", wiederholte Tuppence. „Ich möchte wissen ..." Sie wandte sich an Ivor Smith: „Aber für Sie ist diese Seite der ganzen Angelegenheit uninteressant."

„Durchaus nicht, Mrs. Tommy. Sie interessiert mich sehr."

„Und was ist mit Mr. Eccles?"

Ivor lächelte. „Ich könnte mir denken, daß ihn demnächst das Schicksal ereilt. Aber beschwören möchte ich das nicht. Er kann seine Spuren so fabelhaft verdecken, daß man meint, es hätte nie welche gegeben." Nachdenklich fügte er hinzu: „Ein großer Organisator. Ein großer Planer."

„Gestern abend", begann Tuppence und zögerte. „Darf ich Fragen stellen?"

„Du darfst sie stellen", sagte Tommy. „Aber rechne nicht zu fest damit, daß du zufriedenstellende Antworten bekommst."

„Sir Philip Starke – was hat er damit zu tun? Ich kann ihn mir nicht als Verbrecher vorstellen ... es sei denn ..." Sie verschluckte rasch den Hinweis auf Mrs. Copleighs Lieblingsverdächtigungen bezüglich der Kindesmorde.

„Sir Philip Starke liefert uns sehr wichtige Informationen", erklärte Ivor Smith. „Er hat den größten Grundbesitz, nicht nur hier, sondern auch in anderen Gebieten Englands."

„Auch in Cumberland?"

Ivor Smith sah Tuppence scharf an. „In Cumberland? Wie kommen Sie auf Cumberland? Was wissen Sie von Cumberland?"

„Nichts. Es ist mir nur so in den Sinn gekommen", sagte Tuppence. Sie runzelte die Stirn und machte ein erstauntes Gesicht. „Und eine rotweiß gestreifte Rose bei einem Haus - eine alte Rosensorte." Sie schüttelte den Kopf. „Gehört das Kanalhaus Sir Philip?"

„Das Land gehört ihm. Ihm gehört hier fast alles Land."

„Ja, davon hat er gestern gesprochen."

„Von ihm haben wir viel über alle möglichen Pachtverträge gehört, die sehr geschickt verschleiert waren ..."

„Diese Maklerfirma auf dem Marktplatz ... Stimmt mit der etwas nicht, oder habe ich mir das nur eingebildet?"

„Das haben Sie sich nicht eingebildet. Wir werden uns heute dort zeigen und sehr unbequeme Fragen stellen."

„Ausgezeichnet", sagte Tuppence.

„Wir waren recht erfolgreich. Wir haben den großen Postraub von 1965 aufgeklärt, dann den Raub von Albury Cross und den Postzug-Überfall in Irland. Wir haben einen Teil der Beute gefunden. Sehr geschickte Verstecke hatten sie sich in diesen Häusern angelegt. In einem war es ein eingebautes Bad, in einem anderen ein neuer Küchentrakt, in dem alle Räume etwas kleiner waren, als sie sein mußten. Oh, wir haben viel gefunden."

„Aber wer sind die Leute?" fragte Tuppence. „Ich meine die Leute, die alles geplant und geleitet haben. Außer Mr. Eccles muß es doch noch andere Drahtzieher gegeben haben."

„Ja. Zwei Männer. Einer hatte ein Nachtlokal. Es lag sehr günstig, direkt an der M I. Happy Hamish nennen sie ihn. Er ist aalglatt. Dann wissen wir noch von einer Frau - der sogenannten Killer-Kate -, aber das ist lange her. Sie war ein wunderschönes Mädchen, nur nicht ganz normal. Man hat sie ausgebootet, weil sie zu gefährlich wurde. Unsere Freunde haben einen gutgeleiteten Konzern - sie sind auf Beute aus, nicht auf Mord."

„Und das Kanalhaus war eins ihrer Verstecke?"

„Früher einmal. *Flußwiese* hieß es damals. Es hat immer wieder andere Namen gehabt."

„Um die Dinge komplizierter zu machen, vermutlich", meinte Tuppence. „Flußwiese?"

„Ja. Warum fragen Sie?"

„Das dumme ist", seufzte Tuppence, „daß ich selbst nicht mehr weiß, was ich suche. Mit dem Bild geht es mir ebenso. Boscowan hat es gemalt, und ein anderer hat ein Boot hineingekleckst und es ..."

„... Tigerlily genannt."

„Nein, Waterlily. Mrs. Boscowan ist sicher, daß das Boot nicht von ihrem Mann stammt. Sie ist übrigens ziemlich furchteinflößend."

„Mrs. Boscowan?"

„Ja. Ich meine, sie ist so gewaltig ... so überwältigend."

„Ich verstehe."

„Sie weiß alles", fuhr Tuppence fort. „Es gibt eben Dinge, die man fühlt und deshalb weiß."

„Das scheint mir deine Methode zu sein, Tuppence."

Tuppence folgte ihren eigenen Gedanken. „Du kannst sagen, was du willst, aber das Ganze dreht sich um Sutton Chancellor, um das Kanalhaus und um die Menschen, die dort gewohnt haben, jetzt und früher. Manches muß schon vor langer Zeit gewesen sein."

„Du denkst an Mrs. Copleigh?"

„Ach, Mrs. Copleigh hat viel dazugedichtet und dadurch alles noch mehr verwirrt. Ich glaube, sie hat auch zeitlich alles durcheinandergebracht."

„Das kommt leicht vor, besonders auf dem Land."

„Das weiß ich“, sagte Tuppence. „Ich bin in einem Pfarrhaus auf dem Land aufgewachsen. Dort datiert man nach Ereignissen und nicht nach Jahren. Niemand sagt: ‚Das war 1930 oder 1925‘, sondern sie sagen: ‚Das war im Jahr nach dem Brand der alten Mühle‘, oder: ‚Das passierte, nachdem der Blitz den alten James erschlagen hatte‘, oder: ‚Das war im Jahr, als wir die Kinderlähmungsepidemie hatten.‘ Dadurch sehen sie Dinge nie in der richtigen Reihenfolge. Es wird alles so kompliziert, weil immer nur Einzelheiten auftauchen.“ Tuppence legte die Stirn in Falten. „Und das schlimmste ist natürlich, daß ich selbst langsam alt werde.“

„Sie sind ewig jung“, sagte Ivor galant.

„Unsinn“, wies ihn Tuppence zurecht. „Ich bin alt, weil mich mein Gedächtnis im Stich läßt.“

Sie stand auf und wanderte durch das Zimmer.

„Dieses Hotel!“ Sie verschwand im Schlafzimmer und kam kopfschüttelnd zurück. „Keine Bibel.“

„Bibel?“

„Ja. In altmodischen Hotels liegt immer eine Gideon-Bibel auf dem Nachttisch.“

„Willst du eine Bibel haben?“

„Ja, das wollte ich. Ich war früher bibelfest. Für eine Pfarrerstochter gehörte sich das. Aber jetzt habe ich viel vergessen. Und in den Kirchen gibt es nur diese neumodischen Bibeln, in denen die Texte nicht mehr stimmen. – Wenn ihr beide zu der Maklerfirma geht, fahre ich nach Sutton Chancellor.“

„Wozu? Ich verbiete es dir strengstens“, sagte Tommy.

„Ich will doch nur in die Kirche und mir die Bibel ansehen. Wenn das auch eine neue ist, gehe ich zum Vikar. Der wird doch sicher noch eine alte Bibel haben.“

„Und was willst du damit?“

„Ich will nur den Text nachsehen, der auf dem Grabstein stand. Er interessiert mich.“

„Das ist sehr schön, aber ich traue dir nicht, Tuppence. Sobald du aus meinem Blickfeld verschwindest, passiert sicher wieder etwas."

„Ich gebe dir mein Wort, daß ich nicht mehr auf dem Friedhof herumkrieche. Die Kirche, am hellen Vormittag, und das Arbeitszimmer des Pfarrers, mehr nicht. Das ist ja wohl harmlos genug."

Tommy betrachtete seine Frau voller Zweifel, dann gab er nach.

Tuppence parkte vor der Friedhofspforte und sah sich nach allen Seiten um, ehe sie zur Kirche ging. Sie hatte das natürliche Mißtrauen eines Menschen, dem an einem bestimmten Ort schon einmal Böses widerfahren ist. Aber diesmal schien wirklich niemand hinter einem Grabstein zu lauern.

Sie betrat die Kirche, in der eine ältere Frau Messing polierte. Tuppence ging auf Zehenspitzen zum Pult und blätterte in der Bibel. Die alte Frau warf ihr einen argwöhnischen Blick zu.

„Ich will sie nicht stehlen", sagte Tuppence beruhigend, klappte die Bibel zu und verließ die Kirche wieder. Sie hätte sich gern die Stelle angesehen, wo kürzlich der Schatz ausgegraben worden war, aber sie dachte an ihr Versprechen und unterließ es. Sie fuhr mit dem Wagen das kurze Stück bis zum Pfarrhaus, stieg aus und läutete an der Haustür. Alles blieb stumm. Die Klingel wird kaputt sein, überlegte Tuppence. Sie drückte gegen die Tür, die sofort nachgab.

Auf dem Dielentisch lag ein großer Umschlag mit ausländischen Briefmarken. Er trug den Aufdruck einer Missionsgesellschaft in Afrika.

Ich möchte kein Missionar sein, dachte Tuppence. Und hinter dem flüchtigen Gedanken verbarg sich etwas anderes, etwas, das mit einem Tisch in einer Diele zu tun hatte. Etwas, an das sie sich erinnern mußte ... Blumen? Blätter? Ein Brief, ein Päckchen?

In diesem Augenblick erschien der Vikar. „Oh", sagte er. „Wollen Sie mich sprechen? - Ach, Mrs. Beresford!"

„Ja", sagte Tuppence. „Ich bin nur gekommen, weil ich Sie fragen wollte, ob Sie eine Bibel haben."

„Eine Bibel?" Der Vikar sah merkwürdigerweise etwas konsterniert aus. „Hm. Eine Bibel."

„Ich dachte, Sie würden wahrscheinlich eine haben."

„Ja, natürlich. Ich muß sogar mehrere haben. Ein griechisches Testament?" fragte er hoffnungsvoll. „Aber vermutlich wollen Sie das nicht?"

„Nein", sagte Tuppence. „Ich suche nach der alten autorisierten Ausgabe."

„Hm", sagte der Vikar. „Von der müssen mehrere dasein. Leider brauchen wir in der Kirche nur noch die moderne Bibel. Wir müssen uns nach dem Bischof richten, und der propagiert die moderne Kirche für junge Menschen. Ein Jammer ist das! Ich habe so viele Bücher in meiner Bibliothek, daß sie schon doppelreihig stehen, aber ich glaube, ich werde finden, was Sie suchen. Sonst müssen wir Miss Bligh fragen. Sie ist hier irgendwo und sucht Vasen für die Wiesenblumen, die die Kinder gepflückt haben." Er entschuldigte sich und verschwand in dem Zimmer, aus dem er gerade gekommen war.

Tuppence blieb gedankenverloren stehen. Sie blickte erst auf, als sich die Tür am Ende der Diele öffnete und Miss Bligh hereinkam. Sie trug eine schwere Metallvase.

Plötzlich war Tuppence alles klar.

„Natürlich", sagte sie. *„Natürlich."*

„Kann ich Ihnen helfen? - Ach, Mrs. Beresford!"

„Ja", sagte Tuppence gedehnt. „Sie sind Mrs. Johnson, wenn ich nicht irre."

Die schwere Vase polterte auf den Fußboden. Tuppence bückte sich und hob sie auf. Sie wog sie in den Händen. „Eine praktische Waffe", stellte sie fest. „Vor allem, wenn man jemanden hinterrücks niederschlagen will. Das haben Sie doch mit mir gemacht, nicht wahr, *Mrs. Johnson*?"

„Ich - ich - was haben Sie da gesagt? Nein . . . nein."

Aber Tuppence brauchte keine Bestätigung mehr. Miss Bligh hatte sich verraten. Sie zitterte und war blaß vor Angst.

„In Ihrer Diele hat damals ein Brief auf dem Tisch gelegen. Er war an eine Mrs. Yorke in Cumberland adressiert. Dahin haben Sie sie gebracht, nicht wahr, Mrs. Johnson? Nachdem Sie sie vom Sonnenhügel fortgeholt haben. Und dort ist sie auch jetzt noch. Mrs. Yorke oder Mrs. Lancaster - Sie haben die Namen abwechselnd benutzt - York und Lancaster - wie die rotweiß gestreifte Wappenrose im Garten der Perrys."

Sie drehte sich rasch um und lief aus dem Haus. Miss Bligh stand immer noch mit offenem Mund in der Diele und suchte Halt am Treppengeländer. Tuppence rannte durch das Gartentor, stieg in den Wagen und fuhr davon.

Sie beobachtete im Rückspiegel die Haustür, aber niemand folgte ihr. Sie war schon an der Kirche vorbei und auf dem Weg nach Market Basing, als sie es sich anders überlegte. Sie wendete, fuhr zurück und bog links in den Weg ein, der zum Kanalhaus führte. Bei der Brücke stieg sie aus und spähte durch das Tor. Von den Perrys war nichts zu sehen. Sie lief durch den Garten zur Küchentür. Aber die Tür war zugesperrt. Sämtliche Fenster waren geschlossen.

Tuppence ärgerte sich. Vielleicht war Alice Perry zum Einkaufen nach Market Basing gefahren. Und gerade Alice Perry wollte sie doch sprechen. Tuppence klopfte erst leise, dann immer heftiger an die Tür. Niemand antwortete. Sie drehte am Türgriff, aber die Tür öffnete sich nicht. Tuppence blieb unentschlossen stehen.

Sie mußte Alice Perry sehr dringend etwas fragen. Ob sie in Sutton Chancellor war? Das Kanalhaus lag so einsam. Es gab keine Nachbarn, die man fragen konnte, wo die Perrys hingegangen sein könnten.

# 17

Tuppence stand noch immer grübelnd vor der Tür, als diese sich plötzlich und unerwartet öffnete. Tuppence wich einen Schritt zurück und schnappte nach Luft. Mit allem hatte sie gerechnet, aber damit nicht! Vor ihr stand, ebenso gekleidet wie damals im Sonnenhügel und ebenso abwesend-freundlich lächelnd wie damals – Mrs. Lancaster!

„Oh!“

„Guten Morgen. Sie wollen sicher zu Mrs. Perry“, sagte Mrs. Lancaster. „Heute ist Markt, wissen Sie. Was für ein Glück, daß ich Ihnen aufmachen konnte. Ich habe so lange nach dem Schlüssel gesucht. Aber kommen Sie herein. Sie trinken doch bestimmt eine Tasse Tee mit mir, nicht wahr?“

Tuppence schritt wie eine Schlafwandlerin über die Schwelle. Mrs. Lancaster führte sie wie eine liebenswürdige Gastgeberin in das Wohnzimmer.

„Nehmen Sie doch Platz“, sagte sie. „Ich weiß leider noch nicht genau, wo alles ist. Ich bin nämlich erst seit zwei Tagen hier. Warten Sie ... Ja, sicher, wir sind uns doch schon einmal begegnet, nicht wahr?“

„Ja“, sagte Tuppence. „Als Sie noch im Haus Sonnenhügel waren.“

„Sonnenhügel? Ja, Sonnenhügel. Das erinnert mich

doch an jemanden? Natürlich, die liebe Miss Packard! Ja, ein sehr angenehmes Haus."

„Sie sind dann aber ganz plötzlich abgereist."

„Ach, die Leute kommandieren einen so herum", klagte Mrs. Lancaster. „Sie hetzen einen so. Nicht einmal zum Packen bleibt einem Zeit. Sicher, es ist gut gemeint. Und natürlich habe ich die liebe Nellie sehr gern, aber sie ist eine sehr herrschsüchtige Frau. Ich denke manchmal", – Mrs. Lancaster beugte sich zu Tuppence –, „daß sie nicht ganz ..." Sie tippte sich mit dem Finger an die Stirn. „So etwas kommt vor. Besonders bei alten Jungfern. Sie opfern sich für andere auf, aber sie werden manchmal wunderlich. Ja, die arme Nellie! Was sie allein für die Gemeinde getan hat! Und ich glaube, sie war auch immer eine sehr gute Sekretärin. Trotzdem hat sie seltsame Ideen. Zum Beispiel, daß sie mich ganz plötzlich vom Sonnenhügel fortholt und nach Cumberland bringt. Schrecklich war es dort. – Und dann muß ich auf einmal hierher ..."

„Wohnen Sie denn jetzt hier?" fragte Tuppence.

„Wenn Sie das wohnen nennen. Es ist wirklich höchst merkwürdig. Ich bin erst seit zwei Tagen hier."

„Davor waren Sie in Rosetrellis-Court in Cumberland ..."

„Ja, ich glaube, so hieß es. Richtig wohl gefühlt habe ich mich dort nie. Die Bedienung war schlecht; und der Kaffee war schauderhaft. Aber schließlich hatte ich mich doch eingelebt und interessante Menschen kennengelernt. Wissen Sie, es ist immer nett, wenn man Verbindungen hat."

„Das kann ich mir vorstellen", sagte Tuppence.

Mrs. Lancaster fuhr liebenswürdig fort: „Warten Sie ... Sie waren im Sonnenhügel und haben eine der Damen besucht."

„Die Tante meines Mannes. Miss Fanshawe."

„Ach, ja, natürlich. Ich erinnere mich wieder. - Und war nicht etwas mit Ihrem Kind? War es hinter dem Kamin?"

„Nein", sagte Tuppence. „Nein. Das war nicht mein Kind."

„Aber hierher sind Sie deswegen gekommen? Hier gibt es nämlich Ärger mit einem Kamin. Ein Vogel soll hineingefallen sein. Alles ist baufällig. Mir gefällt es hier gar nicht. Überhaupt nicht. Und das werde ich Nellie auch bei der nächsten Gelegenheit sagen."

„Wohnen Sie bei Mrs. Perry?"

„Ja und nein. Ich glaube, ich kann Ihnen ein Geheimnis anvertrauen."

„Ja", sagte Tuppence. „Sie können mir trauen."

„Hören Sie, eigentlich wohne ich nicht hier, nicht in diesem Teil des Hauses. Dieser Teil gehört den Perrys." Ihre Stimme wurde zu einem Flüstern. „Es gibt einen anderen Teil. Man muß nach oben gehen. Kommen Sie mit. Ich führe Sie."

Tuppence erhob sich. Sie hatte immer noch das Gefühl, in einem wirren Traum zu leben.

„Ich schließe nur erst die Tür ab. Es ist sicherer."

Mrs. Lancaster führte Tuppence über eine schmale Treppe in den ersten Stock und durch ein Schlafzimmer in einen angrenzenden Raum. Bis auf ein Waschbecken und einen hohen Kleiderschrank war er leer. Mrs. Lancaster trat neben den Schrank, griff dahinter und schob ihn plötzlich offenbar ganz mühelos zur Seite. Hinter dem Schrank war ein Kamin. Über dem Sims hing ein kleiner Spiegel mit einem Aufsatz, auf dem mehrere Porzellanvögel standen. Zu Tuppence' größter Verblüffung packte Mrs. Lancaster den mittleren Vogel und zog kräftig an ihm. Er war am Aufsatz befestigt. Es klickte laut, und dann glitt der gesamte Kamin nach vorn.

„Raffiniert, nicht wahr?“ sagte Mrs. Lancaster. „Diese Geheimtür gibt es schon sehr lange. Seit dem Umbau. Man nannte es das ‚Priesterversteck‘, aber ich glaube nicht, daß es das war. Nein, es hat bestimmt nichts mit einem Priester zu tun gehabt. Aber kommen Sie. Hier wohne ich nämlich jetzt.“

Gleich darauf waren sie in einem schönen, großen Raum, dessen Fenster auf den Kanal und die dahinterliegenden Hügel blickten.

„Ist es nicht ein hübsches Zimmer?“ fragte Mrs. Lancaster. „Und die schöne Aussicht! Ich habe es immer geliebt. Hier habe ich nämlich als junges Mädchen schon mal gewohnt.“

„Ach?“

„Es ist kein glückliches Haus. Es hieß immer schon, daß das Haus nur Unglück brächte. - Wissen Sie, ich glaube, ich mache das wieder zu. Man kann nicht vorsichtig genug sein, finden Sie nicht auch?“

Sie streckte die Hand aus und schob die Tür wieder zur Wand. Sie schloß sich mit einem harten Schnappen.

„Vermutlich wurde das eingebaut, als man beschloß, das Haus als Versteck zu benutzen“, sagte Tuppence.

„Oh, die haben so vieles geändert. Aber nehmen Sie doch Platz. Möchten Sie lieber einen hohen oder einen niedrigen Stuhl? Ich brauche immer hohe Stühle. Ich leide an Rheumatismus. - Sie haben wahrscheinlich geglaubt, daß hier eine Kinderleiche sei. Finden Sie nicht auch, daß das eine ziemlich absurde Idee ist?“

„Ja, vielleicht.“

„Räuber und Gendarm“, sagte Mrs. Lancaster nachsichtig lächelnd. „Torheit der Jugend. Eine Bande - große Raubzüge - ach, wie verlockend ist das, wenn man jung ist. Nichts Schöneres auf der Welt, als eine Räuberbraut zu sein! Ich habe das einmal geglaubt.“ Sie beugte sich wieder vor und tippte Tuppence auf das Knie. „Glauben Sie mir, es ist nicht wahr. Wirklich nicht. Es ist nicht gerade aufregend, zu stehlen und sich dann mit der Beute davonzumachen. Aber immerhin, gut organisiert muß es natürlich sein."

„Meinen Sie Mrs. Johnson oder Miss Bligh oder wie immer Sie sie nennen ..."

„Für mich ist sie einfach Nellie Bligh. Aus irgendeinem Grund - sie sagt, es würde vieles erleichtern - nennt sie sich gelegentlich Mrs. Johnson. Aber sie war nie verheiratet. Sie ist eine alte Jungfer."

Unten wurde laut geklopft.

„Ach", sagte Mrs. Lancaster, „das müssen die Perrys sein. Ich hatte keine Ahnung, daß sie so früh zurückkommen würden."

Das Klopfen wurde stärker.

„Sollten wir ihnen nicht aufmachen?" fragte Tuppence.

„Nein, meine Liebe, das werden wir nicht tun. Ich mag es nicht, wenn jemand aufdringlich ist. Wir unterhalten uns gerade so gut. Das tun wir doch, nicht wahr? Wir bleiben hier oben. - Ach, jetzt rufen sie schon unter dem Fenster. Sehen Sie doch mal nach, wer es ist."

Tuppence trat ans Fenster. „Mrs. Perry."

Mrs. Perry rief: „Julia! Julia!"

„Eine Unverschämtheit!" entrüstete sich Mrs. Lancaster. „Leuten wie den Perrys verbiete ich, mich beim Vornamen zu nennen. Aber lassen Sie nur, regen Sie sich nicht auf, Liebste, wir sind hier ganz sicher. Und wir können in aller Ruhe sprechen. Ich will Ihnen von mir erzählen. Mein Leben war sehr interessant. Sehr ereignisreich. Manchmal denke ich, ich sollte alles aufschreiben. Als junges Mädchen war ich ein bißchen wild. Ich habe mit einer - ja, man muß schon sagen, mit einer richtigen Verbrecherbande gelebt. Manche von ihnen waren sehr unerfreulich. Aber es gab auch welche, die wirklich nett waren. Und aus guten Familien."

„Miss Bligh?"

„Nein, Miss Bligh hat nie etwas mit Verbrechen zu tun gehabt. Nicht Nellie Bligh. Sie ist fromm und mildtätig. Aber es gibt verschiedene Arten, religiös zu sein. Sie wissen das sicher."

„Sie meinen die verschiedenen Sekten?"

„Keineswegs. Ich meine, es gibt nicht nur ‚normale' Menschen. Es gibt auch die Ausgefallenen, die ausgefallenen Befehlen folgen. Es gibt eine Elite. Sie verstehen sicher, meine Liebe, wie ich das meine?"

„Ich fürchte nein", sagte Tuppence. „Glauben Sie nicht, wir sollten die Perrys in ihr eigenes Haus lassen? Sie sind schon ganz aufgeregt ..."

„Nein, wir lassen sie nicht herein. Nicht, ehe ich ... Ihnen alles erzählt habe. Aber Sie müssen keine Angst haben. Es ist alles ganz – ganz harmlos. Es tut überhaupt nicht weh. Es ist, als schliefe man ein. Das ist alles."

Tuppence starrte sie entgeistert an; dann sprang sie auf und lief zur Tür.

„Da kommen Sie nicht raus", rief Mrs. Lancaster. „Sie wissen nicht, wo die Feder ist. Nur ich weiß das. Ich kenne alle Geheimnisse dieses Hauses. Ich habe hier mit den Verbrechern gewohnt, bis ich das Heil erkannte und fortging. Mir ist eine besondere Rettung widerfahren. Eine Erlösung von meinen Sünden – durch das Kind, wissen Sie. – Ich habe es getötet. – Ich war Tänzerin. – Ich wollte kein Kind. – Dort, an der Wand, das bin ich – als Tänzerin." An der Wand hing ein Ölgemälde, das ein junges Mädchen in einem weißen Satinkostüm mit Flügeln zeigte. Darunter stand „Waterlily".

„Waterlily war meine Glanzrolle."

Tuppence kam langsam zurück und setzte sich wieder. Worte stiegen in ihr auf, die sie am Sonnenhügel gehört hatte. *War es Ihr armes Kind?* Sie hatte damals Angst gehabt. Und sie hatte auch jetzt Angst. Sie wußte nicht so recht, wovor, aber die Angst war da, während sie das gütige Gesicht mit dem freundlichen Lächeln vor sich sah.

„Ich mußte den Befehlen gehorchen. Es muß Engel der Zerstörung geben. Ich war dazu ausersehen, und ich nahm meine Aufgabe an. Die Kinder waren frei von Sünde. Sie waren noch zu jung, um zu sündigen. Ich verhalf ihnen zu ewigem Ruhm, wie es mir auferlegt war. Unschuldig. Frei von allem Bösen. Sie sehen, welche Ehre es für mich war, auserwählt zu sein. Ich habe Kinder immer geliebt. Ich hatte selbst kein Kind. Das war sehr grausam, aber es war die Buße für meine Tat. Vielleicht wissen Sie, was ich getan habe."

„Nein."

„Oh, Sie scheinen so viel zu wissen. Ich dachte, Sie wüßten auch dies. Es gab da einen Arzt. Ich bin zu ihm gegangen. Ich war erst siebzehn und hatte große Angst. Er sagte, er könnte mir das Kind nehmen, und niemand würde je davon erfahren. Aber das war ein großer Fehler. In meinen Träumen fragte das Kind mich, warum es nie hatte leben dürfen. Das Kind sagte mir, es wolle Spielgefährten. Es war ein Mädchen. Es wollte nicht allein sein. Und da erhielt ich den Befehl. Ich hatte geheiratet und gedacht, ich würde Kinder haben; und mein Mann wünschte sie sich so sehr. Aber wir bekamen keine Kinder, weil ich verdammt war. Verstehen Sie? Doch es gab einen Weg der Buße. Eine Buße für meine Tat. Ich hatte einen Mord begangen; und für Mord kann man nur mit Mord büßen. Aber diese anderen Morde waren keine Morde, sondern *Opfer.* Opfergaben. Sehen Sie den Unterschied? Diese Kinder gingen, um meinem Kind Gesellschaft zu leisten. Sie waren alle noch jung. Der Befehl kam – und dann ..." Sie neigte sich vor und berührte Tuppence. „Es waren glückliche Augenblicke. Es war herrlich, sie zu befreien, so daß sie niemals die Sünde kennenlernten, wie ich sie kennengelernt hatte. Natürlich durfte ich das niemandem sagen. Niemand durfte es wissen. Ich mußte vorsichtig sein. Aber es kam vor, daß jemand Verdacht schöpfte. Dann natürlich gab es nur einen Ausweg – den Tod ... damit ich in Sicherheit war. Sie verstehen doch?"

„Nein ... nicht ganz."

„Aber Sie wissen es. Darum sind Sie doch gekommen, oder nicht? Sie wußten es an dem Tag, an dem ich Sie im Sonnenhügel fragte. Ich sah Ihr Gesicht. Ich sagte: ‚War es Ihr armes Kind?' Ich dachte, Sie seien eine der Mütter. Eine von denen, deren Kinder ich getötet habe. Ich hoffte, Sie würden wiederkommen und wir könnten zusammen ein Glas Milch trinken. Es war meistens Milch. Manchmal auch Kakao. Für jeden, der von mir wußte."

Sie schritt langsam durch das Zimmer und öffnete einen Schrank, der in der Ecke stand.

„Mrs. Moody?" stammelte Tuppence. „War sie ...?"

„Ach, Sie wissen das? Sie war keine Mutter. Sie war Garderobiere im Theater. Sie erkannte mich – und mußte gehen." Mrs. Lancaster drehte sich plötzlich um und kam mit einem Glas Milch auf Tuppence zu. Sie lächelte überredend.

„Trinken Sie", sagte sie. „Trinken Sie es aus."

Tuppence blieb einen Augenblick stumm sitzen, dann sprang sie auf und stürzte zum Fenster. Sie griff nach einem Stuhl und zertrümmerte die Scheibe. Dann beugte sie sich hinaus und schrie: „Hilfe! Hilfe!"

Mrs. Lancaster lachte. Sie stellte die Milch auf einen Tisch, setzte sich in ihren Stuhl und lachte noch immer. „Wie dumm Sie sind! Was glauben Sie, wer kommt? Wer kann denn kommen? Sie müßten Türen aufsprengen und die Wand einreißen, und bis dahin ... Aber es gibt andere Möglichkeiten. Es muß nicht Milch sein. Nur ist es der einfachste Weg. Milch, Kakao und auch Tee. Für die kleine Mrs. Moody habe ich es in den Kakao getan. Sie trank ihn so gern."

„Das Morphium? Woher hatten Sie das?"

„Ach, das war leicht. Vor vielen Jahren lebte ich mit einem Mann zusammen. Er hatte Krebs. Der Arzt gab mir Medikamente für ihn. Nach seinem Tod habe ich gesagt, ich hätte sie vernichtet – aber ich habe sie behalten. Ich dachte, ich könnte sie vielleicht eines Tages brauchen. Und so war es auch. Ich habe immer noch einen Vorrat. Ich selbst nehme nie derartige Mittel. Ich halte nichts davon." Sie schob Tuppence das Glas hin. „Trinken Sie das. Es ist wirklich der einfachste Weg. Der andere ist ... dummerweise weiß ich nicht, wo ich es habe ..." Sie stand auf und wanderte durch das Zimmer. „Wo habe ich es nur? Wo? Ich vergesse immer alles, seit ich alt bin."

Tuppence schrie wieder laut um Hilfe. Aber am Kanalufer blieb alles still.

„Ich dachte ... ja, ich dachte doch ... Oh, natürlich, bei meinem Strickzeug."

Tuppence trat vom Fenster zurück. Mrs. Lancaster kam langsam auf sie zu.

„Wie dumm Sie sind, daß Sie es so haben wollen!" Ihr linker Arm schnellte vor und packte Tuppence bei der Schulter. Die rechte Hand löste sich vom Rücken – sie hielt den Griff eines dünnen Stiletts. Tuppence versuchte sich loszureißen. Ich werde leicht mit ihr fertig, dachte sie. Leicht. Sie ist eine alte Frau. Schwach. Sie kann nicht ...

Doch plötzlich lähmte sie nackte, kalte Angst. Ich bin ja auch eine alte Frau! Ich bin nicht so stark, wie ich glaube. Ihre Hände, ihre Umklammerung, ihre Finger!

Sie ist verrückt. Und Verrückte können Riesenkräfte entwickeln!

Die blitzende Klinge näherte sich. Tuppence schrie auf. Unten hörte sie Rufe und dumpfe Schläge. Sie werden nie kommen, schoß es ihr durch den Kopf. Sie kommen nicht durch diese Geheimtür, wenn sie den Mechanismus nicht kennen!

Sie kämpfte verzweifelt. Es gelang ihr gerade noch, Mrs. Lancaster von sich abzuhalten. Aber Mrs. Lancaster war größer als sie; und stark. Auf ihrem Gesicht lag noch immer das Lächeln, aber es war nicht mehr gütig.
„Killer-Kate", keuchte Tuppence.

„Sie kennen also meinen Spitznamen? Aber ich habe mich darüber erhoben. Ich bin eine Mörderin des Herrn geworden. Es ist Sein Wille, daß ich Sie töte."

Tuppence wurde gegen die Seite eines großen Lehnstuhls gedrückt. Mrs. Lancaster hielt sie mit voller Kraft nieder. Tuppence konnte nicht weiter zurückweichen. Die Hand mit dem Stilett war jetzt ganz nahe.

Ich darf nicht aufgeben! Tuppence' Gedanken jagten sich. Keine Panik – nur keine Panik! Aber gleichzeitig war da die bohrende Frage: *Was kann ich denn noch tun?*

Und dann kam die Todesangst – dieselbe plötzliche Angst, deren erste Anzeichen sie im Sonnenhügel gespürt hatte.

*„Ist es Ihr armes Kind?"*

Das war die erste Warnung gewesen, aber sie hatte sie nicht verstanden!

Ihre Augen richteten sich auf den Stahl, aber nicht sein Glitzern lähmte sie vor Entsetzen, sondern das Gesicht dahinter – das lächelnde, gütige Gesicht von Mrs. Lancaster. Sie lächelte glücklich und zufrieden. Sie erfüllte ihre Aufgabe.

Sie sieht nicht wahnsinnig aus, dachte Tuppence. Das ist das schlimmste. Sie ist eine ganz normale, vernünftige Frau – das glaubt sie ... Oh, Tommy, Tommy, was geschieht jetzt mit mir!

Schwindel und Schwäche überfielen sie. Ihre Muskeln gaben nach – irgendwo klirrte Glas. Es riß sie fort in Dunkelheit und Bewußtlosigkeit.

„So, gut so – es geht wieder. Trinken Sie das, Mrs. Beresford." Ein Glas vor ihren Lippen. – Sie wehrte sich wild. – Vergiftete Milch – wer hatte das gesagt? Sie würde keine vergiftete Milch trinken ... Aber das war nicht Milch – es roch ganz anders ... Sie sank zurück, öffnete die Lippen, trank ...

„Brandy", sagte Tuppence.

„Ja. Trinken Sie nur ..."

Tuppence trank. Sie lag auf weichen Kissen und betrachtete ihre Umgebung. Eine Leiter ragte ins Fenster. Davor lagen Glasscherben auf dem Fußboden.

„Ich habe das Klirren gehört!"

Sie schob das Glas mit dem Brandy fort, und ihre Augen folgten der Hand, die es gehalten hatte, und dem Arm bis zum Gesicht des Mannes. „El Greco", sagte sie.

„Wie bitte?"

„Es ist nicht wichtig."

Tuppence blickte sich suchend im Zimmer um.

„Wo ist sie? Mrs. Lancaster."

„Sie – sie ruht sich aus. Nebenan."

„Ich verstehe." Aber sie verstand es wohl nicht. Vielleicht später. Im Augenblick war es zu kompliziert für sie.

„Sir Philip Starke", sagte sie langsam und zweifelnd.

„Ja – warum haben Sie eben El Greco gesagt?"

„Wegen des Leidens."

„Wie meinen Sie ..."

„Das Bild – in Toledo – oder im Prado. Vor langer Zeit erinnerte ich mich daran, nein, es ist noch nicht lange her.“ Sie dachte nach und machte eine Entdeckung. „Gestern abend. Eine Gesellschaft - im Pfarrhaus ...“

„Es geht Ihnen schon besser“, sagte er aufmunternd.

Es schien ganz natürlich zu sein, daß sie hier in diesem Zimmer saß, in dem Scherben auf dem Fußboden lagen, und daß sie mit diesem Mann sprach - mit dem dunklen, leidenden Gesicht.

„Ich habe einen Fehler gemacht - im Sonnenhügel. Ich habe mich getäuscht... Ich hatte Angst - es war wie eine Welle von Angst... aber ich habe es nicht begriffen, denn ich hatte nicht *vor* ihr Angst, sondern *um* sie. Ich dachte, es würde ihr etwas passieren. - Ich wollte sie schützen - sie retten. Ich ...“ Sie sah ihn unsicher an. „Verstehen Sie das, Sir? Oder halten Sie mich für verrückt?“

„Niemand versteht es besser als ich - niemand auf der Welt.“

Tuppence starrte ihn an. Sie runzelte die Stirn. „Wer war sie? Mrs. Lancaster? Mrs. Yorke? Wer war sie wirklich?“

Philip Starke sagte heiser: *„Wer war sie? Sie selbst? Die echte, die wirkliche? - Wer war sie - mit Gottes Zeichen auf der Stirn?* Haben Sie jemals Peer Gynt gelesen, Mrs. Beresford?“ Er ging zum Fenster, blieb einen Augenblick dort stehen und sah hinaus. Dann drehte er sich rasch um.

„Sie war meine Frau.“

„Ihre Frau ... Aber die ist doch gestorben - die Tafel in der Kirche ...“

„Sie ist im Ausland gestorben. Das habe ich überall verbreitet. Und ich habe eine Gedenktafel in der Kirche anbringen lassen. Ein trauernder Witwer wird nicht viel gefragt. Ich bin fortgezogen.“

„Manche sagten, sie hätte Sie verlassen.“

„Auch das war eine glaubwürdige Geschichte.“

„Sie haben sie fortgebracht, als Sie es entdeckt haben - die toten Kinder ..."
„Davon wissen Sie also?"
„Sie hat es mir gesagt. Ich - ich habe es fast nicht geglaubt."
„Sie war meistens ganz normal - es wäre nie jemand auf den Gedanken gekommen. Aber dann begann die Polizei, sie doch zu verdächtigen. Ich mußte etwas tun, um sie zu retten - zu schützen. Ich weiß nicht, ob Sie das begreifen."
„Doch", sagte Tuppence. „Ich begreife sehr gut."
„Sie war früher wunderschön." Seine Stimme wurde brüchig. „So wie dort", er zeigte auf das Bild. „Waterlily - ein wildes Mädchen. Ihre Mutter war die letzte Warrender. Es war eine alte Familie mit viel Inzucht. Helen Warrender brannte mit einem Verbrecher durch. Ihre Tochter wurde Tänzerin. Dann geriet auch sie in Verbrecherkreise. Sie fand es aufregend. Sie war immer hinter Abenteuern her - und wurde immer enttäuscht. Als sie mich heiratete, lag das alles hinter ihr. Sie wollte ein friedliches Leben führen, Kinder haben. Und ich war reich. Ich konnte ihr alles geben, was sie sich wünschte. Aber wir hatten keine Kinder. Wir haben beide darunter gelitten. Sie bekam einen Schuldkomplex. - Vielleicht war sie immer schon labil. Ich weiß es nicht. - Was nützt das auch? Sie war ..."
Er hob verzweifelt die Hände.
„Ich liebte sie. Ich habe sie immer geliebt - gleichgültig, was war und wie sie war. Ich wollte sie schützen. Sie sollte ihr Leben nicht in einer Anstalt verbringen müssen. Wir haben sie auch beschützt, viele, viele Jahre lang."
„Wir?"
„Nellie - meine liebe, treue Nellie Bligh. Sie hat alles geplant und für alles gesorgt. Die Altersheime - jede

Bequemlichkeit und jeder Luxus. Und *keine Kinder.* Sie durfte nie mit Kindern zusammenkommen. Es ging auch alles gut – die Heime lagen in einsamen Gegenden, in Wales, in Cumberland – wer sollte sie erkennen? Mr. Eccles hatte uns dazu geraten – er ist ein sehr tüchtiger Anwalt. Er verlangte viel Geld, aber ich konnte mich auf ihn verlassen."

„Er hat sie erpreßt", sagte Tuppence.

„So habe ich es nicht gesehen. Für mich war er ein Freund und Ratgeber ..."

„Wer hat das Boot auf das Bild gemalt? Das Boot ‚Waterlily'?"

„Ich. Es gefiel ihr. Sie dachte an ihre Bühnenerfolge. Es war ein Bild von Boscowan. Sie schätzte seine Bilder. Aber eines Tags schrieb sie mit schwarzer Farbe einen Namen unter die Brücke – den Namen eines ermordeten Kindes. Darum habe ich das Boot gemalt und es Waterlily genannt ..."

Die Tür in der Wand öffnete sich plötzlich. Die freundliche Hexe trat ins Zimmer. Sie blickte von Tuppence zu Sir Philip Starke.

„Geht's wieder?" fragte sie nüchtern.

„Ja." Tuppence nickte. Es war gut, daß Mrs. Perry nicht zur Theatralik neigte.

„Ihr Mann ist unten. Er wartet im Auto. Ich habe gesagt, ich würde Sie zu ihm bringen. Vielleicht ist Ihnen das lieber." Sie warf einen Blick auf die Schlafzimmertür. „Ist sie – da drin?"

„Ja", sagte Sir Philip Starke.

Mrs. Perry ging in das Schlafzimmer und kam kurz darauf wieder zurück.

„Ich sehe ..." Sie sah ihn fragend an.

„Sie hat Mrs. Beresford ein Glas Milch angeboten. Mrs. Beresford wollte keine Milch."

„Und dann hat sie die Milch selbst getrunken?"

Er zögerte. „Ja."

„Dr. Mortimer wird bald kommen", sagte Mrs. Perry. Sie wollte Tuppence auf die Beine helfen, aber Tuppence schaffte es allein.

„Mir fehlt nichts. Es war nur der Schock. Jetzt geht es mir wieder gut."

Sie stand vor Sir Philip Starke. Keiner von ihnen wußte, was er sagen sollte. Mrs. Perry wartete vor der Geheimtür in der Wand.

Endlich sagte Tuppence: „Kann ich irgend etwas tun?" Aber es war eigentlich keine Frage.

„Nur eines – Nellie Bligh hat Sie damals auf dem Kirchhof niedergeschlagen ..."

Tuppence nickte. „Ich weiß."

„Sie hatte den Kopf verloren. Sie hat geglaubt, Sie wären ihr und unserem Geheimnis auf der Spur. Sie – ich mache mir große Vorwürfe, sie all die Jahre diesen schrecklichen Dingen ausgesetzt zu haben. Ich hätte das nie verlangen dürfen, von keiner Frau ..."

„Ich glaube, sie hat Sie sehr geliebt", sagte Tuppence. „Aber wir werden bestimmt nicht nach einer Mrs. Johnson suchen, wenn es das ist, worum Sie uns bitten wollten."

„Danke. Ich bin Ihnen sehr dankbar."

Wieder schwiegen sie. Mrs. Perry wartete geduldig. Tuppence sah sich um. Sie trat ans Fenster und blickte auf den stillen Kanal. „Ich glaube nicht, daß ich dieses Haus wiedersehen werde. Ich muß mir alles genau merken, damit ich mich erinnern kann."

„Wollen Sie sich denn an das Haus erinnern?"

„Ja, das möchte ich. Jemand sagte mir, das Haus habe falschen Zwecken gedient. Jetzt erst verstehe ich, was damit gemeint war."

Er sah sie forschend an, sagte aber nichts.

„Wer hat Sie hergeschickt, um mich zu suchen?"

„Emma Boscowan."

„Das dachte ich mir.“

Sie ging zur freundlichen Hexe und verließ mit ihr das Zimmer.

Ein Haus für Liebesleute, hatte Emma Boscowan zu Tuppence gesagt. Ja, so ließ sie es nun auch hinter sich – im Besitz von zwei Liebenden – sie war tot, und er litt und lebte.

Sie verabschiedete sich von Mrs. Perry und lief durch das Tor zu Tommy, der im Auto wartete.

„Tuppence“, rief Tommy.

„Ich weiß.“

„Tu es nie wieder“, sagte er. „Bitte, tu so etwas nie, nie wieder.“

„Nein.“

„Das sagst du jetzt, aber ich traue dir nicht.“

„Nein. Ich tu's nicht wieder. Ich bin zu alt.“

Tommy ließ den Motor an. Sie fuhren ab.

„Arme Nellie Bligh“, seufzte Tuppence.

„Warum sagst du das?“

„Sie liebt Sir Philip so sehr. Alles hat sie für ihn getan. Jahre und Jahre hat sie sich aufgeopfert.“

„Ach was“, sagte Tommy, „jede Minute hat sie bis zur Neige ausgekostet. So sind die Frauen.“

„Du bist ein herzloser Mensch.“

„Wohin willst du jetzt? Nach Market Basing ins ‚Lamm‘?“

„Nein. Ich möchte nach Hause. Nach Hause, Thomas. Und ich möchte zu Hause bleiben.“

„Amen“, sagte Mr. Beresford. „Und wenn Albert uns mit einem verkohlten Hähnchen empfängt, bringe ich ihn um.“

Weitere Abenteuer des pfiffigen Detektivpärchens:

## *Ein gefährlicher Gegner*

Tuppence und Tommy schlittern, ohne es geplant zu haben, mitten in eine Verbrecherjagd internationaler Größenordnung. Der Geheimdienst der englischen Regierung befürchtet das Schlimmste ...
Aber woran professionelle Agenten scheitern, das bringen Tuppence und Tommy mit Witz und Verstand zum glücklichen Ende.

## *Die Büchse der Pandora*

Tuppence und Tommy versuchen sich als Inhaber eines Detektivbüros. Nach einigen Schwierigkeiten steigt das Renommee der Agentur, die unter dem Namen „Blunts brillante Detektive" firmiert, und die beiden unerschrockenen Jungunternehmer können sich über Langeweile nicht mehr beklagen. Doch dann müssen sie ihr ganzes Können unter Beweis stellen: Es gilt, den gefährlichen Spion mit dem Decknamen „Nr. 16" dingfest zu machen ...

## *Rotkäppchen und der böse Wolf*

Tommy und Tuppence Beresford hatten schon lange keine Gelegenheit mehr, ihre detektivischen Fähigkeiten unter Beweis zu stellen. Doch jetzt befindet sich England im Krieg. Da greift der Geheimdienst auf seine bewährten Helfer zurück. Die Aufgabe, die es zu bewältigen gilt, verlangt höchsten Einsatz: Ein gefährlicher Doppelagent, der die englische Armee mit einem Netz seiner Helfershelfer überzogen hat, soll enttarnt werden. Nur soviel ist von ihm bekannt: Es ist entweder N. oder M. ...

## *Die geheimnisvolle Botschaft*

Tommy und Tuppence Beresford haben ein Landhaus gekauft. Beim Einzug finden sie eine Menge alter Bücher, die offenbar einer der Vorbesitzer hinterlassen hat. Beim Schmökern macht Tuppence eine Entdeckung, die ihren detektivischen Spürsinn reizt. In einem Kinderbuch hat jemand eine Botschaft hinterlassen, die Anlaß zu den schlimmsten Befürchtungen gibt: „Mary Jordan ist keines natürlichen Todes gestorben." Dieses böse Geheimnis läßt Tuppence und Tommy schon bald keine Ruhe mehr. So behutsam wie scharfsinnig machen sie sich daran, das Rätsel zu lösen. Doch schon bald müssen sie erkennen, daß diese Aufgabe lebensgefährlich ist...

Die Miss-Marple-Krimis bei Loewe:

*Die Botschaft der Madonna*
*Das Geheimnis der Amseln*
*Das Rätsel der Tänzerin*
*Die Schattenhand*
*Das Schicksal in Person*
*16.50 Uhr ab Paddington*
*Die Uhr war Zeuge*
*Die verschwundenen Goldbarren*
*Der Täter läßt bitten*
*Die Tür zum Tatort*
*Fata Morgana*
*Karibischer Sommer*
*Bertrams Hotel*
*Ruhe unsanft*